KB164477

아버지의

비밀 정원

지은이 현정원

2009년 「현대수필」로 등단, 2012년 문학나무에서 주관하는 '젊은 수필'에 선정되었고, 2012년, 2013년, 2016년 '에세이스트 작품상'에 선정되었다. 2012년 수필집 『엄마의 날개옷』을 출간하여 제6회 정경문학상을, 2014년 제12회 삶의 향기 동서문학상 소설부문 동상을 수상하였다. 현재 한국문인협회, 현대수필문인회, 에세이스트문학회, 동서문학회, 북촌시사의 동인으로 활동하고 있다.

아버지의 비밀 정원

2020년 3월 20일 초판 1쇄 인쇄
2020년 3월 25일 초판 1쇄 발행

지은이 현정원
펴낸이 권오상
펴낸곳 연암서가

등록 2007년 10월 8일(제396-2007-00107호)
주소 경기도 고양시 일산서구 호수로 896, 402-1101
전화 031-907-3010
팩스 031-912-3012
이메일 yeonamseoga@naver.com

ISBN 979-11-6087-060-2 03810
값 15,000원

아
버
지
의

비밀 정원

현 정 원
수 필 집

연암서가

마음 풍경을 찍고 그리며

어머님이 갑자기 쓰러지셨습니다. 가벼운 치매를 앓던 어머니가 떡을 드시다 호흡 곤란에 빠지신 거예요. 구급차에 실려 병원에 가셨습니다. 심폐 소생술로 겨우 살아나셨지만 의식은 없었어요. 중환자실에서 8일을 견디다 돌아가셨습니다. 유언은 없었어요. 경황없이 장례를 치렀습니다. 처음 해보는 일이 순조롭고 원만하게 흐르는 것을 보며 유순하기만 했던 어머님의 은덕이라 생각했어요.

불쑥불쑥 어머님 생각이 났습니다. 꿈에서라도 만나 뵀으면 싶었어요. 애틋함 때문만은 아니었어요. 인사를 나누고 싶었습니다. 아니, 어머님으로부터 칭찬을 듣고 싶었다는 게 솔직한 표현이겠네요, 잘 있으라는, 고마웠다는, 사랑한다는…. 결혼하면서부터 한 집에서 살았으니 함께 산 세월이 짧지 않은데, 함께 산 이유가 어머님의 건강 때문이었으니 어머님께 들인 내 나름의 수고도 적지 않은데, 어떻게 어머님은 마지막

인사도 없이 그렇게 가신 건지요…. 슬프기도 하고 억울하기도 했습니다. '천국에서는 아프지 말고 행복하시라'는 인사를 못 드린 것도 아쉬웠습니다.

저만큼은 그러지 말아야지 생각했어요. 남편과 아들들에게 전하고 싶고 형제와 이웃들에게 건네고 싶은 제 마음을 미리미리 적어 두리라 다짐했습니다. 마침 그 얼마 전 유언장을 쓴 적이 있었습니다. 호스피스 교육을 받았는데 숙제로 유언장 쓰기가 있어서였어요. 백지를 앞에 놓고 빠져들던 그 이상한 기분이라니…. 저는 가고 글만 남아 그 글이 가족과 이웃들에게 읽힌다 생각하자 갑자기 창자가 끊어질 듯 아파 오더군요. 결국 그때 저는 어이없게도 글은 몇 줄 쓰지도 못 한 채 엉엉 울어 버렸지요.

이번만큼은 제대로 된 유언장을 쓰자 싶었습니다, 이왕이면 문장도 내용도 멋들어지게. 그러려면 글을 배워야 하는데 어른들은 도대체 글을 어디서 배우는지 알 수 없더군요.

집 앞 백화점의 문화센터에 가 강좌를 살펴보았습니다. 수필교실이 있었습니다. 당장 등록했어요. 그렇게 수필을 쓰기 시작했습니다. 그러니 제 수필의 뿌리는 유언에 있는 것이지요.

7년 만에 새 책을 냅니다. 7년이란 사람이, 사람의 사정이 달라질 수 있는 긴 시간이지요. 이번 책의 글 차례를 장소 순으로 엮은 이유이기도 합니다. 거처를 여러 번 바꾼 저에게는 시간 순이 장소 순이기도 해서지요. 분당에 집을 두고 남편의 사택이 있는 탕정에서 지내기도 하고 마포로 이사가 제주를 오가며 집을 짓기도 하고…. 지금은 제주에서 지내고 있습니다.

그런데 세월이 흘러도 글감 취향은 잘 바뀌지 않나 봐요. 첫 책 『엄마의 날개옷』도 그러더니 이번 책 『아버지의 비밀 정원』도 작고 시시한 제 이야기가 되어 버렸습니다. 책머리를 유언입네, 인사입네, 글의 발아 타령으로 시작한 건 그러니까 사사롭고 하찮은 개인적 이야기로 책을 채운 데 대한 일종의 자기 변호, 자기 위로인 셈이지요.

제목에 '아버지'를 넣었습니다. 첫 책 '엄마'와 짝을 맞춘다는 의미도 있지만 더 이상은 아버지의 현재 이야기를 쓸 수 없게 되었다는 아쉬움 때문입니다. 아버지가 2년 전, 바로 이맘 때 돌아가셨거든요. 그러고 보니….

기특한 생각이 머리를 스칩니다. 다행이라는 생각이요. 저의 자질구레하고 사사로운 글감에도 칭찬할 구석이 있다는 생각…. 제 글 속에 아버지가, 아버지의 과거가, 영원한 현재로 남게 된 거잖아요, 제가 아버지에 대한 글을 씀으로써. 카메라로 찍어 사진 속에 모습을 남기듯 마음으로 찍어 활자 속에 아버지를 남긴 거잖아요. 어디 아버지뿐인가요, 제가 아끼고 사랑한 사람들이, 동물들이, 장면들이, 여전히 살아 있는 거예요. 저든, 누구든, 언제라도 불러올 수 있게 말이지요.

앞으로 노력해야 할 방향을 알 것 같습니다. 크게는 우주에서 작게는 미생물까지, 사진의 모든 소재가 소중한 것처럼 글감도 그러리라 새삼 깨달은 거예요. 인물 사진이든 풍경 사진이든, 먼저 아름다움을 느껴야 아름다움을 찍을 수 있듯 제가 힘써야 할 것은 보다 큰 글감이 아니라 충분히 느끼고 넉넉히 발견하는 것임을요. 작으나마 저라서 품을 수 있는 발상과 구성으로 저이기에 쓸 수 있는 독특한 문장을 만들어 나가는 것임을요. 그러니까 제가 지향해야 하는 것은 "나의 가장 큰 즐거움은 그들의 마음, 내면, 영혼에 담긴 위대함을 찍는 것이다."라고 말한 유섭 카쉬처럼 저와 제 주변 인물들의 마음 풍경을 좀 더 잘….

흐, 카쉬는 너무 나간 것 같지요?

이쯤에서 자수해야 할 것 같습니다. 글을 사진에 빗대고 나니 마음에 걸리는 게 있어서요. 제가 글 속 인물들에게 절대적으로 공정했다거나 정황 묘사에 완전 사실적이었다고 공언할 수 없음이요. 진실 솔직하려 노력했지만 어디 그게 마음먹은 대로 되는 일이어야 말이지요. 편파적으로 재조립되곤 하는 기억력도 마음에 걸리고요. 게다가 저는 대책도 없이 공상 속으로 곧잘 날아가곤 하는 사람인걸요.

그럼에도, 이럼에도, 웃으며, 쓰며, 두 번째 책을 엮습니다. 잘하고 있는 거야, 잘 될 거야, 격려해 주신 선후배 선생님들의 은혜이지요. 얼마나 감사한지요. 그림 그리기를 권유한 친구에게도 고마움을 전합니다. 덕분에 책 커버에서 삽화까지 마음껏 지면을 어지럽힐 수 있었네요. 그러고 보니 주변에 인사드릴 분 천지입니다. 표현에 무한 자유한 글감 제공자 남편과 엄마 일을 자랑감 삼아 주는 아들들과 따뜻한 시선으로 응원해 주는 동인들, 친구들, 이웃들…. 출판사 사장님과 직원들도 빼놓을 수 없고요. 모든 분들께 얼굴 가득 함박웃음으로 꾸벅 또 꾸벅입니다. 지금 제 글을 읽고 계신 분들께도 물론이요.

아, '쓰며'는 알겠는데 그 앞에 왜 '웃으며'가 붙느냐고요?
제가 웃는 이유는, 글이 쉽게 써져서는 절대 아니고요, 공상의 힘이랍니다. 저의 유언에 의지한 이실직고가 현시대의 가족은 물론이요 손자와 증손녀와 고손자에게 읽히기를, 저의 인사에 기댄 마음 사진이 아주 먼 미래의 후손들에게까지 전해지기를, 감히 꿈꾸기 때문…. 하하하.
그런데요 저, 실은 지금, 무지 떨고 있어요.

제주에서
현정원

차례

1부
—
숨 음악이란 것이
있다면

분당 1

숨 음악이란 것이
있다면

파곳으로 시작되는 신비한 느낌의 서곡이 끝나고 1막을 지나 2막이 연주되고 있을 때였다. 짧은 휴지休止 후 연주가 시작되려는 바로 그 순간, 숨소리가 들렸다. 분명 후욱 하는 숨소리였다. 하지만 그럴 리는 없었다. 연주 중에 누가 그런 소리를 낸단 말인가. 옆자리에 앉아 있는 남편을 훔쳐봤지만 그도 아니었다. 남편은 오히려 숨을 죽이고 있었다.

그때였다. 다시 후욱 하는 소리가 들렸다. 정말이지 의심할 것 없는 숨소리였다. 아까와 다른 점이 있다면 여리게 이어지던 음악이 갑자기 커지는 바로 그 직전에 숨소리가 났다는 것뿐이었다.

대체 누가 이런 숨을? 순간, 온 몸으로 연주하고 있는 지휘자의 모습이 눈에 들어왔다. 불쑥 숨소리가 지휘자의 것이라는 생각이 들었다. 지휘자가 오케스트라 단원들과 호흡을 같이하고 있는 것이 틀림없다는. 숨소리 때문인지 연주가 더욱 흥미로워졌다. 나도 그들처럼, 음악에 맞춰 숨을 쉬어야 할 것 같은 생각마저 들었다.

내가 숨소리에 민감한 것은 무라카미 하루키의 소설 『1Q84』의 여파였다. 사이비 종교집단 '선구'의 우두머리인 후카다 다모츠가 잠(근육과 의식)을 깨우는 장면을 읽다, 이렇게 강력한 호흡도 있나, 신선한 충격을 받은 후 호흡에 관심을 갖게 된 것이었다.

남자가 크게 숨을 내쉬는 소리가 들렸다. 깊은 우물 속에서 올라오듯 느리고 굵은 날숨이다. 이어서 숨을 크게 들이쉬는 소리가 들렸다. 숲의 수목 사이를 뚫고 지나가는 강풍처럼 거칠고 불온하다.… 지금까지 듣고 본 적 없는 영역에 발을 들인 듯한 느낌이 들었다. 이를테면 깊은 해구 밑바닥이나, 혹은 미지의 소행성의 지표면 같은 곳. 어떻게든 도달할 수는 있어도 되돌아오는 건 불가능한 곳.

글에서 받은 인상이 어찌나 컸던지 나는 그즈음 있었던 한 플루티스트의 귀국 연주회에 가서도 음악보다 연주자의 숨에만 신경을 쓰기도 했다. 하기는 플루티스트의 연주 매너, 특히 숨 쉬는 모습이 특별하기는 했다. 지금까지도 그 모습을 선명히 기억하고 있으니 말이다.

허리와 엉덩이를 바싹 감싸 무릎 밑에서 퍼지도록 만든 드레스를 입은 아름다운 여자가 동그란 이마를 잔뜩 찌푸리고 있었다. 그러면서도 플루트를 아슬아슬 붙이고 있는 입 꼬리만은 웃는 듯 살짝 위로 당기고 있었다. 여자는 허리를 조금 구부린 채 상반신으로 원을 그리며 연주했다. 호흡 때문일 테지만 몸으로 선율을 그리고 있는 듯한 모습이었다. 곡이 끝나자 여자가 천천히 플루트를 입에서 떼어냈다. 연주 시의 자세 그대로 악기를 잡은 채 양손을 비스듬히 공중 위로 올리더니 다시 느리게 반원을 그리며 내렸다. 그리곤 갑자기 미소를 짓는 것이었다. 순간 나는, 음악의 여신이 저런 모습이지 않을까, 감탄했던 것도 같다.

휴식 후 이어진 연주는 분위기가 사뭇 달랐다. 성큼성큼 무대로 걸어 나온 여자가 두 손을 내린 채 한참을 서 있다 곡을 끝낼 때처럼 양손을 공중에 들어 올려 반원을 그리는 점만 같았다. 악기를 입술에 갖다 대자마자 빠른 곡이 시작됐다. 바람이 튀는 듯한, 찢어지는 듯한, 깨지는 듯한 소리가 들려왔다. 플루트가 그런 소리를 낼 수 있다는 것이 믿어지지 않았다. 갑자기 왼쪽으로 고개를 드는가 싶던 여자가 순간적이라 할 만큼 빠른 속도로 숨을 들이켰다. 나팔처럼 입술을

벌려 훅하고 공기를 빨아들이는 동작이 지금까지의 행동과
는 달리 거칠고 빨랐다. 그 순간적인 숨쉬기를 본 후 내 오감
은 숨쉬기에만 매달렸다. 음악은 사라져 버리고, 여자의 숨
쉬는 모습과 후욱일 것 같기도 하악일 것 같기도 한 그녀의
숨소리만 보고 듣고 있는 것이었다. 곡이 끝나자 미처 몰입에
서 빠져나오지 못한 표정의 여자가 플루트를 든 두 손을 공
중에 뻗어 반원을 그리며 내렸다. 박수갈채를 받으며 고개를
숙이는 그녀의 모습이 아득한 꿈같았다.

　플루티스트의 연주회를 다녀온 후 나는 다시 한 번 연주자
의 숨소리를 들었다. 놀랍게도 이어폰을 통하면, 물론 관악기
연주에 한해서이지만, 연주자의 숨소리가 고스란히 들렸다.
깊고도 가쁜 숨이 고막을 두들기다 뇌를 거쳐 심장을 울리는
그 과정이 왜 그렇게 좋은 건지 내 자신도 알 수 없었다. 어쩌
면 나는 연주자의 빠르고 거친 숨소리를 마치 내게만, 내 귀
에만, 들려주는 은밀한 그 무엇으로 착각하는지도 몰랐다. 심
지어 그 숨소리를 들으며 나는, 진흙인간에게 불어넣었을 신
의 숨결을, 신의 숨결을 마중물로 내뱉었을 진흙인간의 첫 호
흡을, 떠올리기까지 했다. 내게는 연주자의 호흡기관이, 신비
한 악기처럼, 한 개체를 살아 있게 하는 숨의 통로이면서 동
시에 생명을 노래하는 음악의 도구였다.

　존 케이지의 4분 33초도 내게는 숨의 연주로 생각되었다.
행동을 멈춘 연주자들, 그들이 할 수 있는 것이란 숨쉬기밖에

는 없을 것이기 때문이었다. 숫제 숨 음악이란 장르를 만들면 어떨까 싶은 생각까지도 해봤다. 그것은 높기도 하고 낮기도 한, 거칠기도 하고 부드럽기도 한, 숨소리들의 어울림일 터였다. 하지만 부질없는 생각이었다. '음악은 색과 리듬을 가진 시간'이라고 한 드뷔시의 말을 따르자면 숨만으로는 음악이 될 수 없기 때문이었다. 숨에게 보다 분명한 색과 리듬을 주려면…? 환희나 낙망의 때처럼 육체와 조응한 정신이 심장박동을 리듬 삼게 하면 가능하지도 싶었다.

내가 엉뚱한 생각에 빠져들고 있었다. 나도 모르게 첫 키스, 아니 첫 섹스의 장면을 떠올리고 있었다. 연주되고 있는 곡이 스트라빈스키의 〈봄의 제전〉이기 때문인지도 몰랐다. 장한나가 연주장 가득 부려놓은 원시적이고 폭발적인 에너지 때문인지도. 그런데! 엉뚱한 생각을 털어내듯 고개를 휘저을 때였다.

손가락질이었다! 지휘자가 찌르기라도 할 듯 힘차게 손가락질을 하고 있었다! 관악기 연주자를 향해 왼손으로, 나머지 네 손가락은 접은 채 검지만 곧게 내밀며.

손가락질은 계속 됐다. 찌르고 또 찌르고, 자꾸자꾸…. 지휘자의 손가락질을 당하면 신기하게도 그 악기들의 소리가 다른 소리들 위로 솟아났다. 연주자들이 지휘자의 검지에 찔리면 소리를 내는 자동인형인 듯한 착각마저 들었다.

문득, 손가락질을 하면서 지휘자는 어떤 숨을 쉬는지가 궁금해졌다. 날숨일지, 들숨일지, 하악일지. 후욱일지. 그 순간만큼은 지휘자가 숨을 멈출 것도 같았다.

네모
들판

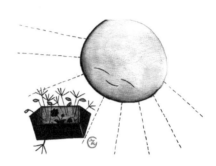

복층 아파트로 이사 오면서 2층 베란다의 새시를 뜯어내고 조그만 뜰과 온실을 만들었다. 파란 하늘이 성큼 집안으로 들어왔다. 직사각의 낮고 큰 화분을 사서 상추며, 쑥갓이며, 치커리, 대파를 심어 보았다. 우연히 본 대파 꽃이 너무도 예뻐서였다. 채소들은 뜰에서 쑥쑥 잘도 자랐다. 쑥갓은 긴 가지 끝마다에 노란 꽃을 피워 올리고 치커리는 삐죽한 잎새를 소담스레 돋아냈다. 긴 여름휴가를 마치고 집에 오던 날 나는 깜짝 놀랐다. 뜰이 울창한 정글이 되어 죽어 가고 있었다. 화분을 비워내야 했다. 그리고 며칠 후 또 놀랄 일이 생겼다. 하얀 담장에 붙여 놓아둔 화분마다 심지도 않은 풀꽃들이 가득해진 것이었다. 한 화분은 온통 제비꽃이 차지해 버렸고 한 화분에는 강아지풀이 무성했다. 채소를 심었던 직사각 화분은 아예 풀꽃들로 조그만 들판이 되어 있었다. 야생화 도감을 사왔다. 산책길에서 종종 마주치던, 그러면서도 이름을 불러주지 못했던, 그것들은 개기장과 사초와 왕골, 새와 명아주와 토끼풀과 바랭이였다. 내 집에 슬며시 들어와 네모 들판을 이루고 있는 풀꽃들이 새삼 내 것인 양 어여쁘고 소중했다.

그들처럼
나 또한

　장다리물떼새가 흰 가슴을 내밀며 이름처럼 긴 다리로 강
중강중 걷고 있었다. 붉은발도요는 재빠른 발놀림으로 장다
리물떼새의 다리를 휘감으며 종종대고 있었다. 노랑 갈색털
이 뽀송한, 태어난 지 이틀밖에 되지 않았다는 오리 한 쌍은
어디든 한 몸처럼 쫑깃쫑깃 붙어 다녔다. 조그만 것들이, 우
아해야 할 쇠백로조차, 앙증맞고 귀여웠다.
　그런데 신기했다. 망을 쳐둔 것도 아닌데 어떤 녀석도 날
아서 도망칠 생각을 하지 않았다. 날개를 접은 채 쪼르르 몰
려다니고만 있는 녀석들이 이상해서 마침 옆을 지나가는 해
설사에게 물어보았다. 어려서부터 이곳 환경에 적응해서일

거라는 다소 의아한 답이 돌아왔다. 순천 국제정원박람회의 생태체험관에서였다.

바로 옆 부스는 조그만 갯벌이었다. 직사각 뻘밭에서 개흙을 뒤집어쓴 어린 게와 짱뚱어, 말뚝망둥어들이 한데 섞여 쉴 새 없이 움직이고 있었다. 그런데 아까부터 미동도 않고 있는 녀석이 있었다. 말뚝망둥어였다. 녀석은 주변보다 살짝 도드라진 흙무더기 위에 엎드려 하늘을 향해 고개를 든 채 눈만 끔벅거리고 있었다. 녀석의 모습이 얼핏 로댕의 '생각하는 사람'을 연상시켰다. 설마 녀석에게도 고뇌가…?

하긴 말뚝망둥어란 녀석의 당혹감은 짐작되고도 남았다. 어느 날 갑자기 짱뚱어들의 구애 점프도, 붉은발말똥게의 알 털기도, 보름달도, 파도도, 그 무엇도 없는 얄팍한 갯벌에 던져져 아이들의 마구잡이 손길을 참아내야 하는 신세가 되었을 터였다.

불현듯 인간에게 이들을 가두어 본성을 거스르는 삶을 살게 할 권리가 있는 것일까, 하는 의문이 일었다. 그러나 곧 교육과 연구 등을 위해서는 어쩔 수 없는 일이겠지 싶은 마음도 들었다.

날 생각을 않는 새들을 보며 조금씩 어두워지던 마음이 안타까움으로 번지고 있을 때였다. 고뇌하는 말뚝망둥어를 향해 뻗쳐 가는 손이 보였다.

가만히 그 손을 잡았다. 초등학교 2학년 즈음으로 보이는 남자아이가 왜 그러냐는 듯 내 얼굴을 쳐다봤다.

"그렇게 자꾸 함부로 만지면 말뚝망둥어가 스트레스를 받아서 병이 든단다."

아이는 내 손을 뿌리치고는 다시 손을 뻗었다. 단호한 표정으로 다시 한 번 아이의 손을 잡았다. 다행히 아이는 더는 손을 뻗지 않았다. 망둥어에게 크게 좋은 일이라도 해준 듯 기분이 으쓱해졌다. 언젠가 읽었던 칼럼* 때문인지도 몰랐다.

하와이 바다에서 쥐가오리의 군무를 구경하던 잠수부들에게 돌고래 한 마리가 다가와 주변을 맴돌기 시작했다. 돌고래의 행동을 이상하게 여긴 잠수부 한 사람이 유심히 살펴보니 그 돌고래의 몸에는 낚싯바늘이 박혀 있고 지느러미는 온통 낚싯줄로 뒤엉켜 있었다. 잠수부가 펜치로 낚싯줄을 제거했다. 그 동안 돌고래는 작업이 쉽도록 지느러미 부위를 잠수부 쪽으로 들이대며 침착하게 행동했다.

러시아 여우 이야기도 있었다.

병에 머리가 낀 어린 붉은여우 한 마리가 길에 앉아 있다가 군인들이 나타나자 제 발로 걸어와 도움을 청했다. 한 군인이

---

* 「최재천의 자연과 문화」, 조선일보, 2013년 7월 16일자.

손으로 여우의 목을 쥐고 조심스레 병에서 꺼내주자 여우는 쏜살같이 숲으로 사라졌다.

칼럼을 읽으며 나는, 녀석들이 어떻게 인간이 자기네를 도와줄 것이라는 믿음을 갖게 되었을지, 궁금했었다. 나도 동물들과 좋은 감정을 나눌 수 있는, 그 어떤 특별한 경험을 갖고 싶었다.

하기는, 생각해 보면, 저들이나 나나 다를 것도 없었다. 어느 날 갑자기 생태체험관 이곳에서 영문 모르는 삶을 살게 된 저들처럼 나 또한 아무것도 모른 채 지구별에 떨어져 어떻게 되어 질지 모르는 삶을 살고 있었다. 또 저기 저 날 생각 않고 있는 장다리물떼새처럼 나 또한 내 자신을 상승시킬 그 무엇은 생각지 않고 집안에 갇히듯 숨어 일상에만 종종대고 있었다. 그러면서 고뇌하는 저 말뚝망둥어처럼 시도 때도 없이 찾아오는 불가항력적 막막함에 가슴 답답해하고….

그래도 나는 운이 좋은 편이긴 했다. 낚싯줄을 제거해 달라고 잠수부의 주위를 맴돌던 돌고래나 머리를 병에서 꺼내 달라고 군인에게 다가간 붉은여우처럼, 나 또한 곤란한 일을 당하면 쪼르르 달려갈 수 있는 그 누군가를 갖고 있기 때문이었다. 틀림없이 선善과 아량을 베풀어 줄 것이라 믿을 만큼 특별한 경험을 나누어 가진 그 누군가를. 그런데 이런 허접한 공상에 신神이라 불리기도 하는 그분을 끌어들여도 되나…?

생뚱맞은, 불경하기까지 한, 생각을 털어 버리듯 나는 서둘러 생태체험관을 나왔다.

콘크리트 상자 속
비둘기

벚나무 꽃잎이 내리는 탄천변을 걷고 있다. 다리 밑으로 막 들어서려는 순간, 뭔가가 얼굴을 휙 스쳐지나간다. 섬뜩하다. 멈춰선 채 주변을 살펴본다.

다리를 중심으로 위와 아래, 앞과 뒤가 이렇게 다르다니….

얄궂게도 봄이 이 다리를 받침 삼아 뛰어넘기를 하고 있다. 꽃망울을 터뜨리는 따사로운 햇살도, 꽃눈을 뿌려대는 살랑바람도, 자동차가 질주를 벌이고 있는 다리 밑, 콘크리트로 하늘이 막혀 있는 이곳을, 은근슬쩍 따돌리고 있다.

어둠상자에 한 발을 들여놓고 위아래를 살펴본다. 컴컴한 천장 깊숙이 회랑처럼 길게 이어진 선반이 얼핏 보인다. 앙당 그레 움츠러든 어깨를 기울여 그 괴적한 콘크리트 시렁을 들여다본다. 비둘기다. 날개를 접은 비둘기들이 검은 물체가 되어 양 갈래로 뻗은 좁은 모서리에 좀비처럼 앉아 있다. 낯설고 꺼림칙한 모습으로 어둠에 매몰되어….

나를 스쳤던 녀석일까? 그 중 한 놈이 갑자기 푸드득 날갯짓을 한다. 그리곤 위협하듯 내게 달려든다. 와락, 온몸으로 무섬증이 일어난다. 이 녀석에 합세해 다른 녀석들까지 달려들까 두려워 도망치듯 다리 밑을 가로지른다.

다시 탄천변을 걷는다. 왼쪽 귀에 담기는 시원한 물소리에 기분이 좋아진다. 연둣빛으로 물이 오른 버드나무를 지나치는데 저만치 앞쪽으로 다리가 보인다. 아까 것과는 다르게 도로가 아닌 탄천을 가로지르는 다리다. 자동차가 아닌 물 위에 뜬 다리.

다리에 들어서며 나도 모르게 주변을 살핀다. 다리 안쪽, 탄천에 면한 모서리에 비둘기 두 마리가 앉아 있다. 그런데 녀석들, 연신 부리를 맞부딪치며, 목을 비벼대며, 목하 열애 중이지 않은가. 내가 쳐다봐도 아랑곳없다. 세상이 사라지기라도 한 듯 둘 사이 일에만 열중이다. 저절로 웃음이 나온다. 녀석들의 머리 위 비스듬한 각도로 부어지는 봄 햇살도, 강물에 반사돼 동글동글 바닥으로 흐르는 빛 그림자도, 녀석들을 축복해 주는 것만 같다.

다리를 벗어나 다시 걷는다. 갑자기 의아해진다. 콘크리트
밑, 같으면서도 다른 광경에 뒤늦게 어이없어진 것이다. 봄마
저 멀리뛰기로 외면하는 다리 밑 어둠 집에선 제각각이 외로
운 좀비 비둘기들이 살고, 봄 햇살 사선으로 스미는 다리 밑
모퉁이 집에선 너·나가 하나 된 콩밭비둘기들이 살고 있으
니….

이거 환경과 관련한 문제일까? 그러니까 은혜와 관련
한…?

아님, 성향과 관련한 문제일까? 말하자면 온화하다거나
공격적이다거나 하는…?

나 또한 콘크리트 속에서 살고 있다는 생각이 머리를 스친
다. 네모반듯하게 재단된 진회색 콘크리트 상자 속에서 매일
을 지내고 있다는 생각이….

내 네모 상자에는 봄이 얼마나 와 있는지, 어떤 모습으로
와 있는지, 불쑥 궁금하다.

가위질과
글감 숭배

식구는 많은데 행동이 느려서일까. 책상에 앉아 있는 시간을 만들려면 빨래고 설거지고 번갯불에 콩 구워 먹듯 해치워야 한다. 작가란 글을 쓰고 있는 사람이 아니라 글을 써야 한다고 믿는 사람이라더니 내게는 그 작가 의식이란 것이, 엉뚱하게도, 작품이 아닌 집안일 빨리 끝내기로 실현된다.

오늘도 나는 아침 일찍부터 서둘러 집안일을 끝마친다. 시일이 촉박한 원고 청탁을 받아서도, 좋은 글감이 떠올라서도 아니다. 습관이 되어 버린 그 놈의 작가 의식 때문이다.

책상에 앉는다. 왜 그리 조급했는지가 무색할 정도로 할 일이 없다. 습관대로 신문 스크랩부터 하기로 한다.

스크랩의 과정은 이렇다. 일단 신문을 대충 훑어본다. 훑다 관심 가는 헤드라인이 보이면 그 페이지를 찢어둔다. 주로 문화나 교양, 스포츠, 오락면이 찢길 확률이 높다. 대충 훑기가 끝나면 한소끔 쉴 겸 커피를 내려온다. 그리고는 편한 자세로 커피 향을 음미하며 찢어 놓은 기사를 천천히 읽는다. 인상 깊은 자료나 사진, 그림을 발견하면 가위로 오린다. 오려진 신문 기사를 상자에 담거나 밑줄을 그어 공책에 붙이는 것이 스크랩 작업의 끝이다.

스크랩을 시작한 것은 글을 쓰면서부터다. 좀 더 정확히 말하면, 원숭이의 반응 행동에 대한 신문 기사를 읽고 쓴 글이 좋은 평가를 받으면서다. 그때는 스크랩이 글감 사냥을 위한 비장의 꼼수가 되어 줄 줄 알았다. 하지만 그게 다였다. 그 외에는 스크랩을 통해 글감을 찾은 기억이 없다. 기사를 읽으며 옛 추억이 떠오르거나, 필자의 의견이 나와 달라 흥분한 적이 있었는지는 모르겠다. 그럼에도 나는 여전히 스크랩을 한다. 직접적인 글감은 아니지만 내 글쓰기에 신문이 큰 도움을 주고 있음을 알기 때문이다. 바깥 활동을 좋아하지 않고 집에서만 빙빙 도는 내가, 그나마 세상 돌아가는 것을 아는 것은 신문을 통해서다. 내 좁은 사고思考를 이만큼이라도 확장시킬 수 있었던 것은 신문에 실린 다양한 사건 사고事故, 많은 사람들의 생각과 의견들을 접한 덕분이라 생각하는 것이다.

오늘도 나는 약간의 기대를 가지고 신문을 읽는다. 이렇게 저렇게 떠벌렸지만 좋은 글감이나 신통한 영감靈感을 아주 포기할 수는 없다. 스크랩한 기간이 제법 되어서인지 이제는 스크랩을 하지 않으면 기분이 찜찜하기도 하다. 어제는 아침에 시간이 없어 가위를 신문으로 둘둘 말아 가방에 넣어 가지고 외출했다. 약속과 약속 사이, 자투리 시간이 나면 읽고 오려 볼까 해서였다. 그러고 보면 요즘 나를 작가이게 하는 것은, 그 놈의 작가 의식으로 하고 있는 이 스크랩뿐인지도 모른다.

사실 무언가를 보고, 읽고, 듣고, 감촉하는 우리의 모든 활동이 스크랩일 것이다. 자극을 받은 오감이 진하게 든 옅게 든 뇌 주름에 자국을 남길 것이기 때문이다. 그러니 이렇게 상자에 모으고 공책에 붙이느라 애를 쓰는 것은 어리석은 일인지도 모른다. 숫제 그 시간과 에너지를 당장 바깥으로 나가 경험과 체험 그러니까 직접 스크랩에 쓰는 것이 지혜로운 일인지도. 간접스크랩의 효율이 날이 갈수록 낮아지고 있어서다. 게다가 모아놓은 기사가 많아지면서 그것을 관리하는 것이 점점 어려워지고 있지 않은가. 어떤 기사를 오려 두었는지 기억할 수 없는데다 상자를 정리할 엄두도 내지 못하고 있다. 하지만 그런들 어찌하랴 싶은 생각도 든다. 습관대로 하는 거지 싶은….

오늘은 찢어낸 여섯 장의 신문 중에서 기사 세 개를 오리기로 한다. 가윗날을 벌려 신문 사이에 끼운다. 돌아가신 시어머님이 바느질감 마를 때 쓰시던 가위는 몸체가 늘씬하고 길쭉한 게 신문 오리기에는 안성맞춤이다.

긴 가위가 기사 사이를 성큼성큼 지나간다. 썩썩썩썩. 시원한 가위 소리에 기분까지 좋아진다. 화를 누그러뜨리는 방법으로 종이 썰기를 하는 사람이 있다더니 과연, 가위질 소리만으로도 스크랩은 할 만한 가치가 있다.

잘라낸 기사들을 다시 한 번 읽어본다. 현대판 '화물 숭배'*라는 기사가 특히 흥미를 끈다.

태평양 섬 원주민들 사이엔 '화물 숭배'라는 종교가 있다. 2차 세계대전 중 수많은 장비와 화물을 가지고 온 미군을 관찰한 원주민들은 신기한 사실을 발견했다. 군인들이 바쁘게 무선 장비를 다루고, 활주로를 뛰어다니며 깃발을 흔들자 하늘에서 비행기가 날아와 음식과 신기한 물건들을 가지고 오는 것이다. 전쟁이 끝나고 더 이상 배달되지 않는 화물을 그리워하던 원주민들 사이엔 활주로를 청소하고, 나무로 비행기와 무전기를 만들고 군인들이 했던 행동을 따라 하면 다시 화물이 도착할 거란 새로운 '종교'가 탄생했다.

* 「김대식의 브레인 스토리」, 조선일보, 2013년 3월 28일자.

종교가 이렇게 만들어질 수도 있나 싶은 게 어처구니없기도 하고 허무하기도 하다. 신문에는 원주민들이 만들었다는 나무 비행기의 사진이 실려 있다. 비행기의 양 날개가 과장스럽게 길쭉하다. 이 큰 비행기를 만들려면 얼마나 많은 공을 들여야 했을까? 숫제 비행기 만드는 수고를 다른 일에 쏟았다면 눈에 보이는 확실한 결과를 얻을 수 있지 않았을까?

긴 날개를 가진 나무 비행기를 언덕 위에 올려놓고 간절히 기도하는 그들의 모습을 상상해 본다. 그들의 기도에 어떤 응답도 내려질 리 없다. 그럼에도 그들의 종교가 계속 이어진 것은, 응답 없음을 응답 있음으로 해석하는 믿음의 힘일 것이다. 무엇을 바란다는 것은 희망이고 희망은 살아갈 힘이 되는 것, 그러니 이들의 믿음은 그 자체로 소중한 것일 게다. 그 믿음이 선善한 것이기 때문이다.

내 신문 스크랩도 원주민들의 나무 비행기 만들기와 비슷한 것 아닌가 싶은 생각이 든다. 나 또한 태평양 섬 원주민들처럼 우연한 인과 관계를 만들어 그 좋은 일이 자꾸 생기기를 바라고 있기 때문이다.

나무 비행기를 만들어 놓고 화물을 기다리는 그들의 신앙을 '화물 숭배'라 불렀던가. 그렇다면 가위질, 그러니까 스크랩을 통해 글감 내지 영감을 기다리는 것은 '글감 숭배' 혹은 '영감 숭배'?

갑자기 장난기가 발동한다. 가위에 손가락을 끼워 놓고 찰칵찰칵 헛 가위질을 해가며 조아려 본다.

'가위야, 가위야, 좋은 글감, 멋진 영감 잘 부탁해.'

남자들이란,

하나하나 일러줘야 하는

존재라니까요

전화벨이 울렸다. 남편이었다.

"어머, 벌써 오게? 나, 책방 왔다 막 돌아가려던 참인데…"

평소 저녁을 회사에서 먹고 밤이 늦어서야 집에 돌아오곤

하던 그녀의 남편이 오늘따라 일찍 들어오겠다고 했다. 그러

면서 별달리 저녁 준비를 해 놓은 것도 없는데 집밥이 먹고

싶다는 것이었다. 낭패였다.

"자기, 밥 빨리 먹고 싶으면 도와줘야 할 것 같아. 싱크대

위 검은색 비닐봉지 속에 감자 있거든요. 그거 꺼내서 반만

깎아 놔요. 될 수 있음 빨리 갈게요."

귀가를 서두르며 그녀는, 감자로 할 수 있는 메뉴들을 궁

리해 봤다. 먼저 떠오르는 것은 숭숭 썰어 넣은 감자로 걸쭉하게 국물을 낸 수제비였다. 고추장을 넣고 감자찌개를 할 수도 있었다. 감자채 볶음이나 감자조림 아니, 감자 부침개까지도 할 수 있었다. 숫제 카레라이스를 하는 것도 괜찮을 듯싶고….

현관에 들어서자, 그녀의 남편이 달려 나와 신바람난 목소리로 말했다.

"생각보다 빨리 왔네. 감자는 다 깎아 놨어. 깨끗이 씻어서 물에 담가 놓기까지 했다고."

그녀는 재빨리 옷을 갈아입고 부엌으로 갔다. 싱크대 위에는 남편이 올려놓았을 양푼이 반짝이고 있었다. 앞치마 끈을 묶으며 그녀는 남편이 자랑하고 있는 수고의 결과물을 들여다보았다. 이런, 양푼 속에는 기묘한 감자들이, 그러니까 껍데기가 반만 깎여 있는 감자들이, 봉긋 얼굴을 내밀듯 담겨 있었다.

"아니, 이게 뭐야? 감자들을 왜 이렇게 해놨어?"

그녀의 남편이, 자기야말로 이상하다는 듯 되물었다.

"왜? 뭐 잘못했어? 말한 대로 감자 반만 깎아 놨잖아."

반만 깎아 놓으라고? 그랬다. 분명 반만 깎아 놓으라고 말했었다. 하지만 그 반만을 어떻게 이 반만으로 알아들을 수 있단 말인가. 남자들이란 정말, 어휴.

한숨을 쉬는 그녀를 향해 남편이 자신감 없는 어조로 말을

이었다.

"이 감자들 찌려는 거 아니었어? 나도 이상하기는 했다고. 감자들을 아이스크림콘처럼 먹으려나 하고. 껍데기 붙은 쪽을 손으로 잡고…."

그녀 남편의 얼굴에는 칭찬은 고사하고 책망을 받는 상황의 억울함이 퍼지고 있었다.

어디가 뭔지
알 수 없는
속살로

　휴양림 통나무집, 평소보다 일찍 눈을 뜬다. 소리 없이 창유리 위를 미끄러져 내리는 빗방울들…. 사방이 고요하다. 새소리만 이따금 들릴 뿐이다. 이따금 나뭇가지인가가 떨어지는 소리도 들린다.

　우산만 들고 문을 나선다. 구불구불 이어진 좁다란 길을 따라 안개 자욱한 숲으로 들어간다.

　검게 변한 나무 그루터기에 조그만 귀들이 다닥다닥 붙어 있다. 나무 밑에는 조그맣고 동그란 머리들이 솟아 있다. 버섯들이다. 그런데 저것들을 귀니, 머리니 그렇게 불러도 되는 걸까? 내가 머리라 부른 것은 갓이라 불러야 할 것이다. 귀는? 모르겠다. 저렇듯 앙증맞아도 사실 녀석은 동물도 식물도 아닌 곰팡이와 한 종류, 균인 것이다.

손으로 낙엽을 헤쳐 가며 자세히 살펴본다. 어젠가 봤던 종이꽃낙엽버섯의 사진이 생각나서다. 그것은 나뭇잎에 실처럼 가는 대를 붙이고 있는, 아주 쪼그맣고 동그란 갓을 가진 버섯이었다. 사진 밑에는 다음과 같은 글이 쓰어 있었다. 낙엽에 종이꽃낙엽버섯의 포자가 붙으면, 낙엽은 썩기 시작하고, 그 썩은 낙엽을 지렁이가 먹고, 지렁이는 그 먹은 것을 몸에서 삭이고, 삭여진 그것은 결국 똥이 되어 몸 밖으로 나와 좋은 흙이 된다….

깜짝이야!

호랑이도 제 말하면 나타난다더니 낙엽 밑에 몸을 길게 늘인 지렁이가 있다. 지렁이는 몸에 암 수를 함께 가지고 있으면서도 짝짓기는 다른 개체와 하는 조금 특별한 놈이다. 검붉은 두 몸이 몸을 바싹 붙이고 위 아래 서로 다른 짝짓기를 하는, 조금은 엽기적인 장면을 떠올려 본다. 플라톤이 향연에서 말했다는 '잃어버린 반쪽' 이야기가 생각난다.

애초에 사람은 팔 다리 네 개, 눈 귀 네 개인 완벽한 구형으로 만들어져 앞을 보고 걸어가면서도(구르면서도) 뒤통수의 눈으로 사방을 볼 수 있었다고 한다. 그런데 어느 날 신이 그 완벽한 동글 몸체를 삶은 계란 자르듯 반으로 자른 것이다. 대항하는 사람들에게서 위협을 느꼈기 때문이다. 지금도 사람들은 틈만 나면(?) 자기 배꼽을 다른 배꼽에 마주대고 싶어 하는데 그 이유가 다 '잃어버린 반쪽'에 대한 연민 때문이라나. 배꼽이란 상처를 싸매었던 자국, 배꼽에 배꼽을 이어 댐으로써 다시 완벽체가 되려는 속셈이라는 것이다.

하지만 배꼽 마주대기를 좋아하는 것이 어디 사람뿐이던 가. 그러고 보면 애초에는 사람뿐 아니라 모든 동물이 완벽했 는지도 모르겠다. 사람이 잘릴 때 괜스레 다른 동물들까지 함 께 잘린 것인지도. 혹시 사람이 위 아래, 남편 여편으로 잘릴 때 지렁이만은 좌·우, 암 수 섞인 반반으로 잘린 것 아닐까? 그래서 길이로 나뉜 반쪽의 암 수가 다른 반쪽의 암 수를 그리워하는 것은?

그런데 저 녀석은 어디가 위(머리)고 어디가 아래(꼬리)인 걸까? 길기만 한 몸이 홀딱 벗고 있어서인지 도통 어디가 뭔지 알 수가 없다. 그렇다면 저 녀석…. 제 몸 보호해 줄 가시 한 개, 제 몸 감쌀 털 한 터럭 지니지 않은 저 속살로 흙을 부수고 모래를 삭이는 것이란 말인가. 어디가 뭔지 알 수 없는 저 맨살로 흙길을 뚫어 공기의 길을 내는 것이란 말인가. 그러고 보니 버섯이란 녀석을 보면서 어디가 뭔지 분간할 수 없었던 이유도 벗고 있어서인 것 같다.

갑자기 고민을 끝내야겠다는 생각이 머리를 스친다. 오랫동안 하고 싶어 하던 일인데 이제 그만 발을 내밀자 싶어진 것이다. 앞뒤 따지고 재는 것 그만하고 체면치레 같은 것 다 벗어버리고.

붉고 하얀 살갗들이 안개비에 몸을 씻고 있다. 엉뚱한 것에서 결심의 이유를 찾아내는, 옷에 갇힌 존재일랑 아랑곳하지 않은 채….

2부
–
얼굴 없는 세상

분당 2

노년이라 불리는
심적 상황의 시작에 대하여

올 여름은 정말 더웠다. 가만히 있어도 온몸에서 땀이 배어 나왔다. 특히 얼굴이 심했다. 어쩌면 그것은 눈물인지도 몰랐다, 살갗을 통해 흘리는 몸의 눈물. 내가 그렇게 온몸으로 우는 이유는 더위 때문만은 아니었다. 기묘한 전조가 있었다.

먼저 명치 아래 저 깊숙한 곳에서 어떤 열기가 뭉근히 느껴지기 시작했다. 열기는 가스불이 빈 냄비를 달구듯 가슴 언저리를 달구어 대면서 목구멍으로 헛헛한 느낌을 뿜어 올렸다. 그 뜨거운 허기에 입 속의 침은 점점 말라 가고 열기는 얼굴 전체로 뻗쳐오르고…. 그러다 갑자기 얼굴에서부터 온몸으로 확하고 땀이 솟구쳐 나오는 것이었다.

화장도 할 수 없고 옷도 마음대로 입을 수 없었다. 누군가를 만나기가 우세스러워 숫제 외출계획을 세우지 않았다. 친구들이 갱년기 증상이라고 했다. 오히려 나이에 비해 늦게 온 것이라며 불면증이나 우울증 같은 다른 증상이 없는 것을 다행이라 여기라 했다.

견딜 대로 견디다 병원에 갔다. 이런저런 검사를 한 후 의사가 호르몬 치료를 권하며 약을 처방해 주었다. 비실비실 사그라지고 있는 내 여성성을 살려 준다는 그것은 직사각 은색 판에 먹는 순서가 검은 선으로 그려져 있는 아주 조그만 약이었다. 약을 먹자 거짓말처럼 달아오름과 땀이 멎었다.

무라카미 하루키의 수필 「청춘이라 불리는 심적 상황의 끝에 대하여」를 읽었다. 하루키는, 자신의 청춘이 언제 끝났는지를 정확히 기억하고 있었다. 그것은 그가 서른 살 때, 아자부의 멋진 레스토랑에서 일 때문에 한 여인을 만나면서였다.

"내가 옛날에 알았던 한 여자와 참 많이 닮았군요. 정말 놀라울 정도로."
"남자 분들은 그런 말씀을 잘 하시네요. 세련된 말이라고는 생각하지만.

옛날에 사랑했던 여인과 너무도 닮은 여인의 이 한마디 말에 그는, 지금까지 소중히 간직했던 옛 연인에 관한 기억 아니, 그녀에 부수되는 어떤 심적 상황이 끝났음을 느꼈다는 것이다. 동시에 청춘이라 불리는 막연한 심적 상황도 끝이 났음을.

청춘이라 불리는 심적 상황의 끝이라니…? 한 번도 생각해 본 적 없는 테마다. 하지만 떠오르는 장면은 있다.

3년 전 합창대와 함께 포르투갈과 스페인을 여행했다. 가족 여행 외에는 해 본적이 없던 내게 10박 12일이라는 멀고도 긴 여행은 신세계를 향해 배를 띄운 콜럼버스의 마음만큼이나 흥분되는 것이었다. 드디어 포르투갈 공항에 도착, 기다리고 있던 가이드와 만났다. 아담한 체구에 얼굴 가득 선량한 미소를 머금고 있는 젊은 가이드. 그는 첫 만남에서부터 낯설지 않았다. 왜일까? 가이드 쪽이 훨씬 체격이 작고 여성스럽기는 했지만 확실히 그는 젊은 시절의 남편과 많이 닮아 있었다.

하루 이틀 지나면서 그가 스페인으로 사랑의 도피행을 온 음악도임을 알게 되었다. 기타 학원에서 만난 여인과 운명적 사랑을 느꼈지만 그 여인이 그보다 여덟 살 연상이라는 이유로 양쪽 집 모두에서 배척을 받게 되자 사랑을 위해, 음악을 위해, 머나먼 이국 행 비행기에 몸을 실었다는 것이었다. 내 사랑의 도피행이 떠올랐다. 남편과 내가 해내지 못한 것을 그들은 멋지게 해냈다는 감탄과 함께였다.

내 도피행의 이유는, 지금 생각해 보면, 정말 어줍지 않은 것이었다. 집 앞 골목의 어두컴컴한 구석에서 남자친구와 껴안고 뽀뽀하다 언니에게 들켰다는 이유로 도망가려 했으니 말이다.

창피해서 도저히 집에 들어갈 수 없다며 남자친구에게 떼를 썼다. 숫제 도망가자고 했다. 그럴 일까지는 아닌 것 같다 말하면서도, 내가 막무가내 우겨서인지, 그는 손가락을 걸어가며 나를 달랬다. 당장은 차비도 없고 하니 짐을 챙겨 내일 가자는 것이었다. 등을 감싸 안은 채 집까지 바래다주는 그에게 져서 숨어들 듯 집으로 들어갔다. 곧바로 방에 들어가 이불을 뒤집어쓰고 누웠다. 언니는 내게 아무런 내색도 하지 않았다.

이불 속에서 다음날을 상상했다. 사랑의 도피행! 상상 속에서 그것은 더 이상 창피나 부끄러움이 아니었다. 어느새 그것은 아름다운 영화였다. 들꽃을 꺾어 화환과 부케를 만들고, 둘만의 결혼식을 올리고, 바닷가 조그만 오두막을 빌려 소꿉장난 같은 살림을 하는…. 구름 위를 걷는 듯 몽롱한 흥분에 싸여 밤새 자다 깨다를 반복했다. 다음날 가방에 옷가지를 챙겨 넣고 식구들 몰래 약속 장소로 나갔다. 하지만 그는 아무것도 들고 있지 않았다. 멀리서 나를 발견한 그가 황급히 달려와 내 손을 잡으며 말했다.

"우리 도망가면 안 되는 것 같아. 니 말대로 도망간다 치자. 돈도 없는데 우리가 어떻게 뭘 하고 살겠어. 우리 숫제 빨리 결혼하자. 그러려면 논문을 마치는 게 급선무야. 내가 열심히 해서 빨리 졸업할 게. 나는 너를 진짜 행복하게 해주고 싶어."

약속 그대로, 재빠르게 과정을 마친 그와, 그 이듬해 봄 약혼하고 그 가을에 결혼했다. 그리고 가끔, 아주 가끔, 그 일을 떠올린다.

"사랑하는 사람과의 첫 입맞춤이 뜨겁고 달콤한 것은, 그 이전의, 두 사람의 입술과 입술이 맞닿기 직전까지의 상상력 때문이다."라는 글을 어디선가 읽은 적이 있다. 그가 실제 도망가려 했다면 내 편에서 먼저, 막상 그러려니 겁이 난다며 그만두자 말했을지도 모른다. 또 설사 일을 저질렀다 한들 하루도 안 돼 돌아왔을 것이다. 하지만…

그가 아무런 준비 없이 나타났을 때 아니, 처음부터 그럴 마음이 없었다는 것을 알았을 때 내 안에서 와르르 무너져 내리던, 탁하고 끊어져 버리던, 그 무엇! 하루키가 느꼈다는 청춘이라 불리는 심적 상황의 끝이란 이런 것이지 않았을까?

그날 이후, 말하자면 그에게 품고 있던 몽상과 자아도취와 무모한 행복감이 큰 타격을 입던 그날 이후, 그러니까 합리적이고 계획적인 그의 제안에 감정적이고 즉흥적인 내 마음이 순복되던 그날 이후, 내가 새롭게 바라보기 시작한 가치는 판단과 분별을 도와준다는 이성과 지혜였다.

가이드 이야기를 하다말고 얘기가 옆길로 가버렸다. 다시 돌아와, 그날 오후는 수도원 방문이 예정되어 있었다. 숲속으로 난 좁은 오르막길을 오르고 있을 때였다. 옆을 보니 가이드가 내 옆에서 나란히 걷고 있었다. 자연스레 그와 이런 저런 이야기를 나눴다.

"우리 친구할까요?"

내가 묻지 않았는가! 하지만 그는 아무런 대답도 하지 않았다. 그저 예의 사람 좋은 표정으로 웃고 있을 뿐이었다. 갑자기 당황스러웠다. 그때 나는 아마 어울리지 않는 우스갯소리를 능치며 앞서 걷던 합창대의 한 동료를 향해 뛰어갔을 것이다.

왜 그는 그냥 웃기만 했을까? 열두 살이나 위인, 누나도 한참 누나인 내가 친구하자고 한 것이 그렇게 어이없는 일이었을까? 유럽 한복판에서 여덟 살 연상의 아내와 살고 있는 그에게 나이는 그리 문제가 될 것 같지는 않았다. 내가 그의 취향이 아니어서? 그렇다면 나를 대할 때의 그 편안한 얼굴과 친절한 태도는 뭐란 말인가. 어쨌든 결혼하자는 것도, 이성으로 사귀자는 것도 아니지 않은가. 친구라 해도 고작 이메일 정도나 주고받는 사이였을 텐데….

문득 내 입장이 깨달아졌다. 그에게 나는, 일상에서의 일탈이라는 로맨틱한 자기 연민에 빠져 뻔뻔하게 작업을 걸고 있는 그렇고 그런 여자였던 것이다. 부끄러움이고 무어고가 없는 그렇고 그런 아줌마!

그를 둘러싼 희롱의 여러 모습들이 머릿속을 맴돌았다. 얼굴이 화끈거렸다. 결혼을 하고 많은 세월을 산, 성性이라는 기초 위에 생활을 쌓아 온 나 같은 아줌마에게는 더 이상 풋풋하고 순수한 사귐 같은 것이 기대될 리 만무했다. 그래도 그건 아니었는데, 나는 정말 순수한 마음이었다고요!

남편에게 사랑의 도피행을 거절당했을 때만큼이나 참혹했다. 생명력을 잃고 문드러져 가던 청춘의 뿌리가, 여행지의 몽상과 자아도취와 무모한 행복감에 힘입어 가까스로 솟구쳐 낸 청춘이라 불리는 심적 상황의 여린 싹이, 다시 한 번 잘려 나가는 아픔이었다.

어느덧 내가 갱년기의 여자가 되어 버렸다. 갱년기는 장년의 끝자락, 인생의 과정에서 갱년기의 대척이 되는 것은 사춘기일 것이다. 육체와 정신이 같은 속도로 성장하지 못할 때 겪게 되는 혼란과 혼돈, 부모의 보호와 통제로부터 벗어나 육체적 정신적으로 홀로 서고자 하는 반항과 좌절의 시기.

나 또한 흔히 질풍노도의 시기로 표현하곤 하는 사춘기를 거쳐 청년이 되었다. 내 갱년기가 발열과 방출로 대변된다면 내 사춘기는 가슴 통증과 복숭아 향기였지 싶다. 지금도 가슴이 솟기 시작할 때의 그 기묘한 통증의 기억이 선명하다. 딱딱한 씨가 박혀 있기라도 한 것처럼 가슴 양쪽이 뭉근히 아팠다. 그러다 누가 건드리기라도 하면…! 나도 모르는 사이에 통증은 사라졌다. 그 후 내 몸에서 언뜻언뜻 맡아지던 복숭아 향기. 다른 사람에게도 그것이 좋은 냄새로 맡아졌는지 알 수 없지만 나는 그 향기와 함께 청년이 되었다.

싱그럽고 풋풋했어야 할 청년의 시기를 나는 기껏 좋은 아내니 좋은 엄마니 하며 행복한 가정을 꾸미는 상상이나 하며 살았다. 그러니 아마 나는 청년을 장년으로 그러니까 하루키가 말한바 장년이라 불리는 심적 상황으로 청년을 산 것이리라. 그래서일까, 내 장년은 무척이나 길었다는 느낌이 든다. 시부모님을 모시고 남편을 뒷바라지하고 아이들을 낳아 기르고…. 남편과 서로의 생각과 가치관을 공유하며 살아온 삶이었다. 그러고 보면 장년은 두 이성 그러니까 이성異性과 이성理性에 이끌리는 삶이지 싶다. 아이들을 낳고 가정을 이끌어 나가려면 여성과 남성이라는 이성異性은 물론 판단과 분별을 도와줄 이성理性이 절대적으로 필요할 테니 말이다.

불쑥 엉뚱한 생각이 끼어든다. 갱년기의 대척인 사춘기가 부모의 보살핌과 통제로부터 벗어나 독립 개체가 되는 시기였듯, 청장년을 거치고 맞는 갱년기는 다시금 배우자로부터 벗어나 독립 개체로 환원하는 시기가 아닐까 싶은…. 갱년기 이후의 부부들이 성性적 관계에서든, 정서적 관계에서든, 서로가 서로에게 유연해지는 것 같아서다. 부분적이나마 홀로 서기를 하는 것 같아서다. 어쩌면 이런 일부 독립은, 삶을 동시에 마감하는 부부가 별로 없음을 생각할 때, 피할 수도 없고 피해서는 안 되는 인생의 절차인지도 모른다. 그래서 그 시기 일어나는 불협화음은, 억지로라도 하나이던 둘이 각각의 하나로 쪼개지는 과정에서 생기는 필요악必要惡의 상처로 받아들여야 하는 건지도. 부모의 보호나 통제를 거부하던 사춘기의 마음이 비행非行 욕구에서 나오지 않았듯, 배우자의 지나친 기대기나 간섭을 꺼리는 마음 또한 방종放縱 욕구에서 나오지 않을 것이기 때문이다.

이제 내게 상상의 영역 속에 남아 있는 것은 갱년기 너머 노년의 삶뿐이다. 이즈음 그것이 생각보다는 괜찮을지 모른다는 생각을 한다. 얼마 전 서로의 손을 잡은 채 다정히 걸어가시던 원로 작가 두 분의 모습에 감동을 받은 때문이리라.

문학회 행사를 마치고 식당으로 가는 길에서였다. 앞 쪽에 저절로 미소가 지어지는 광경이 펼쳐지고 있었다. 연로한 두 분 선생님이 불편한 몸을 서로 부축해 가며 걷고 계신 것이었다. 두 분의 모습이 어쩌나 훈훈하고 곰살갑던지, 순진무구 어여쁘던지, 나는 속으로 저 나이에 이르면 모든 관계가 같은 시대를 살아가는 지구 삶의 동반자 정도로 단순화되는 것은 아닐까, 생각했었다. 저 모습이 노년의 삶이라면, 그것 또한 기대하며 기다려도 괜찮지 않을까….

그런데 지금 내가 무슨…? 아무리 그래도 노년의 삶을 기대할 수야…?

어쩌면 내가 분별력을 잃어 가고 있는지도 모른다. 사실 분별력뿐이랴. 기억력도 지혜도 모두 흐릿해져 가고 있다. 이런 식으로라면 내가 얼마지 않아, 이성적 판단을 포함한 모든 분별력을 잃고, 어린 아이처럼 순진무구해질지도 모른다. 분별하려 판단하려 애를 쓰지 않는 삶, 느껴지는 대로 느끼고 하고 싶은 것을 하는 삶에 이를지도…. 말하자면 노년의….

그런데 그거 신나는 삶이지 않은가!

가슴 속에서 사랑의 도피행을 상상하던 때만큼이나 행복한 흥분이 몽글몽글 일어난다. 어쩌면 이미 내게 노년이라 불리는 새로운 심적 상황이 시작된 것인지도 모른다. 그렇다면 그것은, 몽상과 자아도취와 무모한 행복감을 동반하는 것으로 보아, 청춘이라 불리는 심적 상황과 많이 닮아 있는 것도 같다. 으하하, 야호!

네 일,
내 일

오랜만에 친구가 전화를 했다. 전화를 받으면서 내가 괜한 호들갑을 떤다. 매번 친구에게 먼저 연락하게 하는 것이 스스로 미안하기는 한가 보다.

"우리 텔레파시 통했나봐, 안 그래도 너한테 막 전화 걸려던 참이었는데."

"그랬구나. 잘 있었지? 난 그동안 어머님 때문에 정신이 하나도 없었어. 오늘 우리 점심이나 같이 먹을까?"

옷을 갈아입으며 친구 집에 무슨 일이 있었을까 걱정한다. 이런, 내 걱정 속에 호기심이 살짝 섞여 있다!

참고로 친구의 시어머니는 철부지 어린아이 같다. 실례를 무릅쓰자면 천방지축 말썽꾸러기다. 친구의 말에 따르면, 날아갈까 꺼질까 외동딸을 오냐오냐 기른 부모(외조부모)의 유별난 양육 방식과 도인 같은 남편(시아버지)의 특별한 아내 사랑법 탓이다.

일찌감치 약속 장소에 간다. 자리를 잡고 앉아 일전에 친구로부터 들은, 진짜 정말 실화라는, 시트콤 같은 장면을 떠올린다.

저혈당과 관절염 증세가 악화되면서 여행이 어려워지자 친구의 어머님은 쇼핑 중독에 빠져들었다고 한다. 나누어 줄 수 있는 옷이나 가방 같은 것을 사면 차라리 좋겠건만 어머님이 관심을 갖는 것은 젊음을 되살려 준다는 건강 보조 식품과 체형을 복구시켜 준다는 기구뿐. 아파트 베란다는 물론 별장처럼 사용하는 시골집이 어머님이 사들이는 물건들로 가득 차갔다. 당신 방이 사방 벽을 다 가릴 만큼 물건 천지가 된 것은 벌써 한참 전의 일이었다. 사달이 일어났다. 중간에 끼어 있는 상자를 잡아 빼려다 물건 더미를 무너뜨린 것이었다. 어머님은 물건에 깔린 채 손을 더듬어 휴대폰으로 구조 요청을 했다고 한다. 다행히 거실에 작은손자가 있어 어머님을 구출했다고….

혼자 웃고 있는데 친구가 나를 발견하고 손짓을 한다. 생각보다 얼굴이 밝다. 식사를 주문하고 내가 묻는다.

"어머님 때문에 정신이 없었다니, 무슨 일 있었어?"

"으응, 좀 일이 있었어. 지난주 화요일, 저녁 준비하고 있
는데 전화가 오더라고. 어머님이 넘어져 병원에 이송중이라
는 거야. 하던 일을 내팽개치고 황급히 병원으로 달려갔지.
마침 어머님이 들것에 실려 구급차에서 나오고 있더라고. 그
런데 이상하게 구급차에 강원도 넘버가 달려 있는 거 있지.
웬 강원도인가 싶어서 어머님이 병실에 안정되고 나서 조심
스레 여쭤봤어. 그런데 어머님, 내 눈을 슬슬 피하면서 딴 말
씀만 하시더라. 그렇다고 그런 일이 언제까지 숨겨지겠어?
결국 다 들통나셨지."

시어머니가 넘어진 곳은 정선의 카지노였다. 친구들과 정
선에 갔다가 우연히 알게 된 카지노를 아무도 모르게 계속
드나들고 계셨던 것이었다. 기름 값과 식대를 대주는 조건으
로 개인 운전사가 되어 준 젊은이 덕분에 가능한 일이었다.

"아무리 그래도 그렇지, 그 연세에 어떻게 카지노에까지
드나드실 생각을 하냐? 여간해서는 어머님 일로 화내지 않던
남편도 이번 일로는 막 화를 내더라니까. 그렇게 당당하던 어
머니도 기가 팍 꺾이셨어. 노인 상대로 장사하는 사람들 있잖
아. 병원에까지 문병 왔더라고. 내가 말했지. 앞으로는 절대
우리 어머니께 연락하지 말아 달라고. 내가 그런 말 하는 거
보면서도 어머님 아무 말씀 못 하시더라니까. 어떻게 어머님
은 평생 당신 하고 싶은 대로만 하시냐. 어떻게 보면 잘된 일
인지도 몰라. 이제 어머님도 철 좀 드시지 않을까?"

이야기를 듣는 내 얼굴에 웃음이 피어난다. 그런데 나, 웃어도 되는 걸까?

급하게 웃음을 거둬들이며 어떤 일이든 재미있게 얘기할 줄 아는 친구의 말솜씨를 탓해 본다. 아니지, 아니다. 그것이 어찌 친구의 말솜씨 탓이랴. 내가 웃을 수 있는 것은 어려운 일을 순순히 받아들이고 적극적으로 해결하는 친구의 당찬 태도가 흐뭇해서일 것이다. 결혼하고 얼마 되지 않아 시아버지가 돌아가시는 바람에, 시어머니가 벌이는 가볍고 무책임한 일의 뒷감당은 온전히 친구의 몫이었다. 어쩌면 그분께 친구는 며느리기보다 오히려 엄마였는지 모른다. 믿고 기댈 만한 사람이 없었다면, 아무리 당신이라도, 그렇게 맘껏 사실 수는 없었을 것이다.

내 친정아버지도 한때 병적으로 물건을 사들인 적이 있다. 아버지가 사들인 것은 와이셔츠였다. 와이셔츠가 많은데 왜 자꾸 사오느냐고, 이제 그만 사오라고, 친정엄마가 잔소리를 하면 그렇게 하겠다고 약속 해놓고는, 퇴근할 때 영락없이 와이셔츠를 들고 들어왔다.

포장도 뜯지 않은 와이셔츠가 옷장에 쌓여 갔다. 평생 가족들을 위해 근검절약하며 온순하고 고지식하게만 살아온 아버지가 이상해도 너무 이상했다. 친정엄마는 연애 사건이 난 것이라고, 상점 여주인에게 반한 아버지가 만날 기회를 만드느라 필요도 없는 와이셔츠를 사오는 것이라며 분해했다.

옷장이 작아서이기도 하지만 와이셔츠가 넘쳐 베란다에까지 쌓여 갔다. 바깥일을 마치고 집에 들어오면 먼저 어질러진 물건을 제자리에 돌려놓고, 쓸고 닦고 그래서 온 집안이 말끔해지고 나서야 비로소 쉬곤 하던 정리 정돈의 달인 아버지가, 자존심이 상해 못 본 척하기로 마음을 바꾼 엄마와 함께, 와이셔츠를 방치하고 있었다. 그것이 치매의 전조였음을 안 것은 아주 나중이었다.

그런데 왜 하필 와이셔츠였을까?

어지르기 대장 엄마를 아내로 둔 아버지에게는 어쩌면, 출근하려는데 와이셔츠가 준비되어 있지 않아 당황했던 경험이 많았는지도 모른다. 그렇다면 아버지가 하고 많은 것들 중 와이셔츠만 사들인 것은 가족 부양이라는 막중한 사명감에의 무의식적이면서 집요한 책임감, 그것의 발로였던 걸까?

스케일이 크지는 않았지만 아버지 또한 노름을 좋아해 특별한 일이 없는 주말엔 이따금 친구들과 '섰다'를 했다. 평소 소심한 아버지였지만 심심풀이 도박판에서는 그렇지도 않았던지 돈도 자주 땄다. 술이 거나하게 취한 날이면 '섰다' 무용담을 떠벌리기까지 했으니 어쩌면 아버지에게 '섰다 급수'는 자랑이었는지도 모른다.

요즘 친정 식구들은 모일 때마다 의식처럼 '섰다'를 한다. '섰다'는 식구들이 새롭게 무엇을 배울 수 없는 아버지와 함께 할 수 있는 유일한 게임이다. 아버지의 기억력을 테스트해 볼 수 있는 놀이이기도 하다. 식구들에게는, 설마 아버지의 가족에 대한 기억이 '섰다 족보'보다는 진하겠지, 하는 믿음이 있다. 말하자면 우리에게 '섰다 족보'는 아버지 기억의 마지노선인 셈이다.

그러고 보니 친구와 내가 가족의 흉 거리에 꽤나 너그럽다. 다른 사람이 하면 불륜이고 내가 하면 로맨스라더니…. 아닌가? 친구가 이렇게 담담하게 얘기할 수 있는 것은 오히려 그것이 친정엄마가 아닌 시어머님 일이기 때문일까? 그렇다면 친구 시어머니 이야기에는 안팎으로 웃고 내 친정아버지의 일에는 겉과 속이 다르게 우는 내 이중적 태도는? 그것이 네 일이고 내 일이어서…? 이런!

오늘은 밥과 커피, 풀코스로 쏜다며 갑자기 내가 호들갑을 떤다. '이런!'과 호들갑을 반복하는 자기 자신이 스스로 무안하기는 한가 보다.

달라도
너무 달라

저녁 준비를 하려고 하는데 아들로부터 전화가 왔다.

"엄마, 나 석준이랑 같이 취직했어요. 대형 마트에서 카트 모으는 알바하기로 했어요. 오늘 많이 늦을 거예요."

"어머, 그거 힘든 일이잖아? 다른 거 알아보지 그랬어."

"엄마는, 취직이 뭐 그렇게 쉬운 줄 아세요. 경쟁률이 얼마나 높았는데요. 체력이 안 되면 뽑히지도 않아요."

수능 시험을 본 아들은 뭐가 그리 급한지 대입 결과도 모르면서 아르바이트를 하고 싶어 했다. 당분간 집에서 푹 쉬다 나중에 대학에 붙으면 과외 선생이나 해보라는, 제 형의 충고도 소용없었다. 자기는 돈을 벌고 싶은 게 아니라 다양한 사람들과 부딪치며 새로운 경험을 해보고 싶다는 게 이유였다. 나름 이해는 갔다. 고교 3년 내내 기숙사 생활을 한 녀석으로서는 세상이 궁금할 법도 했다. 하지만 가까운 미래도 불확실한 녀석에게 일을 주는 곳은 없었다. 대다수 아르바이트가 3개월 이상 일한다는 약속을 요구하기 때문이었다. 어제는 가까운 뷔페식당에서 면접을 봤다기에 옳다구나 싶었는데 그것도 잘되지 않았는지 그새 마트에 가서 취직을 해버린 것이었다.

그날 저녁을 먹으며 남편과 나는 녀석의 아르바이트를 반찬 삼아 씹고 또 씹었다.

"녀석, 운동은 따로 하지 않아도 되겠는데. 고생을 해봐야 돈 귀한 줄도 알게고. 몸으로 돈 버는 게 얼마나 힘든지, 그거 하나만 알아도 이번 아르바이트한 보람은 충분해. 짜식, 앞으로 공부 열심히 하겠는데."

'저 사람 말하는 것 좀 봐. 어쩜 생각하는 게 나랑은 달라도 저렇게 다를까. 아들이 힘든 노동을 자청하면, 직업적 선입관을 가지고 있지 않은 그 순수함을 칭찬해야 옳지, 노동에 대한 편견을 몸으로 채득해 뇌에, 정신에, 확실히 새겨 넣으라는 식이잖아. 나 같으면 녀석의 생활력에 먼저 주목하겠다. 어떤 힘든 상황이 닥쳐도 먹고는 살겠다든가, 뭘 해서라도 처자식 굶기는 일은 없겠다든가.'

설거지를 하고 있는데 나와는 달라도 너무 다른 남편의 말이 자꾸 떠올랐다. 그리고 슬며시 남편이 말한 보람을 아들이 가져보는 것, 그것도 꼭 나쁜 것만은 아니라는 생각이 들었다.

밤 12시가 다 되어 아들이 사원증(?)을 목에 건 채 집에 돌아왔다. 취직이 그렇게나 신나는 일인지 녀석은 반 옥타브는 올라간 목소리로 쉼 없이 떠들어댔다.

"엄마, 나 하루에 여덟 시간 일하기로 했어요. 시급이 5천 원이래요. 내가 하루에 4만 원씩 벌게 된 거예요. 저 매일 일할 거예요. 그래도 일주일에 한 번은 의무적으로 쉬어야 한대요."

"힘들지 않았어? 저녁은 먹고?"

"네, 마트에 구내식당이 있어서 공짜로 먹었어요. 엄마, 근데 그런 게 문제가 아니구요, 저 오늘 아주 멋진 경험을 했어요. 누군가와 함께 육체를 써서 일한다는 것이 이런 것이구나, 하는 것을 알았어요. 엄마, 이 사진 좀 봐요. 이렇게 긴 카트를 안전하게 끌고 가려면 앞사람이 운전을 잘해야 하지만 뒷사람도 미는 힘을 잘 조절해야 해요. 카트를 타고 전달되어 오는 뒷사람의 힘, 그 느낌은 뭐라 말하기가 어려워요. 살아 있음이랄까, 생명력이랄까, 뭐 그런 거예요. 서로 힘을 나누어서 그런지 함께 일하는 사람들과 금방 친해졌어요."

녀석은 상행 에스컬레이터의 맨 꼭대기에서 길게 연결된

카트를 위로 당기고 있는 자기 모습을 보여 주며, 카트를 이렇게 가지런히 줄 세우려면 카트 손잡이를 오른쪽으로 재빠르게 밀고 당겨야 한다며 직접 동작을 해보이기까지 했다. 밤 늦게까지 힘들게 일하다 오면 죽는 소리로 엄살을 부릴 줄 알았는데 내 예상과는 달라도 너무 다른 녀석의 태도가 내심 기뻤다. 아니, 기쁜 정도가 아니라 나까지 덩달아 흥분하고 있었다.

"엄마, 근데 이상해요. 같이 일하는 아저씨가 나보고 자꾸 템포를 늦추래요. 내가 일을 너무 빨리 하나 봐요. 아, 보여 줄 거 또 있다. 엄마, 이게 만능열쇠예요. 사람들이 여기저기 흩어 놓은 카트를 모아 오려면 먼저 동전을 빼야 되잖아요. 그때 쓰는 열쇠예요. 동전은 뺀 사람이 갖는 거래요. 근데 이 열쇠 때문에 한쪽 손에는 장갑을 못 끼겠어요. 장갑 낀 채 호주머니에서 열쇠 꺼내려면 굉장히 불편하거든요."

만능열쇠는 미색 플라스틱으로 만든 것으로 얼핏 네잎클로버 같이 보였다. 다행히 클로버 위쪽에 조그만 구멍이 나 있어 나는 당장 긴 끈을 꿰어 녀석의 목에 걸어 주었다. 아들이 호주머니에서 동전들을 꺼내 식탁 위에 올려놓더니 그것들을 조심스레 헤아리기 시작했다. 부수입이 제법 많았다. 그런데 녀석, 제 손으로 벌어 저리도 애틋한 것일까? 며칠 전만 해도 녀석의 책상이며 서랍이며 가방에서 뒹구는 동전으로 부수입을 올리던 사람은 바로 나였지 않은가. 달라도 너무 달라진 아들의 태도를 보며 나는 속으로 웃을 수밖에 없었다.

다음날 아들은 파김치처럼 후줄근한 모습으로 퇴근했다. 카트가 자꾸 모자라 거의 쉴 틈이 없었다고 했다.

"엄마, 이제 봤더니 하루에 3만 원이래요. 쉬는 시간 두 시간은 계산해 주지 않는데요. 엄마, 그런데 그거 불법 아니에요? 분명히 처음에는 시급 5천 원이라고만 하고 그런 말 안했었거든요. 같이 들어온 아저씨가 항의할 거래요. 아저씨가 작전을 짜올 테니 도와달라고 했어요."

혹시 녀석을 파김치로 만든 것은 쉴 새 없이 밀려드는 주말 손님들이 아니라 낙담천만의 봉급 이야기였던 건 아닐까? 나는 녀석을 위로했다.

"희재야, 속은 상하겠지만, 그래도 너 데모하고 그러는 일에 절대 나서면 안 돼. 어차피 너는 돈이 목표가 아니었잖아. 젊어서 고생은 사서도 한다는데 이런 것 저런 것이 모두 산 경험이라고 생각하자, 응?"

나를 물끄러미 바라보고 있는 녀석의 표정이 묘했다. 아들의 눈망울은 마치 엄마는 말이 달라도 너무 달라, 라고 말하고 있는 것 같았다. 며칠 전 침을 튀겨가며 체 게바라를 들먹이던 내 모습이 떠올랐다. 슬며시 냉장고에서 주스를 가져와 녀석에게 한 잔 따라 주었다.

다음날, 밤늦게 퇴근해 늦은 간식을 먹던 아들이 울화가 치민다는 듯 말을 꺼냈다.

"엄마, 사람들 참 이상해요. 사람들 눈에는 우리가 사람처럼 보이지 않나 봐요. 우리들을 무조건 무시해요. 신경질 내고 반말하고, 비켜 달라고 부탁해도 들은 척도 안 해요. 회사 잠바를 덧입는 순간부터 우리는 사람이 아니라 카트 끄는 유니폼이 되어 버린다니까요."

세상에나, 어린 청년이 힘든 일을 하고 있으면 장하다며 도와줘야지 무시를 해? 짠하디 짠한 내 마음과는 달라도 너무 다른 그 누군가들이 원망스러웠다. 그러나 유니폼 문제에서는 나 또한 당당할 수 없지 싶었다. 나 또한 제복 속의 그들을 작업자로만 보았지 개개의 인격으로 보아 주지는 않았던 것 같아서였다. 그러니 경험이란 억만금의 돈보다 귀한 것이랄 수밖에! 녀석 덕에 나도 좋은 경험을 하고 있었다.

"그런데 엄마, 먼저 번에 말했던 아저씨 있잖아요. 그 아저씨가 오늘 주차해 놓은 차의 전조등을 깼어요. 일하다 그런 건데도 아저씨가 변상해 줘야 하나 봐요. 아저씨, 번 돈보다 물어 주는 돈이 더 많게 생겼어요."

순간, 머릿속으로 아들이 길게 연결된 카트로 외제차의 전조등을 깨는 장면이 떠올랐다.

"어머, 이제 보니 그 알바 되게 비싼 알바네! 희재야, 너 언제까지 일할 거야? 이제 경험, 할 만큼 하지 않았어?"

나는 다시 한 번 주스를 가지러 냉장고에 가야 했다. 크게 흔들리고 있는 아들의 눈망울을 차마 마주볼 수 없겠기 때문이었다.

　아아, 다른 것도 아니고 아들의 아르바이트를 말리는 엄마가 될 줄이야. 억만금보다 귀한 세상 경험을…. 그래도 어찌하랴. 머릿속 억만금과 지갑 속 억만금은, 하늘과 땅의 차이만큼이나, 달라도 너무 다른 것임을….

용기容器가

아름답다

　아기가, 조그만 분홍 인형이, 칭얼대기 시작한다. 아기를 안은 여인이 가방을 몸 옆으로 끌어당기며 윗옷을 들춘다. 아! 아기 머리만큼이나 커다란 유방이다. 검게 변한 젖꽃판에는 새끼손가락 한 마디 굵기로 불거진 젖꼭지가 달려 있다.

　여인이 쓱쓱싹싹 가방에서 꺼낸 손수건으로 젖꼭지 주변을 닦는다. 그리곤 아기를 가슴 가까이 당겨 아기 입술에 자신의 젖꼭지를 갖다 댄다.

　사람이 자신의 몸으로 음식을 만들어 내려면, 자신의 분신을 위해 몸의 즙을 짜내려면, 저 정도는 돼야 하는 것일까?

　애를 썼지만 내 부실한 유방은 젖을 내주지 않았다. 아무리 마사지를 해도 나뭇잎에 이슬 맺히듯 겨우 몇 방울 나올 뿐이었다. 하루는 젖을 물리고픈 충동을 이기지 못하고 아기 입에 젖꼭지를 살짝 대봤다. 아기가 덥석 물었다. 그리고 무지막지한 힘으로 빨아댔다. 와, 얼마나 아프던지! 뜯어내다시피 아기 입에서 젖꼭지를 빼냈다. 얼굴을 밀쳐내지 않은 것이 천만 다행이었다. 아기는 3일 내리 설사를 했다. 친정엄마는 돌지 않아 상한 젖을 아기에게 먹여 배탈을 냈다며 혀를 찼다.

고교 시절의 가정 시간이 생각난다. 어이없다는 듯 선생님이 읽어 준 답안에 박수를 치며 감탄하던…. '모유의 장점을 쓰시오'라는 문제에 '용기容器가 아름답다'라고 답한 친구가 있다는 것이었다. 공부를 하지 않아야만 쓸 수 있는 명답이었다. 단박에 수긍할 수 있는 임기응변 식 현답. 하지만 당시 우리가 떠올린 것은 우리들의 몸에 붙어 있던 조그맣고 봉긋한 가슴이었다. 지금 저 여인의 것처럼 무지막지 부풀어 오른 유방이 아닌….

잠이 들었는지 아기의 입이 슬그머니 젖꼭지를 놓아준다. 순간, 그 답 정말 맞는 걸까, 의심하던 마음에 갑자기 깨달음이 온다. 엄마의 유방이 적어도 아기에게만큼은 아름다운 용기容器임에 틀림없다는…. 보암직도 하고 먹음직도 하고 향기롭기까지 한, 게다가 만질 맛도 나는 아름다운 용기容器가 확실하다는…. 엄마의 젖가슴에 한쪽 뺨이 눌린 채 자고 있는 아기의 저 행복한 표정이 그것을 충분히 증명하고 있는 것이다.

아니다! 아기에게 뿐이랴. 당장 내 눈에도 저 여인이 참으로 아름답지 않은가! 잠든 아기의 반짝이는 입가를 내려다보는, 아기를 보듬어 앉은 채 미소로 얼굴을 빛내고 있는, 저 여인이.

역시 그 답은 한 점 오차 없는 정답이었다. 몸의 극심한 변화마저 사랑으로 감내하는, 살을 물리는 아픔을 오히려 카타르시스로 변환시키는…. 세상의 모든 엄마는 유방뿐 아니라 온 몸이 아름다운 용기容器인 것이다.

얼굴 없는
세상

　밤이 늦었지만 지금이라도 축하해야 하는 것 아닐까? 밤
이 늦었다는 이유로 축하를 미루는 건 말도 안 되는 일이지
않을까?

　뉴스 화면을 보다 잠깐 고민에 빠진다. 오늘 내가 참 무심
했다. 정작 나로호가 발사되는 그 시각 완전히 친구를 잊어버
린 것이었다. 하루 종일 문학회 행사로 정신이 없기는 했다.
행사중간, 사람들로부터 성공 소식을 듣고서야 아차 했다.

　결국 나는 친구에게 축하를 전하기로 한다. 전화가 아닌
문자로다. 친구가 가족들과 함께 있을 것 같아서다.

　이즈음 나는 전화보다 문자나 카카오톡을 많이 한다. 비용

도 적게 들지만 느닷없는 내 전화가 상대를 곤란하게 할 위험을 없애기 위해서다. 하지만 내 말과 마음이 잘 전달되고 있는지는 항상 불안하다. 같은 말이라도 표정이나 어조에 따라 그 의미가 많이 달라지기 때문이다. 그래서이겠지만 나는 문자 대화를 하며 문장 기호나 이모티콘을 많이 사용하는 편이다. 표정과 어조를 보일 수 없으니 이모티콘과 문장 부호의 도움이라도 받고 싶은 것이다. 이모티콘은 이미 내게 언어가 되어 있는지도 모른다. 효과적 의사소통을 위한 보조 언어, 보자마자 공감할 수 있는 감정 언어 말이다. 오늘 친구에게는 바보처럼 활짝 웃고 있는 얼굴을 보낸다.

1972년 미국의 무인 우주선, 파이어니어 10호가 발사될 때도 굉장했었다. 백인 성인 남녀의 발가벗은 외형 스케치가 새겨진 금속판도 실렸다. 우주선이 지구로부터 아주 멀어졌을 때 만날지 모를 우주인에게 보내는 그림 정보 중 하나였다. 만약 백인 남녀의 나신 대신 동그란 스마일리 페이스를 새겨 보냈으면 어땠을까? 얼굴 표정이라면 지구상 모든 종족의 공유물이므로 인종 문제를 일으킬 염려는 없었겠다. 게다가 웃는 얼굴이라면 그 당시 제기되었던, 우주인의 지구 공격 가능성에 대한 염려도 줄일 수 있었겠고.

문득 우주인들에게는 얼굴이 없는 것은 아닐까, 하는 생각이 머리를 스친다. 지구 위의 생물 중에서도 사람만이 얼굴을 가지고 있다고 한다. 개나 호랑이는 몸뚱이의 일부로서의 머리는 있지만 표정을 담고 있는 얼굴은 없다는 것이다. 얼굴이 없는 존재는 어떻게 사랑하고 어떻게 그리워 할지 모르겠다. 내게는 누군가의 표정과 시선에 사로잡히는 것이 사랑이고, 그 사람의 표정을 돌이켜보는 것이 그리움인데 말이다.

사람만이 얼굴을 가지고 있다는 인문학적 이론과는 별도로 사람들은 많은 것에서 얼굴을 본다. 나만 해도 집에서 기르는 강아지는 물론 곤충이나 꽃, 해, 달, 별, 구름 등의 자연물을 보며 그것에 깃든 얼굴을 발견하곤 한다. 특히 화가나 시인 같은 예술가들은 이 방면의 도사다. 그들은 오래된 나무 옹이나 눈이 녹으면서 만드는 문양, 실수로 쏟은 잉크나 얼룩진 벽지 속에서조차 표정을 찾아낸다.

사람들이 이렇게 얼굴에 집착하고 실제로 존재하지 않는 얼굴을 자꾸 보는 이유를 마이클 심스는 『아담의 배꼽』에서 "진화의 방향이 다른 사람들의 얼굴과 표정을 인식하는 것이 정말로 중요하다는 쪽으로 이루어져 왔기 때문"이라고 설명한다. 즉 사람들에 대한 정보를 빨리 알아낼수록 곤란한 일을 줄일 수 있고 관계상 유리한 고지를 차지할 수 있기 때문이라는 것이다. 그래서 시도 때도 없이, 무엇에서도, 사람들이 얼굴을 발견해 낸다는 것이다. 사람의 얼굴에 집착하는 경향은 태어난 지 한 시간이 채 되지 않은 신생아의 반응을 통해서도 알 수 있다고 한다. 마이클 심스는 같은 책에, "아기들이 어떤 특징은 있되 얼굴 모양이 아닌 그림보다는 얼굴 그림에, 심지어 눈과 머리까지 움직여 가며 반응했다."고 쓰고 있다. 사람이 얼굴에 집착하고 무엇에서고 얼굴을 보는 것은 생래적이라는 것이다. 중국 문단을 대표하는 작가 쟈핑와의 글에도 얼굴을 발견하는 이야기가 나온다.

라오징은 숲에서 일곱 촌† 가량 되는 곳에서 뱀의 마른 허물을 주웠다. 허물의 굴곡이 특별해 그는 이 허물을 흰 벽에 걸어 놓았다. 허물은 마치 아름다운 소녀가 무언가를 지그시 바라보고 있는 모양이었다. 나는 매일 그의 방으로 가 뱀 허물로 만들어진 소녀를 보면서 쓸데없는 공상에 시달렸다. 그럼 라오징이 자진해서 나를 내 방까지 바래다주겠다고 했다. 하지만 나는 감히 그러라고 하지 못했다.

매일 친구의 방을 찾아가게 하고 쓸데없는 공상으로 시달리게 하는, 말라비틀어진 뱀 허물 소녀의 형상은 어떤 모습이었을까? 지혜로우면서도 순진하고 요염하면서도 농밀한 표정을 짓고 있는, 반투명 비늘 문양마다에서 꺼림칙한 신비감을 내뿜고 있는, 묘령의 소녀상을 머릿속에 그려 본다. 그런데 기껏 그려낸 소녀의 형상이 지혜롭지도 않고, 순진하지도 않고, 요염하지도 않고, 농밀하지도 않은 내 얼굴을 닮아 있다. 쟈펑와를 상심케 한 소녀가 절대 나같이 생겼을 리 없는데 말이다. 그렇다면 사람은 무엇에서도 자기 얼굴을 보는 존재일까? 쟈펑와가 뱀 허물에서 본 소녀 또한 쟈펑와 자신이었는지도 모른다.

축하 문자를 봤는지 친구로부터 이모티콘이 붙은 답장이온다. 웃는 얼굴에 웃는 얼굴로 화답하면서 우리가 무슨 짓을하고 있나 쓸쓸해진다. 바빠서이겠지만 이즈음 친구들을 만나려면 약속 시간 정하기가 쉽지 않다. 얼굴을 보며 함직한이야기도 전화로 아니, 문자나 카카오톡으로 끝내 버린다. 이러다 서로 얼굴을 잊어버릴지도 모르겠다.

문득, 당황스런 생각이 머리를 스친다. 이모티콘을 얼굴을대신하는 감정 언어라고 떠벌렸지만 그것이 가면을 대신하는 위장 언어로도 사용될 수 있어서다. 대면한 사람에게 자기감정과 표정을 숨기기란 어려울 것이다. 통화 상대에게 흥분을 감추는 것 또한 쉽지 않을 것이다. 하지만 문자 대화라면얼마든지 자신을 속이고 위장할 수 있지 싶다. 더 적절한 단어, 더 당위적인 표정으로, 몇 번이고 삭제 수정할 수 있으니말이다.

문자 대화가 만남의 일반적 형식이 되어 이모티콘으로 대화를 주고받는 세상을 상상해 본다. 그것은 얼굴이 없어진,사라져 가는, 세상이지 않을까? 볼 얼굴과 보여 줄 얼굴이 없는, 진정한 의미로서의 얼굴이 사라진, 세상은 상상만으로도 두렵다. 안 그래도 이것저것 무엇에서든 얼굴을 찾아내며 얼굴에 집요한 트라우마를 드러내는 우리가 아니던가.

당장 내일 아침, 친구에게 전화해 식사 약속을 만들어야겠다. 위성 발사라는 우주적 성공을 이룬 사람을 남편으로 둔 친구에게 단어 몇 개와 이모티콘 한 개로 축하를 끝내는 것은, 정말이지 말도 안 된다.

그 손길을
기분 좋아라 하는
이 마음은 대체 뭘까

바위에 쓸린 팔이 생각보다 심하게 멍들어 있다.

"그러게 위험하다는데 왜 혼자 올라가?"

검붉게 변한 피부를 들여다보고 있는 내게 남편이 나무라
듯 말한다. 어제, 말리는 자신의 말을 듣지 않고 내가 백운대
정상에 혼자 올라간 것을 두고 큰소리치는 것이다.

"손등에 난 검버섯인지 뭔지도 알아볼 겸 오늘은 꼭 피부
과에 가봐."

구두에 발을 집어넣으며 선심 쓰듯 말하고 있는 남편의 얼
굴에는 어느새 여유랄지 자신감이랄지 카리스마랄지, 아무
튼 그 비슷한 것이 돌아와 있다.

산길을 걷는 데는 아무런 문제가 없었다. 남편은 틈틈이 러닝머신으로 체력을 단련해 왔고 나 또한 아침 산책으로 그 정도의 다리 근육은 만들어 놓고 있었다. 두 사람의 마음이 갈라진 것은 매점을 지나 깎아지른 듯 솟아 있는 인수봉, 더 정확히 말하면 인수봉 옆 백운대를 보고나서였다.

"저기 저 사람들 개미 같지 않아? 완전 총천연색 개미 군단이네."

백운대로 오르는 좁은 바위틈으로 구불구불 다닥다닥 붙어 있는 사람들을 보며 내가 흥분된 어조로 말했다. 이제 곧 나 또한 한 마리 분홍 개미가 되어 저 길고도 긴 대열에 낄 것이었다. 그때였다. 갑자기 남편이 내 팔을 잡았다.

"저 위는 위험한 것 같아. 우리 여기에서 되돌아가자. 아무리 생각해도 백운대까지 가는 건 무리야."

남편의 표정이 사뭇 결연하고 진지했다. 겁내고 있는 게 틀림없었다. 내가 개미 군단의 길이와 각도, 높이를 보며 도전 의욕을 불러일으킬 때 남편은 고소 공포에 사로잡히기 시작한 것이었다.

"무슨 소리야. 이제부터가 진짠데. 자기 안 가면 나 혼자라도 갈 거야."

멈칫거리면 잡힐 세라 나는 서둘러 발부터 바위틈에 끼워 넣었다. 남편은 대꾸도 못한 채 안 그래도 큰 눈동자만 키우고 있었다.

"나 금방 갔다 올게. 자기는 그늘에서 기다리고 있어. 나 원래 이런 거 좋아하잖아."

코맹맹이 소리로 말꼬리를 흐리며 나는 남편에게서 돌아섰다. 그리고 곧바로 성큼성큼 바위를 오르기 시작했다. 무슨 대단한 모험이라고 심장은 쿵쿵 뛰고 무슨 훌륭한 일이라고 콧구멍에서는 연신 열기가 뿜어져 나왔다.

남편에게 고소 공포증이 있음을 안 것은 바로 얼마 전 우주 관람차를 타면서였다. 남편은 많은 것을 얻고 잃는 중이었다. 얻은 것은 성인병 증상들과 함께 흰머리, 비듬, 지루성 피부염, 꽃가루 알레르기, 무좀, 검색 중독증 등등이고 잃은 것은 근육, 기억력, 자신감, 모험심, 남성 호르몬, 호르몬과 연관되어 있음직한 기타 등등이었다. 그렇다고 남편을 탓할 생각은 없었다. 나 또한 많은 것을 얻고 잃는 중이었다. (이런, 쯧! 남편에게 공정하려면 내 명세도 밝혀야 하려나? 남편과 공통인 것은 제외하고 대표적인 것만 간단히 꼽자면…) 잃은 것은 여성 호르몬과 달거리, 그와 연관되어 있음직한 여성적 매력, 몸매 등등일 테고 얻은 것은 군살, 모험심, 배짱, 일탈 욕구, 과장법 등등?

다시 등산으로 돌아와, 한달음에라도 올라갈 것 같던 내 마음과는 달리 등반은 자꾸 지연됐다. 오르는 길과 내리는 길이 나뉘어져 있지 않기 때문이었다. 툭하면 찍어대는 사진도 문제였다. 내려가는 사람들에게 길을 내주며 나는 아래 남편이 있음직한 곳을 휘둘러보았다. 바위 사이로 난 총천연색 개미 줄…. 그런데 유독 한 곳이 정체되고 있었다. 이런, 초록개미! 수직으로 솟아 있는 바위 앞에서 절절매고 있는 초록개미가 모두를 방해하고 있었다. 나는 순간적으로 나도 모르게 소리를 지르고 말았다.

"자기야, 올라오지 마. 내가 빨리 내려갈 게."

옆에 있는 사람들을 놀래킬 정도의 괴성이었지만 정작 남편은 내 말을 듣지 못하는 것 같았다. 난감했다. 그리고 미안했다. 만약 입장이 바뀌어 무섬증을 타는 사람이 나였다면, 애저녁에 둘 사이가 애인이 아닌 동지로 바뀌었을지언정, 남편은 나를 버려두고 혼자 가버릴 사람은 아니기 때문이었다. 그렇다고 목전의 즐거움, 이 신나는 일을 포기할 수도 없는 일, 서두르는 수밖에는 없었다. 마음이 급했다. 새치기하듯 달려 올라가 정상에 꽂아 놓은 태극기 앞에서 사진만 한 방 찍고 돌아섰다. 바로 옆, 많은 사람들이 줄지어 앉아 시원한 바람을 만끽하고 있는 넓적한 바위도 못 본 척 지나쳐야 했다. 그러다 사고를 친 것이었다. 발밑의 자잘한 모래에 발이 미끄러지면서 엉덩방아를 찧고 만 것이었다. 팔은 그러면서 바위에 쓸린 것이고.

뒤에 오던 남자가 괜찮으냐며 옆구리를 잡아 일으켜 주었다. 물론 괜찮았다. 아니, 실은 괜찮지 않았다. 무지 아팠다.

팔을 문지르며 나는 자동 기계처럼 남편을 찾았다. 남편은 저 밑, 등산로 조금 비낀 곳에 서서 인수봉 쪽을 바라보고 있었다. 어딘가 그늘에라도 앉아 있으면 좋으련만. 나는 다시 남편을 향해 소리를 질렀다.

"자기야, 나 여기 있어."

내 목소리를 들었는지 남편이 나를 향해 손을 올렸다 내렸다. 웃고 있지는 않았다. 웃음이 사라진 그의 모습을 보자 나는 겁이 덜컥 났다. 그것은 평소 남편의 모습이 아니었다.

드디어 남편이 기다리고 있는 곳까지 내려온 나는 살금살금 뒤로 다가가 남편을 팔로 감싸 안았다.

"많이 기다렸지. 자기가 기다릴 거 생각해서 앉아 보지도 못하고 그대로 내려왔어. 저 위에는 바람 불어서 엄청 시원해."

남편은 깜짝 놀란 표정으로 화들짝 내 팔을 털어냈다. 여느 때와 같이, 누가 보면 어쩌려고, 하는 대사와 함께였다. 그리고는 인수봉을 가리키며 절레절레 고개를 흔드는 것이었다.

"저기 저 파란색 옷 입은 사람 보이지? 저 사람 저렇게 절벽에 붙은 채 오도 가도 못한 지 20분도 넘었어. 너는 절대 저런 거 할 생각 하지 마."

나는 들은 척 만 척 스마트폰을 꺼내 정상에서 찍은 사진을 보여 줬다. 남편은 즉시 사진을 자신의 휴대폰으로 전송했다. 잉? 이건 또 뭐지? 태극기 앞에서 어설프게 웃고 있는 내 모습이 남편의 눈에 예쁘거나 자랑스러울 리는 없었다. 뭔가 새로운 증상이 생겼구나 싶었지만 크게 문제될 것 같지는 않아 잠자코 넘어갔다.

그렇게 등산을 마치고 집으로 돌아오는 길, 내가 전철 손잡이에 매달린 사람들의 손등을 훔쳐보기 시작한 것은 왼쪽 옆 손잡이의 섬섬옥수를 보면서였다. 검버섯은커녕 잡티 하나 없이 깨끗한 손등이 눈이 부셨다. 젊어서겠지, 나이를 핑계 삼아 넘어가려던 내가 손등이 아닌 손톱 쪽이 보이도록 손잡이를 고쳐 잡은 것은 옆의, 또 그 옆의 손들을 확인하고 난 후였다. 저 여자들은 일도 안 하나? 아무리 봐도 나처럼 손등에 맹렬히 검버섯을 기르고 있는 사람은, 맞는 반지가 없을 정도로 손가락마디를 불린 사람은, 없었다. 체념하듯 나는 오른편에 선 남편 쪽으로 눈길을 돌렸다. 마누라의 복잡하고 칙칙한 기분을 아는지 모르는지, 남편은 손잡이에 매달린 채 스마트폰 검색에 열중이었다. 이런, 남편의 손도 내 손보다는 낫지 않은가! 남편에게마저 열등감을 느낀 나는 손잡이를 슬며시 놓고 말았다. 그리고 배낭을 내려 뒤적이기 시작했다. 남편이 흔들리는 나를 잡아 주며 성가시다는 듯 물었다.

"왜 그래? 뭐 찾아?"

"등산 장갑 다시 끼려고. 이것 좀 봐. 내 손 엉망이지? 속상해 죽겠어. 내가 처녀 적 얼마나 손이 예뻤었는지 자기는 알지? 이게 다 무지막지한 집안일 때문이라니까."

처녀 적 예뻤다는 주장이나 집안일 때문이라는 푸념은 듣는 둥 마는 둥 남편은 어떻게 이렇게까지 되도록 내버려뒀느냐, 혹시 말로만 듣던 바이러스성 피부병은 아니냐, 내일이라도 당장 병원에 가보라, 는 당부인지 명령인지를 끝으로 다시 스마트폰 검색으로 빠져들었다.

사실 검버섯은 우리 집안의 체질이다. 여섯 살 위의 언니는 양다리에, 내 손등 비율 그대로 검버섯을 가지고 있지 않은가. 치료해 봤자 얼마 후면 다시 돋아날 검버섯, 그래도 없애봐? 잠깐의 고민 끝에 나는 남편의 당부를 들어줄 겸 일단 병원에 가보기로 한다.

팔의 찰과상은 대수롭지 않은지 한참을 기다려 만난 의사는 내 손등에만 관심을 보인다. 환하게 등을 켠 채, 오른손을 쓸어보고 눌러도 보고 문질러도 보더니 왼손도 똑같은 방식으로 꼼꼼하게 살핀다. 그런데 이상하다. 손을 만지작거리는 의사의 손길이 왜 그리 따뜻하고 기분 좋은 걸까? 알 수 없다.

"검버섯 맞네요. 손바닥에는 없는 것으로 보아 바이러스성 피부염은 아닌 것 같아요."

의사의 말을 듣고서야 내가 화들짝 제 정신으로 돌아온다. 돌아와 스스로에게 괜한 어깃장을 피운다.

'이런 쯧쯧, 이렇게 분별력이 없어서야. 그러니 나이에 맞

지 않게 검버섯이 많이 핀 게야. 검버섯이야말로 내 정신 상태를 말해 주는 거라고.'

은근히 반대의 생각도 해본다. 그러니까 검버섯이 내 정신 상태를 말해 주는 것이 아니라, 이 검버섯이란 놈 때문에 내 정신상태가 이렇게 됐다는. 즉 내 분별력과 판단력과 기억력을 야금야금 갉아먹은 것은 바로 이 검버섯이란 놈이라는, 그래서 내버려두면 그나마 남아 있는 것마저 놈에게 완전히 먹혀 버릴 것이라는. 나는 당장 치료를 받기로 마음먹는다. 의사가 먼저 상담 실장을 만나 치료비 견적부터 받으라고 한다.

인상 좋은 상담사가 내 손등에 난 검버섯의 수를 세기 시작한다. 말랑말랑하고 부드러운 감촉으로, 역시나 오른손을 먼저 왼손을 나중에. 산정된 가격이 만만치 않다. 남편도 이렇게 비용이 많이 드는 줄은 모르고 있을 것이다. 하지만 이제 와서 구차하게 굴 수도 없는 일, 순서에 따라 오른손과 왼손을 공중에 편 채 비포와 애프터용 사진을 찍고, 마취 연고를 바르고, 침대에 누워 가슴에 양손을 올려놓은 자세로 의사를 기다린다. 드디어 눈이 가려지고 의사가 검버섯을 도려내기 시작한다. 신중하고 믿음직한 손길로, 역시나 오른손을 먼저 왼손을 나중에.

아픈 것은 아닌데도 자꾸 손이 움찔거려진다. 마음과는 달리 손이 겁을 내고 있나 보다. 간호사가 내 손을 잡아 준다. 손길이 다정하고 조심스럽다. 점차 아픔과 겁이 사라져 간다. 아니, 세상이 없어지고 있다. 지금 내가 느끼는 것은 낯선 듯하면서도 익숙하고 거북한 듯하면서도 편안한 손의 감촉 뿐…. 그런데 이 느낌은 뭐지? 도대체 내가 왜 이러는 거지?

아무래도 앞서 말한 이즈음 얻은 것, 일탈 욕구와 과장법 옆에 '대책 없는 음탕'도 집어넣어야 할 것 같다. 아닌가? '스 킨십 허기증'일까?

에펠 탑을
불다

버스에서 내린 사람들이 길모퉁이를 돌고 있다. 나도 아들들을 따라 모퉁이를 돈다.

아, 에펠 탑!

회청색 너른 하늘 저 너머, 광장 저 밑 네모진 낮은 건물들 사이로, 거대한 에펠 탑이 우뚝 솟아 있다. 눈이 확 뜨인다. 아니, 숨이 턱 막힌다. 에펠 탑을 바라보며 두 손을 가슴에 모아 쥔다. 심호흡도 해본다. 두세 번의 큰 호흡에 조여들던 가슴이 뻥 터지듯 시원하다. 얼핏, 기다란 구름 띠를 리본처럼 걸치고 있는 에펠 탑이 하늘에서 내려온 선물같이 보인다. 그 선물이 내 것인 양 괜스레 기쁘다.

사람들이 광장 끝으로 달려간다. 나도 허둥지둥 통로를 향해 걷는다. 광장 양편으로 동상들이 늘어서 있다. 자세히 보니 개중에는 얼굴에 낙서가 되어 있는 것도 있다.

과연 파리는 낙서의 도시인가. 같은 낙서를 보면서도 다른 생각을 하는 것은 에펠 탑 때문일까. 어제 파리에 도착하자마자 가졌던 생각들이 제 스스로 허물어지고 있다. 어쩌면 애당초 밤, 그것도 시내 외곽으로 가는 전철 안 모습으로, 파리를 평가해서는 안 될 일이었는지도 모른다.

밤늦게 도착한 역사에는, 조금이라도 빈 공간이 있으면 그곳이 어디든, 어지럽게 낙서가 되어 있었다. 지하철 선로 사이를 이리저리 기어 다니고 있는 쥐들도, 칙칙한 외투를 걸친 채 여기저기 몰려 있는 남자들의 무리도, 내게는 생경하고 불편했다. 모든 것이 힘을 합쳐, 이곳이 정녕 파리인가 싶게, 어둡고 음침하고 우울한 분위기를 자아내고 있었다.

의문은 열차에 올라타고서도 계속됐다. 다음 역의 불빛이 보일 정도로 역간이 짧은 탓에 열차는 자주 정차했다. 구불구불한 선로 때문인지 심하게 덜컹거리기도 했다. 게다가 실내는 왜 그렇게 좁은지…. 수동으로 손잡이를 잡아 올려야만 열리는 문도 낯설고 어색할 뿐이었다.

열차를 내려서도 마찬가지였다. 길에는 개똥인지 말똥인지 모를 동물의 배설물이 함부로 방치되어 있어 나는 무거운 가방을 끌면서도 길바닥만 쳐다봐야 했다. 막연히 생각해 온 예술과 문화의 도시, 파리가 심하게 비틀리고 있었다.

그런데 그 좋지 않은 인상이 에펠 탑을 보는 순간, 바뀐 것이다. 낙서야말로, 다양한 피부색과 개성 넘치는 복장과 함께, 다소 낡고 거칠어 보이는 지하철의 혼잡까지 더불어, 관용하는 자유의 증거가 아닐까 싶어진 것이다. 아니 어쩌면, 그 변화는 사요궁행 버스를 타면서부터 시작되었는지도 모른다. 이마에서부터 코와 입으로 흐르는 아름다운 옆선을 가진 흑인 여자의 옆자리에 앉으면서…. 차창 밖으로 보이는 고풍스런 건물들, 거리를 활기차게 걷고 있는 단아한 복장의 사람들, 늙은 마로니에의 호위를 받으며 달려가고 있는 각양각색의 자동차들을 보면서….

그런데 지금 내 안, 내 마음 저 깊숙한 곳에서부터 뭔가가 스멀스멀 올라오는 것 같지 않은가. 하기는 이 자유로운 대기 속에서라면 제 아무리 고지식한 사람일진데, 경직된 사람일진데, 풀어지지 않고는 버틸 재간이 없을 것이다.

아들 둘과 함께 배낭여행 중이다. 건축 디자인을 계속하려면 유럽 여행이 필수라는 큰아들의 주장에 남편이 큰 인심을 썼다. 군 입대를 앞둔 작은아들에 결국은 나까지, 비행기를 태워 준 것이다. 퇴근해 집에 돌아왔을 때 절대로 집에 있어야 하는 아내를 그렇게나 오래, 이렇게나 멀리, 보내면서 말이다.

이런, 마치 남편의 호의를 억지인 양 폄하하고 있지 않은가. 나는 늘 이런 식이다. 내 자신을 가두는 것은 결국 나일 텐데 마치 남편이 그렇게 한 양 오래니, 멀리니, 남편 탓을 하는 것이다. 모시고 사는 시부모님만 해도 그렇다. 누가 그러라 시켰다고, 집안 청소나 반찬거리가 준비되지 않으면 스스로 외출 계획을 포기해 버리는가 말이다. 오밤중에라도 치우고 만들어 놓아야 다리를 뻗는가 말이다. 아이들도 억울하단다. 어릴 적에는 파자마 파티도 허락해 주지 않더니 당신보다 한 뼘 이상씩 커버린 자기들을 못 믿어 염려에, 걱정에, 쓸데없이 에너지를 소비한다는 것이다.

어쩌면 나는 걱정 많은 욕심쟁이였는지도 모른다, 내조 잘하는 아내에 책임감 강한 며느리, 자애로운 엄마가 되고 싶어 하는. 그러면서 정작 내 자신에게는 뭘 해줘야 할지 모르는, 그래서 결국 누구의 아내와 누구의 엄마와 누구의 며느리로만 존재하는….

아들들이 손을 흔들며 카페를 나간다. 일정을 짤 때만 해도 에펠 탑에 올라가 볼 생각은 하지 않았는데 갑자기 그러고 싶어진 게 문제였다. 퐁피두센터를 어떻게 포기하냐며 아들들은 돌발적인 내 제안을 받아 주지 않았다. 그러면서 엄마도 혼자 부딪쳐 봐야 진정한 여행의 묘미를 느끼지 않겠냐며 실실 웃기까지 했다. 나도 질세라, 그럼 그러지 뭐, 한 것이 이렇게 나만 홀로 카페에 남게 된 것이다.

'짜식들 매정하기는. 너희들 엄마를 그렇게 과대평가하면 안 돼….'

커피를 한 모금 마시며 아들들 탓을 해본다. 하늘이 어둑해져서인지 괜스레 외롭고 슬쩍 두렵다.

가로등과 간판들에 하나 둘, 빛이 든다. 천천히 남은 커피를 마시고 카페를 나온다.

에펠 탑을 향해 걷는다. 사실, 여차하면 카페에서 곧바로 아들들과 약속한 식사 장소로 갈 생각이었다. 하지만 결국 그럴 수는 없었다. 자존심이 상해서였다. 독립된 한 사람으로서의 함량에 미치지 못함을 스스로 드러내는 것 같아서.

에펠 탑에 점점 다가간다. 맨 아래쪽 다리를 이루는 네 개의 둥근 아치가 정교한 레이스처럼 보인다. 커다란 바늘을 들고 뜨개질을 하고 있는 두 개의 손을 상상해 본다. 레이스를 완성한 손은 이제 그 하나하나의 레이스에 풀을 먹인 다음 빳빳하게 날이 선 그것들로 탑을 만든다. 완벽하게 균형 잡히고, 절대적으로 안정된….

울컥, 감동 비슷한 것이 속에서 치민다. 걸음이 빨라진다. 사람들이 웅성대고 자동차들이 질주하고 있는 거대한 문을 향해 뛰듯이 걷는다.

에펠탑은 이제 사방팔방으로 뚫려있는 문이다. 탑의 아치 밑으로 들어가 위를 올려다 본다. 아, 검은 하늘 한 가운데 펼쳐진, 네 모퉁이가 둥글려진, 은 갈색 휘장…

저 너머의 남쪽 기둥을 따라 긴 행렬의 사람들이 계단을 오르는 게 보인다. 북쪽과 동쪽·서쪽 기둥에는 주홍빛 유리 승강기가 걸려 있다. 서둘러 티켓 파는 곳으로 간다.

줄이 길다. 줄 끝에 서서 누구에겐지 모를 그리움에 잠겨 본다. 아니, 내 자신을 비로소 들여다본다.

갑자기 사람들이 환호성을 지른다. 놀라 고개를 드는 순간 거대한 트리가 두 눈 가득 들어온다. 에펠 탑이 점멸하는 빛으로 타오르는, 기가 막히게 아름다운, 황금빛 트리가 되어 있다!

아까부터 스멀거리던 것이 점점 울렁증으로 변해 간다. 에펠 탑이 커다란 금나팔로 보이기까지 한다. 자리에 선 채 눈을 감아 버린다. 아니, 눈을 크게 뜬 채 상상 속으로 빠져든다, 내가 하늘로 날아오르는….

에펠 탑 꼭대기까지 날아오른 내가 에펠 탑을, 금나팔을, 두 손으로 모아 쥐고 있다. 그 끝에 입술을 대고 숨을 힘껏 불어넣고 있다. 그러나 그 숨은 어떤 음악, 어떤 소리도 만들어내지 못하는 불임의 숨, 땅에 부딪히면서 메아리처럼 내 몸을 되울릴 뿐이다.

안되겠다. 불기를 멈춘 내가 양손으로 탑을 잡고 좌우로 흔든다. 있는 힘을 다해 탑을 뽑아 올린다. 두세 번의 시도 끝에 쑤욱, 뽑혀지는 에펠 탑! 내가 다시 금나팔에 입술을 댄다.

그리고 가슴 한 가득 숨을 모아, 볼까지 동그랗게 부풀린 채, 에펠 탑을 분다. 소리가, 음악이, 광장과 하늘에 울려 퍼진다, 축제의 시작을 알리는 팡파르처럼….

지나가는 누군가에게 툭 어깨가 스친다. 어느새 내 앞사람이 저만치 멀어져 있다. 뛰듯이 발걸음을 앞쪽으로 옮긴다. 여전히 줄이 길다. 시계를 본다. 이대로는 아들들과의 약속 시간에 맞출 수 없을 것 같다. 카페에 너무 오래 앉아 있었던 게다.

슬며시 줄에서 이탈한다. 어느새 너의 기쁨이 나의 기쁨인 엄마로 돌아가….

그런데 조금 전 나는, 에펠 탑 팡파르로 무슨 축제를 열고 싶었던 걸까?

3부

—

아버지의
비밀 정원

탕정

아버지의
비밀 정원

아버지는 오늘도 병실에 들어서는 나를 보고 같은 말을 했다. "오랜만이네, 어디 갔다 오냐?" 함께 있다 잠깐 병원 지하에 있는 슈퍼를 다녀올 때나 오늘처럼 닷새 만에 나타날 때나 아버지는 늘 같은 인사를 한다. 그렇다고 아버지가 내게 더 자주 오라고 원망하는 것은 아니다. 아버지는 평생 누구를 섭섭해 하거나 미워한 적이 없다. 아버지가 늘 같은 인사를 하는 것은 오랜 치매 생활 끝에 얻은 나름의 지혜, 그렇게 말해야 실수를 얼버무릴 수 있다고 생각해서다. 이제 아버지에게는 뭔가를 스스로 해낼 힘도, 뭔가를 계획할 지식이나 방법도, 오래오래 주고받을 얘깃거리도 없다. 식구들을 알아보고 자신의 이름과 아내인 엄마 이름, 오빠 이름, 살고 있는 집의 주소를 외울 뿐이다. 잠은 또 왜 그렇게 많아진 건지, 내가 왔음에도 아버지는 자꾸 잠만 자려 한다. 하기는 재활치료와 물리치료까지 받았다니 오늘은 다른 날보다 더 피곤할 것이다.

아버지의 숨소리가 깊어진다. 꿈을 꾸고 있는지도 모른다. 그런데 기억이 사라진 사람은 어떤 꿈을 꾸는 걸까. 혹시 기억이 사라지면 꿈도 사라지는 것은 아닐까? 아버지가 꾸고 있는 꿈이 궁금해진다. 어쩌면 그것은 가장 오래된 기억일지도 모른다. 치매란 병이 가까운 기억부터 지워지는 것이니 말이다. 그렇다면 내가 마지막에 꿀 꿈, 나의 가장 오래된 기억은 무엇일까.

아버지가 만들어 준 연습장에 가갸거겨, 글씨를 반복해 쓰던 내 모습이 떠오른다. 언니와 함께 건어물 가게에서 말린 복어를 쳐다보던 일도 생각난다. 위경련을 일으킨 엄마가 뜬금없이 말린 복국이 먹고 싶다고 해 사러 갔을 것이다. 하지만 그건 유치원 나이의 일, 그보다 훨씬 먼저의 기억도 있을 것이다. 그럼 엄마와 함께 절에 가 벽에 다닥다닥 붙어 있는 송충이들을 보고 놀란 것은 언제 적 일일까. 언니를 따라 동생과 함께 태권도장으로 오빠를 찾아갔던 일은. 그때 오빠는 다리 찢기를 하며 우는 듯 웃는 표정을 지었었다. 플랫폼에 서 있다 기차가 내지르는 기적 소리에 놀라 울음을 터뜨리던 일도 있었다. 아버지의 품에 안겨 검은색 지프에서 내리던 일도 생각난다. 그때 나는 잔뜩 뽐내는 표정으로 빨간 풍선에 달린 끈을 흔들고 있었다. 하지만 내 가장 오래된 기억은 아무래도 커다란 대야에 앉아 아버지가 끼얹어 주는 따뜻한 물을 온몸으로 좋아하던 일인 것 같다. 그렇다면 내 최초의 기억은 기껏 다섯 살 안팎의 특별할 것 하나 없는 물장난이란 말인가. 문득 영화 〈마담 프루스트의 비밀 정원〉에서처럼 잃어버린 기억을 불러낼 수 있으면 좋겠다는 생각을 해본다.

프루스트 부인은 기억을 찾아 주는 사람이다. 그녀는 자신의 아파트를 비밀 정원으로 만들어(아파트가 온통 식물로 가득 차 있다) 그곳에서 사람들의 기억을 불러낸다. 소설 속의 마르셀 프루스트가 홍차에 적신 마들렌으로 시간 여행을 했다면 영화 속 프루스트 부인은 음악을 미끼로, 허브 차를 낚싯바늘 삼아(마들렌은 허브 차의 뒷맛을 없애기 위해 먹는다), 사람들의 기억을 낚아 올린다. 청년 피아니스트인 주인공 폴은 우연히 프루스트 부인의 비밀 정원에 들어가게 되고 그녀의 도움으로 두 살적의 기억들을 되살려 낸다. 그리고 두 살 당시에는 알 수 없었던 그래서 그로 하여금 말문을 닫게까지 한 고통의 장면들을 이해하게 된다. '파파' 하고 두 살의 폴이 엄마를 향해 말문을 여는 것으로 시작해 서른세 살의 폴이 자신의 아들을 향해 '파파' 하고 새롭게 말문을 여는 것으로 끝나는 회복의 이야기가 아름다웠다.

자고 있는 아버지의 얼굴을 물끄러미 들여다본다. 표정이 어린 아기처럼 순하다. 가만, 비밀 정원의 주인공 폴이 불러낸 장면들은 두 살 이내의 기억들이지 않던가. 아버지는 어쩌면 아기적 일을 꿈꾸고 있는지도 모른다.

아버지의 병실을 비밀 정원으로 만들어 보자는 생각이 머리를 스친다. 낮고 규칙적인 아버지의 숨소리를 미끼로, 허브차를 낚싯바늘 삼아, 내 기억을 낚아 보려는 거다. 이왕이면 멀고먼 기억, 최초의 나까지 올라가 보는 거다.

1층 카페에 내려가 카모마일 차와 블루베리 스콘을 사들고 병실로 돌아온다.

이런! 서쪽 창문 너머의 저녁 해가, 동그란 제 몸을 온전히 드러낸 샛노란 해가, 노란 벽지가 발린 병실을 더욱 노랗게 물들이고 있다! 이제 아버지의 병실은 다름 아닌 카모마일 꽃밭이다.

침대 옆 커튼을 당긴다. 노랗게 물든 아버지의 얼굴에 푸른 그늘을 끌어다 놓고 의자를 가져다 가리개 앞에 놓는다. 이제 내가 할 일은 푸른 가리개를 담장이벽 삼아 따뜻한 카모마일을, 그 노란 액체를, 마시는 것이다. 의자에 등을 기댄 채 눈을 감고 내 시작을, 내 최초의 모습을, 상상하는 것이다. 어둠과 고요 속의 아주 조그만 점, 나를….

소리들이 점차 바닥으로 가라앉는다. 사람들이 웅성대는 소리도, 아버지의 숨소리도, 물속에서 듣는 것처럼 아득해져 간다. 아, 엄마의 자궁!

어쩌면 나의 최초는 아버지와 엄마가 사랑을 나누던 그 순간에 있는지도 모르겠다. 솟구쳐진 아버지의 씨가 자석처럼 끌어당기고 있는 엄마의 알에 끼워져 태반에 들러붙던 그 순간에. 두 사람이 정신적으로 육체적으로 합쳐져, 서로를 끌어안은 채, 상대를 기쁘게 해주려 애쓰던 그 순간에. 매혹된 두 육체가 불쑥 달려들어, 구르고, 넘실대는 가운데 내가 생겨났다는 게 새삼 감격스럽다. 그런데 나는 엄마의 몸속에서 무엇을 하고 있었을까. 내가 엄마의 뱃속에서 보고 들은 것은 무엇이었을까.

눈을 감은 채 앞을 바라본다. 희박한 어둠 속에서 노랗기도 하고 하얗기도 한 것들이 움직인다. 가끔은 작은 섬광이 번쩍이기도 한다. 마치 구겨서 비비다 다시 펴낸 금박종이 같은 느낌…. 내가 엄마의 뱃속에서 보던 광경도 이런 것 아니었을까. 그렇다면 그때 듣던 소리는? 엄마의 심장 소리, 음식물을 섞고 운반하는 위장 소리였지 싶다. 여섯 살 언니가 재잘거리는 소리, 두 살 오빠가 칭얼거리는 소리도 들었을 것이다. 때로는 엄마가 마구 소리를 질러대 귀를 막았을지도 모르겠다. 아버지가 다정하게 소곤거려 귓바퀴를 쫑긋거렸을지도. 희붐한 엄마의 뱃속이 암흑으로 변할 때면 나도, 느린 리듬의 숨소리 듀엣을 들으며 잠을 청했으리라. 불현듯, 아버지가 나를 엄마의 뱃속에서부터 안아 줬었구나 하는 생각이 머리를 스친다. 엄마의 몸에 감싸인 채 나는 아버지의 품에 안기고 안겼던 것이다.

아버지가 몸을 뒤척이며 신음 소리를 낸다. 수술한 허리가 아픈 게다. 일어나 아버지를 살핀다. 아버지가 이내 다시 꿈속으로 빠져든다. 의자로 돌아와 카모마일 차를 한 모금 마신다.

몸이 나른하다. 의자에 기댄 채 눈을 감고 나도 다시 기억 속으로 빠져든다.

드디어 그날이다. 어둠 속, 내 안온한 동굴이 통째로 흔들리고 있다. 천장이 내려앉기도 하고 바닥이 솟구쳐 오르기도 하면서 내 공간이 용트림을 하고 있다. 거친 숨소리에 섞여 엄마가 아버지에게 하는 말이 들려온다.

"아기가 나올 것 같아요. 어서 들통에 물 끓여요. 가위는 작은 냄비에 따로 소독해요. 준비한 것들 다 가져와요. 빨리 빨리."

용감한 엄마는 세 번째라는 자신감으로 아버지에게 산파를 부르지 말자고 했다. 둘이서 아기를 낳자고 한 것이다. 얼떨결에 그러마고 했지만 아버지는 원체 겁이 많은 사람, 허둥대며 무릎과 손을 벌벌 떨었으리라.

결국 내 동굴이 뚫리면서 내 공간이 물로 쏟아져 내린다. 알몸으로 쫓겨나듯 밀려오는 나. 밝음이다. 눈이 부실정도의 환함이다. 놀란 내가 울음을 터뜨린다. 그 순간, 나를 들어

올리는 손!

아, 그랬구나! 내가 이 세상으로 굴러떨어질 때 내 몸을 건져 올려 나를 처음 바라본 사람은, 나를 처음 품에 안아 준 사람은, 바로 아버지였구나!

왈칵, 눈물이 솟는다. 벌떡 일어나 아버지에게 다가간다. 아버지가 입을 반쯤 벌린 채 고른 숨을 내쉬고 있다. 나는 말없이 아버지를, 이마와 눈가는 여전히 편안한 데 입이 지쳐 보이는 아버지를, 들여다보고 또 들여다본다.

"너 왜 거기서 그러고 자냐. 밤잠은 침대에 가서 자야지."

아버지의 말에 내가 눈을 뜬다.

"어머, 깜박 잠이 들었나 봐요, 아버지, 언제 깨셨어요? 그런데 아버지, 아직 밤 아니에요. 이제 곧 저녁 드실 시간인걸요."

하지만 아버지는 막무가내. 밤이라며, 얼른 너도 네 방에 가서 자라며, 반쯤 들었던 고개를 베개에 내려놓고 다시 눈을 감아 버린다. 아버지가 거짓말처럼 다시 잠 속으로 빠져들고 있다.

아버지는 당신이 지금 집에 있는 것으로 안다. 내가 거듭 허리 수술하고 병원에 입원해 있는 거라고 해도 부득불 아니라고 우긴다. 5년 전, 같은 수술을 받기 위해 병원에 입원했을 때는 집에 가겠다며 밤새 소동을 피웠었다. 낮에는 시도 때도 없이 엄마에게 전화 걸어 달라고 졸랐었다. 그때 아버지가 엄마 떨어지기 두려워하는 유치원 아이였다면 지금 아버지는 낯도 가릴 줄 모르는 돌전의 아기인 걸까. 요즘 아버지는 누구를 보고도 웃는다. 누구의 말이든 고분고분 들어 준다. 나도 식사가 나올 때까지 아버지를 그냥 내버려두자고 마음먹는다.

그런데 방금 꾼 꿈, 왜 이렇게 생생한 걸까. 지금도 나를 안던 남편 팔의 압력이, 가슴에 부딪쳐 오던 남편 가슴의 감촉이, 그대로 느껴지지 않는가.

꿈속에서 나는 거울을 들여다보고 있었다. 거울을 들여다보며 성긴 머리카락 사이로 보이는, 붉은 반점들이 고르게 돋아 있는, 머릿속을 살피고 있었다. 겁이 덜컥 났다. 무슨 심각한 병에 걸린 것은 아닐까 싶어진 것이다. 나는 두피가 아닌 거울 속 내 얼굴로 눈의 초점을 옮겼다. 나이 든 여자. 거울 속에는 익숙하면서도 낯선 늙은 여자가 있었다. 울고 싶은 기분이 들었다. 이미 입가는 울 준비를 마치고 있었다. 그때 갑자기 거울과 나 사이를 남편이 비집듯 파고들었다. 파고들어서는 나를 꼭 껴안았다. 아, 그 느낌! 넓지는 않지만 힘이 느껴지는 남편의 가슴에 안겨 나는 첫 포옹의 때를 떠올렸다. 아까와는 다른 울음이 터져 나올 것 같았다.

드르륵.

급한 일이 생겨 잠깐 나갔다 오겠다던 간병사가 병실 문을 열고 들어온다. 많이 서둘렀는지 얼굴이 붉게 상기되어 있다. 이제는 나도 집으로 돌아가야만 할 때, 일어나 아버지에게 다가가 이불 위로 아버지를 안는다. 아버지 뺨에 내 뺨을 살짝 비빈다. 그리고 아버지의 딸답게 항상 같은 인사를 조그맣게 읊조린다. "저 금방 갔다 올게요. 한 숨 주무시고 계세요."

간병사에게 인사하고 병실 문을 연다. 엄마의 자궁 같던 아버지의 비밀 정원을 나선다. '어디 가려고? 알았어. 빨리 갔다 와.' 아버지의 늘 같은 인사가 들리는 것만 같다.

그런데, 왜 나는 아버지의 정원에서 그런 꿈을 꾸었을까. 꿈속의 남편은 남편이 아니라 아버지였을까. 꿈속의 나는 내가 아니라 엄마였을까. 엄마의 몸속에서 내가 아버지를 껴안은 것처럼, 엄마의 몸 위로 아버지가 나를 껴안은 것처럼, 우리는 이렇게 서로의 몸을 지금도 끌어안고 또 끌어안는 것일까.

힐링의

시작은

까마득한 언덕 위, 오종종 모여 있는 낮은 건물들을 바라
보며 차를 세웠다. 사무실에 들려 입소 등록을 마치고 간사의
안내대로 식당으로 가 간식도 먹었다. 당근과 토마토와 견과
류와 유유가 곁들여진 간식은 의외로 맛이 좋았다. 간식 후는
소회의실에서의 일정 소개. 명상과 가벼운 트래킹, 강연으로
짜여진 2박 3일간의 일정은 빡빡해 보이지 않았다. 게다가 그
느긋한 일정마저 참여를 강제하지 않는다고 했다. 좋은 여행
이 될 것 같은, 말 그대도 힐링 여행이 될 것 같은, 기분이 들
었다. 특이한 점은 휴대폰을 사용할 수 없다는 것. 아니, 휴대
폰뿐 아니라 TV나 에어컨 등의 현대식 기기를 숙소에서 전

혀 사용할 수 없었다.

팬스레 웃음이 나왔다. 집에 오자마자 에어컨부터 켜고 시도 때도 없이 휴대폰으로 업무 연락을 주고받는 남편이 어쩌려나 싶어서였다. 게다가 남편은 일없이 한 군데 오래 머무르지도 못했다. 성격 급하기로는 금메달감이고. 하지만 흘낏 훔쳐본 남편의 얼굴에는 의외로 미소가 어려 있었다. 그러고 보면 남편이야말로 이런 놓여남이, 여유가, 필요한 것인지도 몰랐다. 그래서 그것을 아는 회사가 부부에게 힐링 여행을 보내준 것인지도 몰랐다.

가방을 끌고 숙소를 향해 회의실을 나섰다. 배정받은 숙소는 강의실과 식당이 있는 건물에서 한참을 더 올라가야 하는 곳에 있었다. 숙소를 멀리 떨어뜨려 놓은 것은 많이 걷게 하기 위한 배려라고 했다. 자연 속에서 자연과 함께 걸으며 자연을 많이많이 느끼라는, 지친 마음과 몸을 자연과 함께 회복하라는, 힐링 타운 측의 마음 씀.

숙소에 들어가자마자 먹통이 되어 버린 휴대폰을 가방에 넣어 버렸다. 구비되어 있는 생활 한복으로 옷을 갈아입고, 입고 온 옷과 속옷들은 옷장 속에 정리해 넣었다. 세면도구와 화장품 등 집에서 가지고 온 물건도 사용하기 편하게 꺼내놓았다. 그리곤 할 일이 없었다, 다음 프로그램까지는 한 시간 삼십 분이라는 무척이나 충분한 시간이 남아 있었다.

벌러덩, 남편이 보란 듯 침대에 몸을 던졌다.

"이번 여행은 쉬는 게 목표야. 우리 일단 잠부터 자자."

일밖에 모르고 산 사람답게 남편이 여행의 목표를 휴식이라 확인시키고 있었다. 나는 남편에게 그러자 대답하며 남편의 아내답게, 나도 모르겠다, 누워 버렸다. 천장에 달린 직사각형 유리창이 눈에 들어왔다. 유리창으로 하늘이 보였다. 연회색 하늘이 금방이라도 비를 뿌릴 듯 보랏빛을 더해 가고 있었다.

얼마지 않아 옆 침대에서 코고는 소리가 들려오기 시작했다. 하긴 늘 잠이 부족한 남편이었다. 그에게는 푹 자는 것이 힐링의 첫 순서일 터였다. 나도 눈을 감았다. 눈을 감고 잠을 청해 보았다. 하지만 내게는 잠이 오지 않았다. 주변이 어두워 책을 읽을 수도 없었다. 조심조심 일어나 문을 열고 밖으로 나갔다. 현관에 놓여 있던 우산을 챙겨들고서였다. 혼자힐링 타운 이곳저곳을 살펴볼 참이었다.

긴 우산을 지팡이 삼아 본부 건물을 향해 비탈길을 내려갔다. 각도가 심한 가파른 길을 더듬더듬 내려와 왼쪽으로 모퉁이를 돌 때였다. 갑자기 시야가 넓어지면서 산이, 산들이, 눈앞에 나타났다. 사방이 온통 산이었다. 빨갛고 노랗게 물든 나무들로 그득한 산, 산, 산. 부드러운 능선이 겹겹이 겹쳐 하늘로 아스라이 사라지고 있는 산, 산, 산. 단풍진 나무들 사이로 언뜻언뜻 보이는 푸른 나무들조차 생전 처음 보는 새로운 색상의 것으로 느껴졌다.

본부 건물 앞에서 커다란 지도 판을 발견했다. 지도 판에는 대여섯 개의 트래킹 코스가 그려져 있었다. 왕복 한 시간 삼십 분짜리 코스를 따라 숲으로 들어갔다. 삼십 분쯤 걷다 되돌아 나올 생각이었다.

검붉은 흙과 그 흙에 박힌 회색의 돌들, 밝고 선명한 색으로 단풍진 나뭇잎들, 푸르고 싸한 나무 향기…. 숲길을 들어서고 얼마 안 되어 비가 내리기 시작했다. 우산을 폈다.

툭 툭 툭, 티닥 티닥 티닥, 칫 칫 칫, 차락 차락 차락, 초종 초종 초종, 츠릇 츠릇 츠릇.

나무 둥걸에, 넓적한 나뭇잎에, 가느다란 풀잎에, 솔방울에, 바위에, 흙바닥에, 내가 쓴 우산에, 비가 제 몸을 맞부딪치며 소리를 내고 있었다. 소리에 둘러싸인 채 좁다란 오솔길을 조심조심 나아갔다. 찰박 찰박, 내 발도 소리를 내기 시작했다.

길옆으로 제법 큰 물웅덩이가 보였다. 가까이 다가갔다. 웅덩이 속에서 색 그림자가 은은히 어른거렸다. 웅덩이로 빗방울이 떨어졌다. 츳츳츳, 물이 물에게 몸을 부딪치며 아니, 물이 물과 합쳐지며 내는 소리가 맑고도 낭랑했다.

돌아올 때는 서둘러야 했다. 조금만조금만 하다 늦어진 것이었다.

남편은 여전히 자고 있었다. 밤인 양 착각하고 자고 있는지도 몰랐다. 일정에 맞추려면 남편을 깨워야 했지만 나는 그러지 말기로 했다. 어차피 다음 프로그램은 와식 명상이었다. 말하자면 누워서 하는 명상.

침대에 누워 눈을 감았다. 혼자서라도 명상을 해볼 요량이었다.

귓속으로 소리들이 모여들기 시작했다. 멀리서 개 짖는 소리, 그보다도 어렴풋한 자동차 경적소리 그리고 온통 나를 에워싸고 있는 빗소리…. 가만히 눈을 뜨고 소리를 내고 있는 천정을 올려다보았다. 뚫려 있는 유리 네모로 비가 내리치고 있었다. 얇게 고인 물에 비가 부딪쳐 부서지고 있었다. 다시 눈을 감았다.

경계가 사라져 갔다. 내 주위가 한없이 확장되어 가는 느낌, 그 속에서 내가 한없이 작아지는 느낌이 들었다. 내가 나무 북과 유리 북, 물 북의 소리를 들으며 광활한 우주 속의 한 점 먼지로 작아져 가고 있었다.

도대체 언제까지 자려는 것인지…. 여전히 깰 생각을 않고 있는 남편에게 스파에 갔다 오겠다는 메모를 남겨두고 숙소를 나섰다.

스파에는 사람들이 많지 않았다. 어정쩡한 시간이어서일 터였다. 그나마 샤워를 마쳤을 때는 탕 속에 있던 두 사람마저 나가 스파에는 결국 나 혼자 남게 되었다.

샤워 캡을 쓰고 탕 속으로 들어갔다. 그리고 천천히 온 몸을, 입술 바로 밑까지, 물속에 담갔다. 이제부터 온욕을 온전히 누려 볼 참이었다.

어디선가 맑고 투명한 소리가 들려왔다. 그러고 보니 팔과 다리에 온통 작은 물방울이 아니, 온 몸이 투명한 물방울로 덮여 있었다. 손으로 팔을 스쳐 보았다. 물방울이 물속으로 날아올랐다. 다시 다리를, 배를, 스쳐 보았다.

토 토 토 토 토돗 토돗 토돗 토돗.

탄산수 온천이라더니 지금 이 소리는 내 몸에 붙어 있던 공기 방울들이 물 표면으로 날아올라 공기 중에 터지며 내는 소리였다. 그러니까 땅속 깊은 곳에서 솟아오른 물이 제 몸에 녹아 있던 것들로 공기 방울을 만들고 그 공기 방울들이 다시 물 위로 날아올라 다른 공기와 한 몸이 되면서 내는 소리.

눈을 감았다. 물에 몸을 담근 채 머리를 이쪽저쪽으로 기울이며 내 몸 이곳저곳을 가볍게 쓰다듬었다. 아무리 들어도 질리지 않을 아름다운 소리가 여기저기서 들려왔다. 아까 숲에서 듣던 물소리와는 또 다른, 맑고 가볍고 경쾌한 그 소리는 듣기에 어여쁜 음악이었다.

사람도 그래야 한다는 생각이 들었다. 사람이 내는 소리도, 사람과 사람이 부딪치며 내는 소리도, 물이 그랬듯, 공기가 그랬듯, 아름답고 예뻐야 한다는…. 내 자신 사람들과 어떤 소리를 내고 있나 생각해 봤다. 촌수가 없을 만큼 가깝다는 남편과는 특히 어떤 소리를 내고 있는지….

그러고 보니 내가 남편을 완전히 잊고 있었다! 혼자 있는 것이나 기다리는 것에 익숙하지 않은 사람인데!

휴대폰도 없이 남편이 얼마나 답답해하고 있을까, 싶어 벌떡 몸을 일으켰다. 물이, 공기 방울이, 투두두둑 토도도독 제법 큰 소리를 내며 떨어져 내렸다. 아니, 터져 올랐다. 문득 힐링은 얽히고설킨 관계에서 벗어나 혼자 되어 보는 것에 그 시작이 있는지 모르겠다는 생각이 머리를 스쳤다. 그래서 이곳 힐링 타운에서는 휴대폰을 못 쓰게 하는 것인지 모르겠다는….

나는 내가 그랬듯 남편도 지금 혼자만의 힐링을 즐기고 있기를 바라며 서둘러 탕 밖으로 나갔다.

내 생애
처음 해보는 일

귓속으로 갇힌 공간의 웅성거림이 스며들고 있다. 금속성 기구들이 맞부딪치는 소리, 거친 옷감이 스치는 소리, 낮고 조심스런 사람들의 말소리…. 내가 귀부터 깨어나고 있다.

급한 발걸음이 다가온다. 다가온 그가 내 손에서 뭔가를 떼어낸다. 내 이름을 부르며 일어나라고도 한다. 이제 병실로 내려가야 한다는 것이다. 그렇다면 여기는 회복실? 벌써 세 시간 반이 지났다는 게 믿어지지 않는다. 몸이 무겁다. 꽉 맞는 틀 속에 갇힌 듯 옴짝달싹할 수가 없다. 왼쪽 다리를 슬쩍 움직여 본다. 다리는 꿈쩍 않고 통증이 끔찍하게 일어난다. 손을 아래로 뻗어 다리를 만져본다. 철심을 박아 넣을 거라더니 허벅다리가 그대로 맨살이다. 가슴속에서 뭉클한 것이 울컥 치밀어 오른다. 감염 위험이 있다고 해 부기가 빠지기를 2주나 기다렸다, 어긋난 다리뼈를 맞추지도 못한 채 밤이고 낮이고 침대에 누워. 이제 반은 끝난 것이다. 수술을 받았으니 무난히 회복하면 다시 걸을 수 있는 것이다.

이송 요원이 침대를 밀고와 내가 누워 있는 침대 옆에 바싹 붙인다. 내 몸이 시트째 들려 이동 침대로 옮겨진다. 침대가 곧 회복실 밖으로 굴려 나간다. 여사님이 침대로 달려와 (간병사를 여사님이라 부르는 것을 이번에 알았다) 내 눈에 안경을 씌워 준다. 꼼짝없이 누워서도 싱글거리던 사람이 얼마나 아프면 이렇게 인상을 쓰겠냐며 여사님이 연신 혀를 찬다. 식구들의 모습은 보이지 않는다. 지금쯤 작은 녀석은 군대에, 큰 녀석은 세미나 발표에, 남편은 중요한 회의에 붙들려 있을 것이다. 수술 시간이 갑자기 당겨졌지만 나는 식구들에게 알리지 않았다. 알렸다 한들 올 수도 없겠거니와 어차피 이 일은 혼자 감당해야 할 일이었다.

침대에 누운 채 복도를 지난다. 날이 좋은지 사람들의 옷차림이 산뜻하다. 간혹 양산을 든 사람도 눈에 띈다. 그날의 일들이 생각난다. 그날은 아침부터 비가 내렸다. 작은 녀석이 군대에서 휴가를 받아 집에 온 다음날이었다.

녀석은 그날도 저녁 약속을 만들어 놓고 있었다. 휴가 첫날부터 바람을 맞힌다 싶더니 아니나 다를까, '그럼 그렇지'

였다. 녀석 바라기하며 애꿎은 탓할 게 아니라 분당 집에 올라온 김에 효도나 하자 싶었다. 남편과 지방 사택에서 지내느라 친정에 다녀온 지 제법 오래였다. 점심을 먹자마자 친정에 전화를 걸었다. 엄마는 날도 궂은데 오지 말라고 했다. 잘 지내고 있으니 걱정 말라고도 했다. 선물 받은 간장 게장과 녀석 해주려고 사둔 스테이크용 고기 두 팩을 챙겼다. 녀석과 함께 집을 나서 각각 전철역과 버스 정류장으로 흩어졌다.

버스에서 내리니 비는 그쳐 있었다. 지하철 공사로 위치가 바뀌어 있는 신호등을 향해 걸었다. 쇼핑백과 우산을 양손에 나눠들고 등에는 소지품을 담은 백팩을 메고 있었다. 잠깐 딴생각을 했던 것 같다, 스테이크와 함께 먹을 채소는 어디서 사야 하나 같은.

"쾅."

앞서 걷던 여인이 갑자기 내 쪽으로 뛰어왔다. 몸을 굽혀 내 몸을 살피며 괜찮으냐고 묻기도 했다. 그러고 보니 내가 이상한 각도로 다리를 벌린 채 땅바닥에, 검정 콜타르가 빛을 뿜고 있는 길바닥에, 앉아 있었다. 그렇다면 조금 전 '쾅' 소리는 내가 넘어지는 소리? 어안이 벙벙했다.

여인이 내 겨드랑이에 손을 넣었다. 부축해 줄 테니 일어나 보라고도 했다. 왼쪽 다리가 이상했다. 왼발에 힘을 줄 수 없어 오른발로만 일어났다. 여인이 등 뒤로 팔을 두르며 내 몸을 안았다. 가까운 병원에 데려다 줄 테니 걸어보라고 했다. 왼발을 오른발 쪽으로 당겨 보았다. 순간, 내 왼다리에 내 생애 처음 해보는 일이 일어났음을 알았다. 더 이상 내 왼다리는 내 마음대로 할 수 있는 것이 아니었다.

수술을 기다리며 그날의 일을 떠올리곤 했다. 그날, 그 여인이 모르는 척 가버렸으면 어떻게 됐을까, 하며… 혼자 무리하게 일어나 걸으려 했다면 부러진 뼈가 피부를 뚫고 나왔을지도 몰랐다. 아니 그보다, 아무도 내 곁에 와주지 않았다면 많이 서러웠을 것이다. 창피하기도 했을 것이다. 여인은 지독히 운 나쁜 일을 당한 내게 지극히 운 좋은 사건이었다. 따뜻하고 흐뭇한 감동이었다. 나도 길가다 넘어진 사람을 만나면 꼭 일으켜 줘야지, 다짐하고 또 다짐했었다.

복도를 굴러가던 내가 침대째 엘리베이터 안으로 들어간다. 문 옆에 서 있던 목에 깁스를 한 남자가 벽 쪽으로 붙어서며 나를 내려다본다. 호기심과 측은심이 섞인 집요한 눈길. 눈을 감아버린다. 고개를 옆으로 돌려 버린다. 이런, 외면이다! 이제부터 이런 짓 하지 말자고 결심한 게 언제라고 내가 또 외면질을 하고 있다. 도와 달라는 것도 아니고 동병상련하자는 사람에게 말이다. 고개를 바로 하고 눈을 뜬다. 남자는 이미 나를 보고 있지 않다.

병실에 들어서는 나를, 함께 지내는 환자와 보호자들이 환호성으로 맞아 준다. 미끄러지고 오토바이에 치이고 에스컬레이터에서 떨어지고 무거운 물건에 맞아, 팔에 허리에 다리에 발에 수술을 받은, 나처럼 오래오래 입원해 있어야 할 환자들이다. 나는 훌륭한 일을 하고 온 사람처럼 웃으며 손을 저어 준다.

내 몸이 다시 내 침대로 옮겨진다. 몸에서 수술복이 벗겨지고 환자복이 입혀진다. 수술한 다리도 다시 받침 위로 올려진다. 상반신을 일으켜 다리를 살펴본다. 역시 깁스 없이 무릎 위에서부터 발목까지 압박붕대만 감겨 있다. 이제 반 깁스에 눌려 다리에 피가 통하지 않는 일은, 발뒤꿈치가 저려 붕대를 풀었다 되감기를 반복하는 일은, 없을 것이다. 나는 내 집, 모든 것이 제 자리에 정돈되어 있는 내 방에, 돌아온 듯 마음을 놓는다.

심장처럼 박동하는 다리, 둔중하고 끈질긴 동통…. 몸이 가라앉고 있다. 공기가 깊은 물처럼 내 몸을 내리 누르고 끝을 알 수 없는 바닥이 내 몸을 빨아들이고 있다. 잠들면 안 된다는 여사님의 목소리가 먼데소리처럼 들려온다. 머리에 손이 짚어지는가 싶더니 차가운 손수건이 이마에 놓여진다. 목마르지 않느냐는 말과 함께 물에 적신 거즈가 입술 사이에 끼워지기도 한다. 여사님이 애를 쓰고 있다.

생각해 보면 신기한 일이다. 얼마 전까지만 해도 나와 여사님은 전혀 모르는 사람이었다. 여사님뿐이랴, 수술해 준 의사와 간호사들도, 한 방에서 지내는 환자와 보호자들도, 모두 알 수 없는 사람들이었다. 다리가 부러지는 내 생애 처음 해보는 일이 벌어진 후 나는 방금 전까지는 알지도 만난 적도 없는 사람들과 방금 전까지라면 상상도 못했을 장소에서 방금 전까지라면 생각지도 못했을 일들을 하고 있는 것이다. 마치 그들이 오랜 지기인 양 자연스럽고 친숙하게, 낯선 병실을 당연히 있어야 할 내 공간인 양 순순히 받아들이며. 자연스럽고 당연하기는 식구들도 마찬가지다. 내가 빠진 공간에서 모두들 여전한 자기 삶을 살고 있다. 내가 없어 적적하다고, 보고 싶다고, 말은 하지만…. 쓸쓸해해야 하나? 아니다. 다리를 높이 올린 채 골절의 고통에 신음하던 환자, 나조차 가족이 아닌 사람들과 함께 먹고 자고 웃고 떠들곤 하지 않았던가.

언젠가 닥쳐올 내 생애 처음 해보는 일, 죽음도 이런 것이지 않을까, 싶은 생각이 든다. 죽음도 이렇듯 불쑥 찾아와 이렇듯 자연스럽게 받아들여질 것만 같은 것이다. 죽음 너머에도 기쁘고 유쾌하고 따뜻하고 흡족한 그 무엇이 있을 것만 같은 것이다.

복도에서 낯익은 발소리가 들려온다. 남편이다. 남편이 큰 걸음으로 내게 다가오고 있다.

"고생 많았지. 긴박한 회의가 있어 어쩔 수 없었어."

그가 덥석 내 손을 잡는다. 가슴속이 아려 온다. 눈물이 찔끔 나온다.

"보고 싶었어. 너무 보고 싶었다고."

까마득한 시절의 대사다. 내 자신도 예상치 못한 내 말에 화답하듯 남편이 잡은 손에 힘을 준다. 아까의 생각에 확신이 든다. 모든 일에는 기쁘고 유쾌하고 따뜻하고 흡족한 무엇이 들어 있으리라는. 언젠가 불쑥 다가올 내 생애 처음 해보는 일, 영이별에조차. 지금 이 고통에 그러하듯….

이왕이면
나비 꿈이면
더 좋으련만

다리를 가지런히 붙여 쭉 뻗는다. 무릎에서 종아리를 거쳐 발목과 발등까지, 다시 발등에서 발아치까지, 치리릭 전율이 지나간다. 영원히 적응할 수 없을 것 같은 시큰거림. 저절로 미간이 찡그려진다. 등을 침대에 붙인 채 허벅다리를 세워 왼쪽 무릎을 손으로 문지른다. 오른쪽 다리를 들어 발등으로 왼쪽 종아리를 비벼댄다.

생각해 보면 이 정도나마 된 것도 다행이다. 골절 수술을 받고 처음 압박붕대를 풀었을 때는 왼쪽 발목과 발등, 발아치 부분이 찰과상을 당한 듯 쓰려렀었다. 왼쪽 무릎과 발목은 물 먹은 스펀지가 얼어붙은 것처럼 굽혀지지 않았고 종아리는 조금만 걷거나 서 있어도 나무토막처럼 딱딱하게 굳었었다.

몸을 왼쪽으로 누인다. 침대가 흔들려서인지 나지막이 코를 골던 남편이 반대쪽으로 돌아눕는다.

몇 시나 됐을까? 침대에 누운 후 계속 몸부림치고 있다. 일어나 시간을 확인해 보고도 싶지만 그만둔다. 대신 바로 누워 가슴에 손을 얹은 채 의식적으로 얼굴에 웃음을 그린다. 미소, 그러니까 미간을 넓혀 위로 올리면서 입술 끝을 들어 올리는 것은 평소 잠을 부를 때 쓰는 나만의 비술이다. 불면의 밤, 생각에 사로잡힌 나는 인상을 쓰게 마련이고 그 인상을 푸는 것만으로도 잠이 찾아오곤 했기 때문이다.

어느새 내가 오른쪽 발꿈치로 왼쪽 발목을 문지르고 있다. 찌릿찌릿 찌리릿. 기분 나쁜 전율이 발목에서 종아리로, 몸통으로, 퍼져 오른다. 어쩔 수 없다, 열심히 문지르는 수밖에는. 그 싸늘한 전율은 문지르고 문질러야만 풀리기 때문이다. 오른쪽으로 돌아눕는다. 돌아누워 짝을 맞추듯 왼발을 오른발 위에 올린다. 아픈 발을 성한 발 위에 올려놓는 것이다. 편치 않다. 오히려 시큰거림이 심해진 것도 같다. 왼발을 살짝 들어 올린다. 그리고 손바닥을 비비듯 왼발을 오른발 안쪽에 대고 비벼댄다. 이어 오른쪽 발꿈치의 왼쪽 발등 마사지가 시작된다. 오른쪽 발등의 왼쪽 종아리 문지르기도. 이러면 안 되는데 싶어 바로 누워 다리를 뻗는다. 손을 가슴에 얹고 이마를 들어 올린다.

하지만 나는 또 움직이고 만다. 바로 누운 채 왼쪽 다리를 공중으로 들어 올린 것이다. 두 손이 기다렸다는 듯 종아리를 주무르기 시작한다. 하기는 이렇게 종아리가 굳어 있는데 잠이 올 리가 없다.

얼마나 문질렀을까. 종아리 살이 조금 부드러워진 것도 같다. 다시 똑바로 누운 채 다리를 뻗는다. 뻗는 순간 무릎에서 툭 소리가 났지만 시큰거림은 확실히 나아졌다. 시험 삼아, 뻗은 왼발을 왼쪽·오른쪽으로 눕혀 본다. 비교를 위해 오른발도 왼쪽·오른쪽으로 눕혀 본다. 왼발의 왼쪽 눕히기 각도가 오른쪽에 비해 좋지 않지만 그래도 그 차이가 많이 줄었다. 발을 자연스럽게 벌린 채 가슴에 손을 올린다. 이제 정말 자야 한다.

아, 그러나 내가 또 허벅다리를 들어 올리고 있다. 들어 올려 두 손으로 무릎을 마사지하고 있다. 무릎뿐이랴, 종아리와 발목과 발등과 발바닥 그리고 발가락 다섯 개까지 모두. 잠들기 원하면서 이렇게 자꾸 움직이면 안 될 터였다. 다리를 내리고 왼쪽으로 돌아눕는다. 그리고 살포시 왼발 위로 오른발을 올린다. 이제 정말 움직이지 않을 것이다. 하지만 또…. 내 맘을 벗어난 내 왼쪽 다리가 자기 맘대로 내 몸을 사용하고 있다. 아픈 다리 위에 성한 다리를 올려놓았으니 무겁고 불편하게 느껴지는 게 당연할 것이다.

이럴 바에야 숫제 운동을 하는 편이 낫지 싶다. 양다리를 공중으로 쭉 뻗어 올린다. 힘이 없는 왼쪽 발목을 오른쪽 발목 위에 올려 겹쳐 놓은 상태로다. 하나, 두울, 세엣…. 스물을 악착같이, 가까스로, 채우고 다리를 내린다. 침대가 연신 소리를 내며 출렁이는데도 남편은 숨을 들이켤 때마다 콧소리를 낸다. 옆에서 별짓을 다해도 나 몰라라 잠만 자는 무심한 짝꿍이라니…. 몸을 기울여 남편의 얼굴을 들여다본다. 아무것도 보이지 않는다. 다시 등을 침대에 붙이고 다리를 가지런히 뻗는다. 가슴에 손을 얹은 채 눈을 나른히 감고 입술 끝을 들어올린다.

여전히 잠이 오지 않는다. 잠들지 못하는 내가 오른 무릎을 세워 그 무릎 위에 왼쪽 발목을 걸치듯 올려놓고 있다. 다시 두 손이 발목과 무릎을 문지르기 시작한다. 결리는 종아리가 풀리도록 왼쪽 종아리를 오른 무릎에 누르듯 비비기도 한다. 다시 다리를 내리고 똑바로 눕는다. 움직이려는 다리를 억제하며 베개를 머리 위로 밀친다. 그리고 조심조심 몸을 오른쪽으로 비틀어 엎드린다. 얼굴을 침대 바닥에 붙인 채 가만히 기다린다. 눈이 무거워지는 것이 곧 잠이 올 것도 같다.

그런데 나 원 참. 어느새 양다리가 위로 올라가 있지 않은가, 엎드린 자세 그대로 무릎 아래 종아리와 발이. 두 다리가 곧 왼쪽 · 오른쪽으로, 위 · 아래로, 움직이기 시작한다. 가끔 발목과 발등이 서로 맞비벼지기도 한다.

불면증이다. 눕자마자 잠들곤 하던 잠쟁이인 내가 요즘 도통 잠을 자지 못하고 있다. 다리가 부러진 채 수술을 기다리던 때에도 잠은 잘 잤었다. 수술통증으로 네 시간마다 진통제를 맞을 때에도 다시 잠드는 데 어려움이 없었다. 그런데 그렇게나 오고 싶어 하던 내 집 내 푹신한 침대에 누워 잠을 이루지 못하는 것이다. 무슨 고민이 있어서는 아니다. 고민이 있다면 잠이 오지 않는 이유를 알 수 없다는 것. 그뿐이 아니다. 밤새 시큰시큰하고 찌릿찌릿한 육체의 감각에 시달리기까지 해야 한다. 아니, 전후 관계는 모르겠다. 그 섬뜩하면서도 불편한 감각이 나를 잠 못 들게 붙잡는 건지 잠 못 들고 있어 그 시퍼런 감각에 사로잡히는 건지.

남편은 내가 너무 몸을 움직이지 않아 불면증에 걸린 것이라고 말한다. 그럴 듯한 해석이다. 굵은 철심을 다리에 넣는 것으로 깁스를 피했지만 목발을 짚지 않고는 걸을 수 없어 바깥 활동은커녕 집안에서도 자유롭게 움직이지 못하기 때문이다. 행동은 또 왜 그렇게 느려진 건지 부지런히 몸을 움직여도 예전 하던 양의 5분의 1도 해내지 못한다. 그래서이겠지만 언제부터인지 나는, 실은 병원에 입원하면서부터, 집안일로부터 해방됐다. 집안일뿐이랴, 내가 해오던 모든 일로부터 자유로워졌다. 그러니 남편의 해석대로라면 나는 당분간 계속 잠을 자지 못할 터였다. 내 스스로를 격려해 해방과 자유를 반납하지 않는 한….

다리가 또 저려 온다. 엎드려 있던 몸을 돌려 바로 눕는다. 마비와 마취에서 풀려날 때처럼 왼쪽 다리가 뭉글뭉글 아리다. 내 입에서 나도 모르게 신음이 새어나온다. 두 손으로 입을 감싸며 힐끗 남편 쪽을 쳐다본다. 잠잠하다. 그런데 입 주변으로부터 턱 밑까지 이게 뭐지? 손으로 문질러 본다. 침이다. 순간, 의문이 비늘처럼 일어난다. 내가 잠들었었나? 잠들었다면 얼마나? 언제부터? 설마 그동안 내가 잠을 못 잤던 게 아니라 잠 못 들고 뒤척이는 꿈을 꾼 건 아니겠지? 장자가 나비 꿈을 꾸듯…?

침대에서 벌떡 몸을 일으킨다. 삐걱 소리를 내며 침대가 크게 흔들린다. 얼굴과 손에 묻은 침을 옷에 문지르며 질뚝질뚝 거실로 나가 시계를 본다. 3시 20분이다.

정수기에서 물을 한 컵 받아 마시고 소파에 눕는다. 안개가 끼었는지 거실 유리창 너머의 밤하늘이 희붐하다. 돌아가신 어머님 생각이 난다. 코까지 골며 주무시면서도 절대 안 잤다고, 밤새 못 잤다고, 우기던 어머님이셨다. 당해 봐야 안다더니 이제야 알 것 같다. 잠 못 들고 뒤척이는 꿈을 꿈인지 생시인지 모를 정도로 생생하게 꿀 수 있음을.

누운 채 탁자에 놓아둔 스마트폰을 집어 든다. 렘수면이니 뭐니 잠의 질에 관한 이야기를 들은 것도 같아 찾아볼까 싶어서다. 하지만 그도 귀찮다. 스마트폰에 이어폰을 끼워 넣는다. 곧 소설을 읽어 주는 팟캐스트 진행자의 달콤한 목소리가 귀를 간질이기 시작한다. 밤하늘이 눈을 감아야만 보이는 안쪽 눈까풀처럼 희불그레해져 간다.

툭! 가슴 위에 놓아둔 스마트폰이 거실 바닥으로 떨어진다. 왼쪽 귓바퀴가 몹시 아프다. 4시 5분, 실눈으로 시간을 확인하고 이어폰에 눌려 있던 귓바퀴를 문지르며 침대로 간다. 그리고 침대에 누워 꼼꼼하고 차분하게 잠 청하는 의식을 시작한다. 가지런히 다리를 뻗고 얌전히 양손을 가슴에 얹고 미간을 넓혀 미소를 만들고 눈을 지그시 감는.

다시 다리가 저려 오기 시작한다. 다리가, 손이, 제 스스로 움직이려 꿈쩍거린다. 꿈이 시작되려는 것이다. 아픈 다리를 어쩌지 못해 연신 몸을 뒤척이는 골절 수술 받은 사람의 꿈이. 이왕이면 나비 꿈이면 더 좋으련만⋯. 침이 말라붙은 입가를 손끝으로 문지르며 남편 쪽으로 돌아눕는다.

다리를
그리다 말고

오늘도 나는 일어나자마자 다리부터 살핀다. 부러진 후 짝짝이가 되어 버린 두 다리를 뻗고 서로를 비교하는 것이다. 그런데 이상하다. 두 다리가 얼핏 비슷해 보이지 않는가. 수술과 입원으로 운동 부족을 겪은 왼쪽 허벅다리는 오른쪽에 비해 가늘어야 하고 철심을 박아 넣은 왼쪽 종아리와 발목은 오른쪽에 비해 두툼 묵직해야 하는데 말이다. 2주 전, 내 엑스레이 사진을 들여다보며 혀를 차던 의사의 모습이 떠오른다. 뼈가 붙기는커녕 골진도 나오지 않았다는 것이었다.

침대 바깥으로 다리를 내린다. 그리고 제발, 하는 마음으로 불끈 일어난다. 왼쪽 무릎이 여전히 뻣뻣하다. 아래쪽 종아리는 시큰거리고 발목도 무겁다. 몇 걸음 걸어본다. 확실히 걸음걸이는 한결 가벼워진 것 같다. 유연해진 것도 같다. 혹시 밤새 뼈가 붙은 것 아닐까? 아니, 뼈가 붙기 시작한 것 아닐까?

뒤뚱뒤뚱 먼지를 털고 끙끙낑낑 청소기를 돌린다. 엉덩이를 밀며 걸레질도 하고 플라스틱 의자에 앉아 샤워도 한다. 조금만 서 있어도 검붉게 변하던 왼쪽 다리가 그 많은 일을 했는데도 살색 그대로다. 날카로운 칼이 다리를 스치는 그래서 다리가 그 칼날에 베이는 장면을 상상해 본다. 섬뜩한 생각만으로도 닭살이 돋던 왼다리 피부가 매끈매끈 평화롭다. 좋아진 게 확실하다. 적어도 골진만큼은 틀림없다.

아침을 먹고 다시 침대로 간다. 꽃무늬 시트를 편편히 펴고 그 위에 두 다리를 뻗어 무릎을 가지런히 붙인다. 기특하고 대견한 다리를 스마트폰으로 찍기 위해서다.

커피를 내리며 사진을 불러낸다. 불려나온 사진은 위아래가 바뀌어 발가락이 오히려 위에 올라가 있다. 얼핏 다리가 나무처럼 보인다. 시트의 아롱다롱 꽃송이들을 배경으로 두 종아리가 나무등성으로, 열 발가락이 짧은 가지로, 보인 것이다. 그림이 그리고 싶어진다. 우뚝하니 솟은 내 다리가 예쁜 꽃을 흐드러지게 피어내는 그림이다.

큰 녀석이 화실 다닐 때 쓰던 수채화용 종이를 가져와 거실 마루에 편다. 46cm×61cm. 이 정도 크기라면 실물 크기로 다리를 그릴 수 있다. 종이를 가랑이 사이에 두고 양다리를 길게 뻗쳐 앉는다. 곧 왼손으로 스마트폰을 든 채 연필로 밑그림 그리기에 돌입한다.

무릎 바로 위에서부터 시작되는 완만한 다리 선이 그어진다. 그 선은 복숭아뼈 부분에서 살짝 돋아지다 다섯 개의 크고 작은 발가락으로 이어져 간다. 발가락마다에는 버섯 오두막의 창문 같은 발톱이 내달린다. 왼쪽 무릎은 길이가 다른 원호 세 개로, 오른쪽 무릎은 안쪽으로 치우친 괄호로, 단순 마무리한다. 남은 것은 다리에 난 흉터, 무릎 중앙에 늘어져 있는 통통하게 살찐 붉은 지렁이와 안쪽 종아리에 붙은 세 마리 돈벌레를 어떻게 할지가 고민이다. 지렁이는 부러진 뼈를 지지하기 위해 철심을 넣었던 자국이고, 위쪽 엄마 돈벌레와 아래쪽 오누이 돈벌레는 철심을 뼈에 고정시키기 위해 나사를 조이던 구멍이다.

흉터까지 그릴 필요는 없지 싶다. 어차피 반추상이 되어 버릴 그림, 흉측한 상처까지 그리면 그림이 복잡해지기만 할 것 같다. 흉터를 극복의 훈장으로 표현할 묘안이 있다면 모를까.

흉터는 미뤄 놓고 배경을 고민한다. 나무가 된 내 다리 위로 하얀 꽃잎이 눈처럼 흩날리는 광경을 떠올려본다. 파아란 하늘에 더 파란 날개를 팔랑대고 있는 몰포나비들도 그릴 듯하다. 군무를 추듯 모였다 흩어져 가는 지느러미 투명한 오색 물고기들은 또 어떻고…. 상상만으로도 마음이 뿌듯해 온다. 걱정이 있다면 앞서가는 마음을 따라가지 못하는 내 그림 실력.

다리가 저려 온다. 한 자세로 오래 앉아 있은 때문이리라. 허리를 펴고 다리를 종이 밖으로 꺼낸 뒤 다리를 안으로 굽힌다. 양손으로 종아리와 무릎을, 발목과 발을, 주무르며 프리다 칼로를 생각한다, 타고 가던 버스가 전차와 충돌하면서 왼쪽 다리 열한 곳이 골절되고 버스 손잡이 철제 봉이 허리에서 자궁까지 관통했다는. 그녀는 그 사고로 척추 수술 일곱 번을 포함해 서른두 번의 수술을 받았다고 들었다. 머쓱하다. 내가 하는 짓이 꼭 그녀를 흉내 내는 것 같아서다.

하기는 아무도 못 말리는 공상쟁이인 내가, 이 시점에서 프리다 칼로를 떠올리고 흉내 내는 것은 당연한 일일 것이다. 병원에 입원하자마자 내가 한 짓은 큰 언니뻘인 간병 여사님을 상궁마마로, 내 자신을 중전마마로, 둔갑시키는 일이지 않았던가. 혼자서는 아무것도 할 수 없는 내가 소변기를 참아내려면 그것이 매화틀 정도는 되어야 했다. 그뿐이랴. 수술 전 부기가 빠지기를 기다리며 다리를 높이 올리고 있을 때나 수술 후 극심한 고통을 진통제로 달래며 누워있을 때는 『바람과 함께 사라지다』를 쓴 마가렛 미첼을 떠올리며 억지로라도 책을 읽었다. 다친 다리가 감염을 일으켜 기자 생활을 그만둬야 했다는 그녀는 3년의 칩거 생활 끝에 소설을 쓰기 시작했다고 했다. 그러니 좋아진 다리를 자축하고 싶은 오늘 프리다 칼로를 흉내 내지 않으면, 그래서 엉터리 그림이라도 그리지 않으면, 그건 내가 아닌 것이다.

다리가 점점 더 저려 온다. 다리를 스케치한 종이를 걷어 내고 다리를 앞으로 뻗는다. 왼쪽 다리가 어느새 검붉게 변해 닭살까지 돋아 있다. 세 가지 배경 각각이 다 맘에 든다고 똑같은 다리 스케치를 세 장이나 했으니 다리에 무리가 됐지도 싶다.

왼쪽 다리를 세워 무릎과 종아리를 문지른다. 퉁퉁 부은 다리가 나무토막처럼 딱딱하다. 다시 다리를 옆으로 뉘어 종아리와 발목과 발등, 발바닥과 발가락까지 두 손으로 마사지한다. 겉으로도 속으로도 고통스러운 이런 다리를 가지고 하얀 꽃잎이니 파란 나비니 오색 비늘이니를 떠올린 내가 새삼 우습게 느껴진다.

불현듯 의문이 인다. 스스로 긍정 마인드라 자랑삼던 것이 실은 자아도취가 아니었나, 미래희망으로 겉발림한 자기 속임수가 아니었나, 의심스러워진 것이다. 프리다 칼로라면 그림을 나처럼 예쁘게만 표현하려 할 리가 없어서다. 오히려 그녀라면 퉁퉁 부어 한 배 반은 굵어진, 검붉게 닭살을 돋우고 있는, 다리를 사실적으로 신랄하게 그렸을 것이다. 배경도 꽃이나 나비가 아닌, 다리 속 철심과 나사 같은 섬뜩한 상징으로 채웠을 것이고….

자리에 벌렁 눕고 만다. 체념하듯 눈을 감아 버린다. 감은 눈 속으로 조그맣고 하얀 것이 떠다니기 시작한다. 마치 망망한 머릿속을 헤집고 다니는 하얀 점처럼.

문득 푸른 바다를 청靑무밭으로 착각한, 수심水深을 알지 못해 도무지 바다를 겁내지 않았다는, 어느 시인*의 흰 나비가 생각난다. 어쩌면 나는 내 자신을 자아도취나 속임수로 다그치면 안 되는지도 모른다. 긍정과 희망으로 스스로를 부추기는 나를 책망하려면 숫제 인생의 깊이와 넓이를 알지 못하는 무지함으로, 고뇌의 철학을 가지지 못한 사고의 가벼움으로, 해야 하는지도….

벌떡 일어나 앉는다. 아니 실은, 오른쪽 팔꿈치를 바닥에 짚은 채 상반신을 비틀듯 일으켜 가까스로 앉는다. 다리가 뻣뻣하다. 종아리와 무릎이, 허벅다리와 엉덩이마저, 짝이 맞지 않는 부속처럼 제각각 불편하다. 손으로 왼쪽 다리를 들어 가랑이를 벌린다. 가랑이 사이에 다리가 스케치되어 있는 종이를 끌어다 펼친다.

어차피 건너야 할 바다라면, 살아내야 할 인생이라면, 그 깊이와 넓이를 모르고 가는 것도 괜찮을 것이다. 몰라서, 가벼워서, 오히려 긍정하고 희망할 수 있다면….

그래, 이제부터 배경 스케치 돌입이다.

---

* 김기림의 「바다와 나비」

세탁소
이야기

세탁물을 넣어둔 쇼핑백을 들고 문을 나선다. 오늘 맡길 옷은 남편의 와이셔츠 네 장과 회색 양복바지, 내 블라우스 한 장이다. 엘리베이터를 기다리는데 한숨이 나온다. 1주일 전 바로 이 시간 즈음에 있었던 일이 마음에 걸려서다.

"요즘 정말 걱정이에요. 기억력이 많이 떨어졌지 뭐예요. 지난번 건강 검진 때는 상담 의사한테 치매 검사를 받으려면 어떻게 해야 하냐고 물어볼 정도였다니까요. 근데, 사람들 말이 검사해도 소용없을 거래요. 문제 좀 풀어 본 사람은 질문지 검사도 잘 통과한다나요."

떠벌리듯 말하고 있는 사람은 바로 나였다. 어떻게 하다 내 입에서 기억력이라는 말이 나온 건지는 생각나지 않는다. 아마도 바뀐 지 얼마 안 되는 무척이나 어설퍼 보이는 새 주인과, 생각했던 것보다 세탁소 일이 어려워 아버지가 적응할 때까지 돕기로 했다는 주인 딸에게, 주민의 한 사람으로 먼저 다가가 주려는 내 나름의 배려였을 것이다. 아닌 게 아니라 내 말에 카운터 일을 보던 주인 딸이 슬쩍 웃기도 했다. 다른 사람이 맡긴 옷을 정리하고 있던 세탁소 주인도 흥미 있는 표정으로 나를 바라보고.

"옷, 지금 찾아가실 거지요?"

카드를 건네며 묻는 주인 딸에게 나는 그렇다는 고갯짓과 함께 하던 말을 이어갔다.

"전신 마취 때문인 것 같아요. 얼마 전 다리가 부러져 전신 마취를 했었거든요. 왜 전신 마취할 일이 자꾸 생기는지 모르겠어요. 가을에 철심 뽑으려면 또 한 번 전신 마취 해야 할 텐데 정말 걱정이에요."

"그러니 암으로 여러 번 수술한 제 마누라는 오죽하겠어요."

세탁소 아저씨가 하던 일을 놓아두고 끼어들었다. 심각한 표정으로 당신 부인은 매일 성경을 읽고 쓰는 것으로 기억력을 유지하고 있다는 말을 덧붙이기까지 했다. 이건 아니라는 생각이 들었다. 나보다 열 살은 많아 보이는 아저씨가 나를 동년배 취급하면 곤란했다. 하지만, 생각해 보면, 빌미를 준 것은 나였다. 뱉은 말을 주워 담을 수는 없는 일, 나는 그것 참 좋은 방법이네요, 로 입을 다물고 말았다.

주인 딸이 세탁된 옷들을 들고 와 내게 건넸다. 그렇게 옷을 받아들고 문을 나서려던 때였다. 주인 딸이 나를 불렀다. 옷을 싼 비닐이 바닥에 끌린다는 것이었다. 다리 흉터 가리기용 내 긴 원피스 때문이었다. 세탁된 옷들이 다시 카운터 선반 위에 얹혀졌다. 그런데? 와이셔츠 중에 눈에 익지 않은 것이 있었다. 손을 뻗어 와이셔츠를 확인했다. 다시 봐도, 아무리 봐도, 그것은 남편 것이 아니었다.

"이 와이셔츠 우리 거 아닌데요."

주인 딸이 놀란 표정으로 문제의 와이셔츠를 옷 사이에서 빼냈다. 주인 딸에게 와이셔츠의 브랜드를 물어보았다. 돌아온 답은 내가 들어보지 못한 그래서 지금은 기억해 낼 수 없는 어떤 것이었다. 와이셔츠가 우리 것이 아니라는 것이 확실해졌다. 남편은 고집스레 한 브랜드 옷만 입고 있기 때문이었다. 내 설명을 들은 주인 딸이 고개를 갸웃대며 CCTV를 확인해 보자고 했다. 아저씨도 그러자고 했다.

내 모습이 화면에 나타났다. 이어 주인 딸이 내게 쇼핑백을 건네받는 모습이, 쇼핑백에서 와이셔츠를 꺼내는 모습이, 빠른 동작으로 지나갔다. 원피스 하나에 와이셔츠는 하나, 둘, 셋, 넷. 세탁소 두 부녀의 얼굴에 안도의 기색이 피어

올랐다. 주인 딸이 입을 열었다.

"제가 보기에는 숫자도, 색깔도, 이 옷들과 똑같은 것 같아요. 혹시 사모님이 잘못 기억하시는 거 아닐까요? 한 브랜드만 입으신다 하셨지만 남편 되시는 분이 와이셔츠를 선물 받으실 수도 있잖아요. 아님, 밖에서 바꿔 입고 오셨던가."

내 양 미간이 좁혀지고 있었다. 설사 선물을 받았다 해도 내 모를 리 없을 테고 밖에서 바꿔 입고 왔다면 더더욱 지나칠 리 없었다. 나는 불쑥 튀어나오려는 말을 가까스로 돌려세워 천천히, 뚝뚝 끊어, 씹어 삼키듯 말했다.

"정말 아니거든요. 남편은 R만 입는다니까요. 남편한테 이 하늘색 와이셔츠와 비슷한 것이 있기는 해요. 깃이 둥글게 좀 특별하게 붙어 있는 건데…. 제 생각에는 그것과 이것이 바뀐 것 같아요. 아무튼 이 와이셔츠는 우리 거 아니에요."

주인 딸도 더 이상은 어쩌지 못하겠는지 지사에 옷이 바뀔 수 있는지를 알아보겠다며 나머지 옷들을 접어 비닐 양끝을 옷걸이 양끝에 감은 뒤 호치키스로 찍기 시작했다.

집에 돌아오자마자 남편 옷장부터 뒤졌다. 역시나 하늘색의 깃이 둥근 와이셔츠가 눈에 띄지 않았다. 그 와이셔츠가 다른 사람의 것과 바뀐 것이 틀림없었다. 나는 남편을 기다리기 시작했다. 왠지 불안하고 괜스레 꺼림칙한 느낌이 스스로 의아했다.

남편은 그날따라 밤이 늦어서야 들어왔다. 예정에 없던 회식을 했다고 했다. 그런데…? 현관에서 남편을 맞이하던 나는 깜짝 놀라고 말았다. 문제의 와이셔츠가 그러니까 하늘색의 깃이 둥근 와이셔츠가 남편의 몸에 감겨 있기 때문이었다. 당장 낮에 있었던 일이 떠벌려진 것은 당연지사, 역시나 남편도 어이없어 했다. 당신도 알다시피 와이셔츠를 선물 받은 일도, 바꿔 입고 온 일은 더더욱, 없다며 억울해하기까지 했다.

남편은 목욕탕으로 들어가고 나는 새로운 고민에 빠졌다. 어떻게든 이 일을 끝내야 맘 편히 잘 것 같은데 밤이 너무 늦은 때문이었다. 하지만 나는 이미 문자를 찍고 있었다.

"남편이 늦게 들어오는 바람에 밤늦게 문자합니다. 낮에 말씀드린 깃이 특별한 와이셔츠는 남편이 입고 있었네요. 그러면 올해 새로 산 와이셔츠는 모두 있는 셈이에요. 기억도 나지 않는 헌 와이셔츠, 없어졌다 해도 크게 문제될 것 같지 않으니 너무 애쓰지 마세요. 그럼 편한 밤 되시기를."

휴대폰을 내려놓으려 하는데 답 문자가 들어왔다.

"네, 사모님. 지사에 확인해 봤는데 택이 바뀔 리는 절대 없대요. CCTV를 수십 번 봤지만 여기서도 옷이 바뀌지 않았고요. 혹시 모르니 두고 가신 와이셔츠 댁에 가지고 가서 사장님께 한 번 여쭤봐 주시면 어떨까요."

정말 답답한 일이었다. 아니라는데, 정말 아니라는데…. 하기는 생각해 보면, 주인 딸의 반응을 이해할 수 없는 건 아니었다. 건망증이니 치매니 전신 마취란 말을 들은 마당에 나를, 내 기억력을, 순순히 믿어 주었다면 그게 더 이상한 건지도 몰랐다. 헌 와이셔츠 운운하며 선심 쓰는 듯 구는 것도 상대방 입장에서는 구린 짓이었다.

편하지 않은 밤과 그 일 자체를 잊어버린 며칠이 지나 주말이 되었다. 이미 격정도 억울함도 김빠진 맥주처럼 맹맹해져 있었지만 집에 다니러온 아들에게 얘깃거리 삼아 와이셔츠 사건을 말해 주었다. 물론 치매니 기억력이니 하는 쓸데없는 얘기는 빼고서였다.

"엄마, 그냥 잃어버렸다고 생각해. 담에 세탁소 가면 그 와이셔츠 가지고 오고."

뭐라고? 이게 무슨 소리야? 나는 아들의 얼굴을 새삼 쳐다봤다. 자기 식의 정의감으로 끝까지 시시비비를 가려야만 직성이 풀리던 아들의 입에서 나올 말이 아니기 때문이었다.

"우리 것도 아닌데 그걸 왜 가지고 와. 그리고 진짜 그 옷 주인 나타나면 엄마만 괜히 이상한 사람 되잖아."

"그건 그때 해결하면 되지. 엄마가 그 옷 가져오지 않으면 세탁소 주인이 얼마나 불편하겠어. 서로 맘 복잡해지는 일은 하지 맙시다, 엄마."

녀석이 완전 세탁소 편이었다. 군대를 갔다 오더니, 이런 저런 아르바이트를 하더니, 녀석이 변한 게 틀림없었다. 내가 옷을 가지고 오면 세탁소가 진짜 옷 주인을 찾으려는 노력조차 안 할 거라는 말을 하려다 그만뒀다. 어쩌면 녀석조차 내 기억력을 반신반의하고 있는지도 몰랐다.

기다리던 엘리베이터가 올라온다. 엘리베이터에 들어가 1층 버튼을 누른다. 37층, 36층, 35층…. 생각해 보면 내가 한숨을 쉴 이유는 없다. 내가 바뀌지 않은 것을 바뀌었다 거짓말을 하는 것도 아니고 악착같이 와이셔츠를 찾아내라 갑질을 하는 것도 아니지 않은가. 그럼에도 불구하고 나는 뭔가가 마음에 걸린 채 스스로 묻고 답하기를 반복하고 있다.

숫제 세탁소를 옮길까? 아님, 세탁소에 가서 내가 맹탕 바보가 아니라는 걸 증명해? 그런데 어떻게? 내가 작가라고 하면 어떨까? 세탁소 아저씨 부인이 성경을 읽는 것만큼 아니, 훨씬 더 책읽기를 즐기는 사람이라고 말하면. 숫제 내 책을 한 권 갖다 줘? 아니야, 내 글이 실린 잡지를 가져다주는 게 나을지도 몰라. 아니, 지금 그게 문제가 아니잖아. 당장 그 와이셔츠, 어떻게 해? 녀석 말대로 그냥 가져와? 아니 그럴 수는 없는 일이지.

엘리베이터가 1층에 닿으며 문이 열린다. 엘리베이터를 나서 긴 언덕길을 다 내려오도록 나는 어떤 결정도 내리지 못한다. 어쩔 수 없다, 그냥 부딪쳐 보는 수밖에. 대책도 없이 세탁소로 들어간다. 그 와이셔츠의 진짜 주인이 그러니까 남편의 와이셔츠를 받아든 다른 사람이 옷이 바뀌었다고 나섰기를 바라고 바랄 뿐이다.

"어서 오세요."

세탁물이 쌓여 있는 선반 너머로 아저씨가 내게 인사를 건넨다. 나는 배시시, 이도저도 아닌 웃음을 흘리며 아저씨에게 다가가 쇼핑백을 치켜든다. 옷들을 꺼내려는 것이다.

"그거 그냥, 두고 가세요. 처리할 옷이 너무 많아서요. 전화번호 끝자리가 어떻게 되지요?"

아저씨가 세탁물 사이를 헤쳐 메모지와 펜을 찾아 들고 내게 묻는다. 언젠가도 한 번 그러더니 또…. 그때도 이래도 되는 건가 싶었었다. 하지만 자기 자신에게 아니, 세상에 순도 100퍼센트의 믿음을 가지고 있는 듯 말하고 있는 사람에게 뭐라 들이댈 말이 없었다. 그래도 오늘만큼은 아니지 싶다. 아저씨와 나는 난감한 사이가 아니던가. 서로 맡긴 옷이 몇 벌이고 어떤 것인지 정확히 확인해 둘 필요가 있는 것이다.

"0886인데요. 근데 그냥 두고 가요? 돈은 어떻게 하고요?"

"돈 나중에 주세요. 제가 이거만 하고 잘 처리해 놓을게요."

아저씨는 이미 나를 보고 있지 않다. 나는 터무니없을 정도로 당당한 아저씨에게 아무 말도 못하고, 세탁물이 들어 있는 쇼핑백을 카운터에 놓아둔 채, 세탁소를 나온다. 뭐가 뭔지 어안이 벙벙하다. 혹시 아저씨, 내가 문제의 아줌마라는 걸 기억하지 못하는 거 아냐? 혹시 아저씨야말로 치…?

세탁소 앞에 선채 얼떨떨한 눈으로 바라보는 하늘이 높고도 맑고도 파랗다.

꿈,

꿈,

꿈

거리에는 아무도 없었다. 걸음을 멈추고 뒤를 돌아다보았다. 텅 빈 길. 왼쪽을 보아도 오른쪽을 보아도, 눈이 미치는 그어디 그 어느 곳에도 사람이 보이지 않았다. 천천히 어둠이내리는 놀이터를 향해 걸어 내려갔다. 평소 같으면 아이들과아이들을 지켜보는 어른들로 가득 차있을 놀이터였다. 아이들의 떠드는 소리와 아이를 부르고 달래는 어른들의 소리로와자지껄할 곳에 어둠만 울렁이고 있는 낯선 광경을 어색해하며 나는 앞으로 걸어 나갔다. 그런데 저기, 서너 걸음 앞쪽의 길바닥에 뭔가 튀어나온 것이 보였다. 콘크리트가 부서져길바닥이 일어난 것이었다. 가까이 다가가 구멍을 살펴보았다. 놀랍게도 부서진 콘크리트 사이로 사람의 얼굴이 보였다. 남자였다. 나는 달려들어 남자를 구하기 시작했다. 낡아서인지 콘크리트는 내 힘으로도 쉽게 뜯겼다. 조금씩 조금씩…. 뜯긴 구멍이 길 밑에 갇혀 있던 남자의 어깨보다 커졌다 싶은 순간, 남자가 튀어 오르듯 바닥에서 솟구쳐 나왔다. 튀어나온 남자가 손을 내밀었다. 놀랄 일이었다. 남자인 줄 알았던 남자는 여자였다. 더욱이 그녀는 손이 묶여 있었다. 나는 여자의 손에 묶여 있는 끈을 풀기 시작했다. 그런데 여자가 끈이 풀리자마자 뒤도 돌아보지 않고 날듯이 달아나는 것 아닌가. 달아나는 여자의 뒤로 옷자락이 하늘하늘 길게 나부꼈다. 음악 소리가 어렴풋이 들렸다. 어디선가 들려오는 그 희미한 소리는, 아까 그러니까 길바닥을 뜯을 때부터 듣던 그 노래 소리는, 다가오듯 커지고 있었다.

꿈? 꿈이다. 상체를 기울여 협탁 위 스마트폰을 집어 든다. 알람을 해제해 음악을 끈다.

잠이 많아서이겠지만 괴상한 꿈을 많이 꾸는 편이다. 상상도 해본 적 없는 일들을 알지도 못하는 사람들과 벌이는 꿈속 장면들은 내가 생각해도 기묘하기 짝이 없다. 작년엔가는 신문에서 꿈을 기록하는 중국 남자에 대한 기사를 읽고 꿈 노트를 만들기도 했다. 그렇다고 내가 많은 꿈을 기록한 것은 아니다. 기껏해야 여섯 개? 일곱 개? 깨자마자 써야 하는데 그러기가 쉽지 않아서다. 어쨌든 오늘은 오랜만에 꿈 노트를 펼쳐야 할 듯싶다.

침대에서 빠져나오자마자 물만 한 잔 마시고 식탁에 앉아 꿈을 기록한다. 거리에는 아무도 없었다, 로 시작하는 방금 전에 꾼 꿈이다. 그런데 곧 난감하다. 내용을 쓰고 나면 네댓 줄 코멘트를 덧붙이곤 하는데 오늘은 뭐라 써야 할지 모르겠어서다. 펜을 놓아둔 채 꿈 노트의 페이지를 앞으로 넘긴다.

다리를 절며 걷고 있었다. 언제부터인지 내 왼편 도로로 자동차 한 대가 나를 슬금슬금 따라오고 있었다. 빽, 가볍게 경적이 울리며 자동차가 내 옆에 멈춰 섰다. 창문이 내려지더니 한 남자가 고개를 비틀 듯 내밀었다. 다리가 불편해 보이는데 타라는 것이었다. 잠시 망설이던 내가 차에 올라탔다. 조수석은 아니었다. 조수석 뒷좌석이었다. 내가 자리에 앉아 목발을 앞좌석 등받이에 기대 놓자마자 차가 미끄러지듯 출발했다. 고개를 돌려 뒤를 돌아보았다. 차창 밖으로 하늘에 닿을 듯 높이 솟은 계단이 보였다. 그 계단을 타고 두 청년이 깃발로 감싼 기다란 상자를 끌어 올리고 있었다. 하늘색이 유난히 파랬다. 상자를 덮은 깃발과 두 청년에게서는 밝고 유쾌한 기운이 흘러나오고 있었다. 갑자기 운전석 의자가 뒤로 밀리며 내 바로 옆에서 멈춰 섰다. 남자가 나를 쳐다봤다. 어깨가 둥글고 얼굴도 둥근 남자였다. "둔하기는." 내가 놀라 쳐다보자 남자가 한 말이었다. 그러고 보니, 내가 놀라 치켜뜬 눈을 아래로 내려떠보니, 놀랍게도 남자는 반바지 아니, 사각 팬티만 입고 있었다. 나는 화들짝 시선을 차창 밖으로 옮겼다. "운전을 하셔야지요. 이러다 사고라도 내면 어떻게 하시려고요." 이 상황에서도 정중한 내 말투가 꿈에서조차 어색하게 느껴졌다. "이 차는 알아서 운전해 주는 참입니다." 알아서 운전을 해주는 차? 그러고 보니 차는 스스로 핸들을 움직이며 가고 있었다. "혹시 제게 나쁜 짓을 하려는 건 아니지요?" 내 말에 그가 나쁜 짓이 뭐냐고 놀리듯 되물었다. 나는 정색하듯 내가 원하지 않는 것이라고 대답했다. "흠, 아마 그럴 일은 없을 겁니다." 뻔뻔하기는, 그럼 왜 팬티만 입고 있는 거야. 나는 따지듯 입속말을 하며 남자의 아랫도리를 힐끔 쳐다봤다. 남자가 입은 사각 팬티가, 끝이 들린 채 옆 주름진 팬티가 눈에 익었다. 남자의 발에 신긴 양말과 구두를 보자 불현듯 남편의 모습이, 양말을 신은 채 팬티 바람으로 목욕탕에 들어가곤 하던 남편의 모습이, 떠올랐다. 갑자기 꿈이라는 생각이 들었다. 나는 급히 남자의 얼굴을 쳐다봤다. 하지만 아무리 봐도 남자의 얼굴이 보이지 않았다.

다리를 부러뜨리고 얼마 되지 않았을 때 꾼 꿈이다, 무인 자동차가 뉴스로 한참 거론되던 때의. 하지만 꿈속의 나는 내가 아니다. 정말이지 나는 긴 상자를 들어 올리는 두 청년도, 차를 태워 준 사람도 알지 못한다. 게다가 하는 행동이 나와는 전혀 다르지 않은가. 나는 기름진 권유에 넘어가 아무 차에나 덥석 올라탈 사람이 절대 아니기 때문이다. 차를 타자마자 고개를 돌려 뒤를 보는 것도 나답지 않다. 꿈은 익명으로, 공동으로, 꾸는 것이라더니 이 꿈이야말로 익명이 아니면, 공동이 아니면, 꿀 수 없는 꿈이지 싶다. 이 꿈 밑에 써놓은 메모는 이렇다.

싱그러운 두 청년은 내 미래의 아이들 그러니까 내 아들들의 아들, 또 그 아들들의 아들들이리라. 그 아이들을 통해 내 관이 영광스러워지는 것이리라. 그럼 수상한 하반신을 한 남자는? 모르겠다. 하지만 꿈은 고도로 압축된 하나의 스토리이며 무의식이 의식에게 하는 말이라지 않던가. 어쩌면 남편과 나 사이에 나로서는 알지 못할 그 무엇이 있을지도 모른다, 그 남자가 그 의문의 열쇠가 되는.

남자의 정체는 지금도 모른다. 아마도 영원히 모를지도 모른다. 의문의 남자는 버려둔 채 꿈 노트의 페이지를 넘긴다.

남편이 어떤 여자와 인사를 하고 있었다. 자세가 바르고 하체가 늘씬한 여자였다. 나는 다리를 절룩대며 남편과 여자에게 다가갔다. 여자가 면허시험장을 안내해 주겠다며 앞서 걷기 시작했다. 나중에 알았지만 내가 하늘을 나는 무인 자동차를 사기 위해 면허를 따러 온 것이었다.

앞서 걷던 여자가 학교 강당처럼 생긴 단층 건물 앞에서 멈춰 섰다. 문틈으로 빠른 템포의 음악이 아니, 주문 같기도 하고 랩 같기도 한 금속성 소리가 쾅쾅 울리고 있었다. 남편을 따라 안으로 들어갔다.

왼편 구석으로 누런 털을 뒤집어쓴 남자가 양탄자에 오르는 것이 보였다. 남자는 양탄자에 오르자마자 엎드린 자세로 다리를 길게 뻗었다. 그러고 보니 양탄자마다 색깔이 다른 털을 뒤집어쓴 사람들이 엎드려 있었다. 삑, 하는 휘슬 소리와 함께 누런 털을 쓴 남자의 양탄자가 움직이기 시작했다. 그때 갑자기 회색 털을 뒤집어쓴 여자의 양탄자가 경련을 일으키기 시작했다. 요동이 어찌나 심한지 회색 털은 떨어지지 않으려 안간힘을 써야 했다. 회색 털의 뒤를 따르던 푸른 털을 뒤집어쓴 사람이 양탄자 위에서 벌떡 일어났다. 그리곤 털을 벗어 버리려는 듯 마구잡이로 털을 잡아 뜯기 시작했다. 저쪽 편에서는 검은 털을 뒤집어쓴 사람이 괴성을 지르고 있었다. 붉은 털이 갑자기 검은 털을 향해 쏜살같이 날아갔다. 그러자 괴성을 멈춘 검은 털이 붉은 털의 반대 방향으로 도망치듯 날아갔다. 붉은 털의 추격이 시작됐다. 어디서 났는지 자기 키만큼이나 커다란 포크를 휘두르고 있었다. 검은 털은 검은 털대로 필사적으로, 다른 양탄자를 충돌하며, 날아갔다. 면허 시험장이 아수라장으로 변했다. 이제 방향을 지키는 양탄자는 없었다. 가로등에 모여드는 불나방처럼 양탄자들이 때로는 이쪽으로, 때로는 저쪽으로, 이리저리 쏠렸다 흩어져 갔다.

안내하던 여자가 내게 노란 털을 주었다. 이런 상황에서 어떻게? 나는 여자에게 눈썹으로 물었다. 하지만 여자는 막무가내였다. 하는 수 없이 털을 뒤집어썼다. 털은, 기다렸다는 듯, 내 몸에 달라붙기 시작했다. 여자가 내게 양탄자에 오르라는 눈짓을 했다. 양탄자에 오르려는 순간, 붉은 털이 검은 털의 가슴을 포크로 찍는 장면이 눈에 들어왔다. 검은 털을 관통시킨 포크를 잡은 채 붉은 털이 나를 쳐다봤다. 무섭고 놀라운 일이었다. 다른 것도 아니고 음식을 먹는 포크로 사람을 찌르다니.

앞 페이지 꿈을 꾸고 얼마 안 되어 꾼 꿈이다. 신호등을 제 시간에 건너지 못해 혼자서는 미장원도 가지 못하던 때 남편과 자동차를 보러가기로 약속하고 꾼 꿈.

골절사고를 당한 뒤로는 속도감 있게 움직이는 모든 것이 무서웠다. 내 주변을 뛰어다니는 아이들도, 내 몸을 스치듯 달려가는 자전거도…. 조수석에만 앉으면 잔소리가 많아졌다. 남편이 내 차를 바꿔 주겠다고 했다. 요즘 나오는 차에는 15년 된 내 차와 달리 주차를 돕는 센서와 후방 화면이 달려 있어 주차도 쉽고 운전 조작도 훨씬 간편하다는 것이었다. 다리도 많이 나았겠다, 자동차를 쓰는 편이 자유롭고 좋지 않겠냐는 것이었다. 하기는 나도 난폭 운전자 취급받는 것은 싫을 터였다. 일마다 때마다 기사노릇 하는 것도 귀찮을 것이고. 그러자고 했다. 오랜만에 차를 몰 생각을 하니 겁이 났지만 애시 당초 골절된 다리가 왼쪽이니 더 이상은 남편에게 기댈 명분이 없었다. 물론 새 차도 포기할 수 없었고.

이 꿈 밑에 적어 놓은 메모는 꽤나 길다.

포크는 음식을 먹는 도구, 포크 대신 칼로 사람을 찔렀다면 덜 끔찍했을까? 총을 쏘았다면? 모르겠다. 하지만 포크로 사람을 찌르는 모습을 보고 인육人肉을 연상했던 건 사실이다. 이즈음 보복 운전 뉴스를 심심치 않게 듣는다. 보복 운전이 많아졌다는 것은 그만큼 분노 상황이 많아졌다는 얘기이고, 분노 상황이 많다는 것은 그만큼 사는 것이 쉽지 않아졌다는 얘기일 것이다. 그렇다면 포크는 당장의 밥그릇을 두고 치열하게 싸워야 하는 작금의 고단한 경쟁 상황과 연결되는 걸까?

어젯밤 본 다큐멘터리가 생각난다. 코주부원숭이 무리가 어린 동물의 사체를 중심으로 모여 있었다. 그 중 한 마리가 죽은 동물의 한쪽 발을 잡아끌었다. 뻣뻣한 다리가 갈퀴처럼 펼쳐졌다. 몇 번을 더 잡아당겨 보더니 원숭이가 잡았던 발을 내려놓았다. 곧 원숭이들아 움직이기 시작했다. 주변의 나뭇잎을 모아 사체를 덮기 시작한 것이었다. 모두의 눈빛에는 안타까움이 담겨 있었다. 다큐멘터리 진행자는 이들 원숭이들이 감성, 다른 존재에게 아픔을 느끼는 마음을 가지고 있다고 했다.

그러면서 이들이 이 같이 고상한 마음을 갖고 있는 것은 환경 덕분이라고도 했다. 원숭이들이 사는 숲에는 100종이 넘는 과일 나무들이 자생하고 있어 먹을 것에 대한 걱정이 없다는 것이었다.

그러고 보니 나란 인간, 참 단순하기도 하다. TV에서 원숭이들을 봤다고 당장 검은 털이네 노란 털이네 동물 털을 뒤집어쓰는 꿈을 꾸지를 않나, 운전이 겁난다고 무인 자동차 면허 시험장이라는 있지도 않은 장소를 만들어 내지를 않나.

이런! 이럴 때가 아니다! 내가 생각도 없이 꾸물거리고 있지 않은가! 시계를 본다. 벌써 8시. 꿈 노트를 식탁에 놓아둔 채 벌떡 일어난다. 9시 30분에 단지 앞에서 떠나는 서울행 시외버스를 타려면 지금부터 서둘러야 하기 때문이다.

외출 준비를 시작한다. 대충 침대만 정리하는 것으로 청소를 대신하고 재빨리 샤워를 한 뒤 집을 나선다. 아침식사는 싱크대 앞에 서서 시리얼로 때운 뒤다.

중앙박물관의 회전문을 통과하면서부터 나도 모르게 종종걸음을 친다. 어제 알람까지 맞춰 놓고 잔 것은 보고 싶은 것이 있어서였다. 신문에 실린 철화아미타불좌상을 보고 홀딱 반한 것이다. 사실 기독교인이라 자처하는 내가 불상에 홀렸다 말하는 건 조금 조심스런 일이긴 하다. 그래도 어쩔 수 없다. 종종 그래 왔지만 이번 철화아미타불좌상은 특히, 당장 달려가 그 앞에 서보고 싶어질 정도로 마음이 끌리지 않던가.

드디어 고려실. 그런데…?

고려실에 들어서자마자 살짝 놀란다. 가부좌한 불상의 모습이 꿈속 남자와 아니, 여자와 닮아 있어서다. 조그만 소라 껍데기를 붙여 놓은 듯한 머리와 둥글고 가늘고 긴 눈매를 가진 불상의 모습은 확실히 남자와 비슷하다. 윗입술보다 조금 더 두터운 아랫입술에 머금어진 옅은 미소도 꿈속 남자의 것과 거의 같다.

둥근 칼라의 옷을 입고 두 손을 깍지 껴 엄지와 검지가 한 곳에서 맞물리게 잡은 아미타불 위로 꿈에서 본 장면들이 겹쳐진다. 깨진 콘크리트 사이로 보이던 남자의 얼굴과 묶여 있던 손, 놓여나자마자 옷자락을 나부끼며 사라지던 여자의 모습…. 꿈을 꿀 때는 전혀 생각지 못했지만, 꿈을 깬 뒤에도 연결 짓지 못했지만, 어제의 꿈도 그날 본 신문에서 영향을 받은 것이 틀림없다. 신문에 실린 아미타불에 반한 내가 꿈을 통해 그를 불러낸 것이다.

불상을 앞으로도 보고 옆으로도 보고 뒤로도 본다. 안내문도 읽는다. 그런데…?

안내문을 읽던 내 눈이 다시금 휘둥그레진다. 강원도 원주시에서 출토된 이 불상이 원래는 석조대좌 위에 놓여 있었는데 대좌가 깨지면서 어느 시기 누군가에 의해 그 깨진 부분이 뒤쪽으로 돌려지고 그 상태로 콘크리트 부착되었다는 것이다. 그러니까 지금의 이 아마타불은 콘크리트를 제거하는 등의 보존 처리를 거친 상태라는 것. 신문 기사에는 콘크리트 이야기는 전혀 없었다!

불현듯, 꿈에는 원시시대로부터 지금까지 우리 인류의 유전자 속에 각인돼 온 온갖 문화적이고 인류학적이고 심리학적인 상징들이 뙈리를 틀고 앉아 우리에게 자신의 말을 들어 달라고 아우성을 친다는 말이 머리를 스친다. 고개가 끄덕여진다. 내 귀에 아우성은커녕 그 어떤 속삭임도 들리지 않았지만 내가, 기독교인인 내가, 이토록 불상에 이끌리는 것은 내 할머니의 할머니, 할아버지의 할아버지들이, 내 안에 남겨 놓은 문화적이고 인류학적이고 심리학적인 그 무엇이 나를 끌어당겨서라는 생각이 든 것이다.

아미타불의 정면으로 가 손 모양을 따라해 본다. 철불처럼 눈을 살짝 내려뜬 채 보일 듯 말 듯한 미소도 머금어 본다.

4부
—
헝겊 엄마

분당 3

헝겊
엄마

강아지를 때려 주었습니다. 열네 살이나 먹은 늙은 강아지를요. 어제 아침의 일이었어요. 안 그래도 바쁜데 녀석이 징징대더라고요. 저희 집이 복층이거든요. 녀석은 평소 2층에서 저와 함께 지내고요. 청소하랴, 빨래하랴, 1층에 내려와 바쁘게 일하고 있는데 녀석이 자기도 내려가겠다고 조르는 거예요. 약속이 있어 아들 녀석 밥까지 챙겨 주고 나가려면 무진장 서둘러야 했거든요. 저희 집 강아지가 자기 스스로 계단을 내려오지 못하게 된 지는 꽤 됐어요. 늙어 다리가 떨리는 건지, 저 혼자 내려가다 미끄러지기라도 했는지, 계단 내려가기를 무서워하게 된 거예요. 저만 귀찮게 된 거지요.

하던 일을 멈추고 2층에 올라가 녀석을 데리고 내려왔어요. 녀석을 마루에 내려놓자마자 다시 일을 시작했지요. 그런데 얼마 되지 않아 녀석이 또 조르는 거예요. 혼자 올라가기는 하는 녀석이 어느새 2층에 올라가 다시 내려 달라 조르는 거였어요. 속에서 뭔가가 부글부글 끓어오르기 시작하더군요. 지그시 참고 녀석을 다시 데리고 내려왔습니다. 그런데 또….

끼기깅, 깨게겡, 꾸으웅.

여기서 밝혀 둘 일이 있네요. 녀석의 졸라 대는 소리는 정말이지 참기 어렵답니다. 오죽하면 제가 녀석의 낑낑대는 소리를 성聲고문이라 할까요. 아무튼, 빨래를 널다 말고 계단을 뛰어올라갔습니다. 올라가 녀석의 앞 두 발을 왼손으로 잡고 오른손으로 녀석의 엉덩이를 세게 때렸지요.

한 대, 두 대, 세 대, 네 대.

녀석이 조심스럽게 윗입술을 올리더군요. 금방이라도 으르렁 성을 낼 판이었어요. 엄마인 내게 말이지요. 조금 전과는 다른 이유로 녀석을 두 대 더 때려 주었습니다. 그리고 곧바로 계단을 내려왔지요.

쿵 쿵 쿵 쿵.

제 발소리가 계단을 울려대더군요. 슬며시 한 장면이 떠올랐습니다. 큰아들이 채 만 두 살이 되지 않았을 때의 일이었을 거예요. 그날도 집안일에 바빴던 것 같습니다. 겨우 일을 마치고 방문을 열었을 때였어요. 기가 막혀서! 아들 녀석이 자기 몸에 바르는 파우더 통을 열어 온 방에 뿌려놓고 몸을 붓 삼아 방바닥에 그림을 그리고 있지 않겠어요. 방바닥에 엎 드린 자세로 수영하듯 팔 다리를 휘저어 가면서요. 부글부글 속에서 뭔가가 끓어오르기 시작하더군요. 달려 들어가 하얗 게 변해 버린 TV 앞에서 아들 녀석의 두 손을 왼손으로 그러 잡고 오른손으로 녀석의 엉덩이를 때렸어요.

한 대, 두 대, 세 대, 네 대.

녀석이 제 손을 뿌리치고 도망가더군요. 마루를 넘어 안방 의 할머니 방으로 내뺀 거예요. 하얀 발자국을 찍어대면서요. 녀석을 쫓아갔습니다.

쿵 쿵 쿵 쿵.

제 발소리가 불안한 북소리가 되어 제 귀를 울려대고 있었 습니다. 녀석은 그새 보료에 누워계신 할머니의 배 위로 올라 가 있더군요. 보름달만큼이나 커진 눈동자를 끔벅거리면서 요. 녀석을 들어 올려 그대로 성큼성큼 제 방에 왔습니다. 그 리곤 녀석의 엉덩이를 두 대 더 때렸지요. 방밖에서 할머니의 혀 차는 소리가 들리더군요. 그 어린 것이 뭘 안다고 그러냐 며. 그 조그만 것 어디 때릴 때가 있다고 그러냐며.

그날 아들을 안아 재우며 생각했습니다. 제가 왜 그렇게 화를 낸 걸까, 하고요. 아들을 눕혀놓고 함부로 찍힌 마루의 발자국들을 지우며 또 생각했습니다. 화를 낸 이유가 정말 아들 때문인 걸까, 하고요.

그날 녀석의 몸에 손을 댄 것은 제 울화를 참지 못해서겠지요. 지금은 생각나지 않지만 할머니 그러니까 시어머니와의 사이에 뭔가 좋지 않은 일이 있지 않았을까요. 하다못해 제가 일하는 시간만이라도 아들을 돌보아 줬으면 하는 불만이라도 품었겠지요.

그렇다면 어제 강아지 녀석을 때린 것도 빗나간 감정 폭발이었을까요? 늙어 후들거리는 강아지에게가 아닌, 누군가 다른 식구를 향한?

하긴 요즘 큰아들 녀석을 불안해하고 있기는 해요. 미래의 일을 지레짐작하며 안달을 부리고 있는 거지요. 그러고 보니 저란 사람 참 어이가 없네요. 녀석이 논문을 한 학기 미룰 정도로 힘들어 할 때는 "논문이 다 뭐냐. 그저 건강하기만 해다오." 하던 사람이 논문을 마무리 지어 가는 이즈음 뿌듯해하기보다 불끈대고 있으니 말이지요. 아, 작년에 아들에게 무슨 일이 있었느냐고요? 조금 아팠어요. 우울증을 심하게 앓았지요. 이유나 원인은 말하지 않을까 봐요. 특정하기도 어렵지만 아들 녀석에게 자기 일을 여기저기 떠벌린다고 한 소리 들을까봐서요. 그래도 이런 말은 할 수 있을 것 같네요. 그 일을 통해 무엇이든 넘치면 좋지 않다는 것을 깨달았다는 거요. 자식에 대한 신뢰와 믿음조차 말이지요. 신뢰와 믿음, 그거 자칫하면 방임이 되기도 하더라고요. 자유가 방종이 되기도 하는 것처럼 말이지요.

그리고 오늘 아침, 방금 전의 일입니다. 일어나는 기척만 들리면 침대로 달려오던 강아지란 녀석이 불러도 오지 않는 거예요. 정말이지 이상한 일이었어요. 당장 거실로 나가 보았지요. 녀석이 소파에 놓아둔 헝겊 인형의 발치에 동그랗게 몸을 만 채 귀를 쫑긋대고 있더군요. 눈은 감은 채였어요. 녀석이 어제의 일을 기억하는 게 분명했어요. 갑자기 서글퍼졌습니다. 제가 철사 엄마라도 된 기분이었어요. 왜 있잖아요. 해리 할로의 원숭이 실험.

할로는 새끼 원숭이에게 두 종류의 엄마를 제공했대요. 가슴에 우유병을 달고 먹을 것을 주는 철사 엄마와 먹을 것을 주지는 않지만 부드러운 감촉을 주는 헝겊 엄마. 눈치 챘겠지만 새끼 원숭이는 대부분의 시간을 헝겊 엄마와 보냈대요. 좀 더 자라 몸이 커졌을 때는 먹을 때조차 다리는 헝겊 엄마에게 걸치고 입만 철사 엄마의 우유병에 대고 있을 정도로요. 접촉 위안의 중요성을 입증한 실험이었지요.

그런데 녀석, 몇 대 맞았기로, 이래도 되는 건가요? 그동안의 세월이 얼만데 이렇듯 쉽게 저를…. 인형의 발치에서 녀석을 끌어올려 안았습니다. 녀석이 끄으응 소리를 내며 저를 바라보더군요. 보름달만큼이나 커진 아들의 눈처럼 느릿느릿 눈망울을 끔벅대며…. 순간, 아들 녀석에게야말로 제가 철사 엄마였다는 생각이 들었습니다. 아들을 안아 준 게 언제였는지 기억도 나지 않으니까요. 작년, 그렇게나 힘들어 하던 때조차 안아 주지는 않았으니까요. 이따 아들이 학교에 갈 때 녀석을 끌어안아 보리라 마음먹어 봅니다. 현관이나 엘리베이터 앞에서 녀석이 놀랄 정도로 세게 말이지요.

강아지가 제 품을 빠져나가려 다리를 휘저으며 몸을 솟구치네요. 녀석이 품을 떠나지 못하게 더욱 조여 안아 봅니다. 마치 녀석이 아들이기라도 하듯 말이지요. 이런! 불현듯 엉뚱한 생각이 드네요. 설마 싶기는 하지만…. 혹시 요 조그만 강아지 녀석이 그동안 제 헝겊 엄마였던 건 아니겠지요?

요코우치 상

아들이 여기가 좋겠다는 눈짓을 해왔다. 가게 유리창의, 나뭇가지로 엮어 만든 미색의 커다란 물고기가 눈길을 끄는 집이었다. '요시'라 쓰인 굵고 힘찬 붓글씨 간판에 눈길을 주며 스시 집 문을 열었다. 얼핏 눈에, 카운터 의자를 빼면 테이블이 세 개밖에 보이지 않을 정도로 실내가 좁았다. 여종업원이 권하는 대로 카운터 의자에 앉았다. 메뉴도 여종업원이 권하는 대로 스시가 12개 제공된다는 '주방장 추천'으로 정했다.

유리 공예로 유명하다는 홋카이도의 오타루, 직접 유리구슬을 구워 그 구슬로 목걸이를 만들다 식사 시간에 늦고 말왔다. 이러다 저녁을 못 먹을 수도 있겠다 싶었는데 적당한 집을 찾은 것 같았다.

스시 장인이 바로 눈앞에서 생선살을 정리하기 시작했다. 여종업원이 조그만 옥색 찻잔에 차를 부어 주었다.

"25년 전쯤에 그러니까 얘가 두 살 무렵부터 도쿄에서 4년 살았어요."

차를 홀짝대다 나도 모르게 나온 말이었다. 스시 장인도 뜬금없다 느꼈는지 힐끔 나를 쳐다봤다. 조그만 집게로 생선살에서 뭔가를 떼어내던 손동작은 멈추지 않은 채였다.

"남편이 일본에서 공부했었거든요. 아휴, 오랜만에 일본어를 쓰려니 더듬더듬 말이 잘 안 나오네요."

그가 다시 내 쪽을 힐끔 쳐다보았다. 이번에는, 하던 일을 멈추지는 않았지만 잘 통하고 있으니 걱정 말라는 말을 덧붙였다. 그런데 이상했다. 고개를 살짝 숙인 채 상대를 갸우뚱 바라보는 그의 태도가, 내뱉지 않고 삼키듯 말하는 그의 음성이, 낯설지 않게 느껴지는 것이었다. 석연치 않은 느낌을 품은 채 내가 말했다.

"오늘 일본의 진짜 스시를 먹어 보겠네요. 유학생으로 있을 때는 가난해서 비싼 스시 집은 근처에도 못 갔거든요."

그가 아들과 내 접시 위에 스시를 한 점씩 올려놓았다, 비스듬한 시선으로 우리 쪽을 바라보며 'ㅇㅇ데스'라 웅얼대며.

○○데스? ○○가 무엇인지 알아듣지 못했지만 나는 잠자코 젓가락을 들었다. 옆에 앉은 아들도, 이미 천하 진미를 먹고 난 사람의 표정을 지으며, 젓가락을 들었다. 곧 아들과 내 젓가락은 각자의 스시를 향해 뻗어 가고, 스시를 집어든 젓가락은 천천히, 조심스레, 각자의 입으로 되돌아왔다.

살짝 숙성된 생선살과 와사비 향…. 저절로 눈이 감겼다. 부드러운 촉감과 연둣빛 향기가 입 안 가득 아니, 코를 통해 머릿속까지 날아오르고 있었다. 동시에 가장 가난하면서 가장 부자였던 일본에서의 내 모습들이, 가장 힘들면서 가장 친밀했던 가족과의 순간들이, 풍선처럼, 구름처럼, 머릿속을 떠다니기 시작했다. 순간 깨달았다, 고개를 살짝 숙인 채 사람을 비스듬히 바라보는 스시 장인이 누구를 닮은 것인지, 소리를 삼키듯 말하는 그가 누구와 비슷한 것인지. 그 누구는 다름 아닌, 요코우치 상이었다, 노총각 사장님 요코우치 상.

일본에 오고 서너 달 후의 일이었다. 어느 날 슈퍼를 가려 현관을 나가는데 한 남자가 높이 쌓아 올린 박스를 아슬아슬 들고 오는 것이 보였다. 도와줄까 싶기도 했지만 말하는 게 번거로워 멈칫멈칫 지나쳤다. 우리 부부가 일본 생활을 시작한, 유학생 회관이라 불리는, 가족 기숙사에서였다. 그런데 그 박스들은 쇼핑한 물건이 아니었다. 며칠 후 알았지만 그 상자 속에는 집에서 하는 일감이 들어 있었다.

몇 주 후 회관 선배격인 민지엄마를 통해 나도 일감을 소개받았다. 그러니까 그날 봤던 그 남자, 요코우치 상을. 요코우치 상의 일은 간단했다. 소형 전자 제품의 커버를 꼼꼼히 살펴 티가 묻어 있거나 모양이 불량한 것을 골라내 주면 되는 일이었다. 집에 있기를 좋아하는 나로서는 할 만한 일이었다.

요코우치 상의 성실한 거래처가 되어 열심히 일했다. 약속을 지키기 위해 밤을 새기도 하고 남편의 도움을 받기도 해가며…. 버는 돈은 정말 작았다. 마트에서 아들의 빨간색 반바지를 사고 돌아오는 길에 패스트푸드점에 들른 것으로 첫 월급을 다 써버리는 수준이었다. 그래도 기뻤다. 뭔가를 하고 있는 내 자신이 뿌듯하고 가족에게 도움이 되는 내 자신이 자랑스러웠다.

아들이 어린이집에 들어가면서부터는 도쿄 에비스에 있는 요코우치 상의 조그만 공장에 나갔다. 특이한 공장이었다. 종업원들이 모두 나처럼 유학생의 아내였다. 그곳에서 나는 조그만 인두로 부품을 붙이는 일을 했다. 인두를 누르는 오른손 힘의 조절이 필요한 쉬운 듯 어려운 일이었다. 공장의 일 중 시급이 가장 높은 일이기도 했다.

공장 생활은 재미있었다. 아들을 장시간 어린이집에 맡기는 것이 안타깝기는 했지만 여러 국적의 여인들과 일본 가요를 들으며 일하는, 일본어도 영어도 아닌 이상한 언어로 깔

깔대는, 그 시간이 즐거웠다. 그곳에서 우리는 종업원도 이주 노동자도 아니었다. 서로가 서로에게 언어도 종교도 생김새도 각기 어여쁜 각 나라 대표였다. 요코우치 상도 그곳에서는 사장님이 아니었다. 언제든 기껍고 친절한 상대가 되어 주는 회화 선생님, 유학 생활의 어려움을 이해하고 격려해 주는 고민 상담자였다.

"니신데스."

스시 장인이 접시 위에 올려준 스시를 음미하며 스마트폰으로 슬쩍 니신을 검색했다. 청어였다. 맞아, 니신이 청어였지….

대학교 1학년 때 제2외국어로 일본어를 배웠다. 열심히 공부했다. 집안 형편이 어려워 장학금을 꼭 받아야 했기 때문이었다. 결혼하고 남편의 유학이 일본으로 결정되고 난 후에는 더욱 열심히 일본어를 공부했다. 하지만 막상 일본에 오자 그게 그것이 아니었다. 하고 싶은 말은 어떻게 한다 해도 듣지를 못했다. 속도 때문이었다. 그 빠른 말을 듣고 있으면 내가 알고 있는 단어도 알고 있지 않은 것이 되어 버리곤 했다.

요코우치 상과도 말 때문에 해프닝이 많았다. 일하고 얼마지 않아 가족 소풍을 가자는 제안을 받을 때는 그 간단한 말을 알아듣지 못해 십여 분을 쩔쩔 맸을 정도였다. 하필이면 가자는 날짜가 20일인 게 문제였다. 일본어는 이상했다. 20이

니주면 20일도 일日만 그러니까 니치만 덧붙여 니주니치라고
하면 되지 왜 그걸 굳이 하츠카라고 부르는지 알다가도 모를
일이었다. 가려는 곳이 도자기 축제장인 것도 문제였다. 요코
우치 상은 자꾸 야키모노* 야키모노 하는데 내 머릿속에서는
야키니쿠 그러니까 불고기만 떠오를 뿐이었다. 소풍은 즐거
웠다. 공장 동료들의 남편과 아이들도 만나고 작은 것이나마
쇼핑도 하면서……

요코우치 상의 공장에서는 8개월 정도밖에 일하지 못했
다. 일본어 능력시험 1급에 합격하면서 아남산업 도쿄 사무
실에 취직이 됐고 덕분에 공장을 그만둔 때문이었다. 능력시
험은 일본에 간 다음해에 치렀다. 처음 치르는 시험이었지만
무작정 1급을 봤다.

윽, 매워! 나는 급히 코끝을 손가락으로 모아 잡았다. 머리
를 주먹으로 살살 치기도 했다. 따로 내준 와사비를 젓가락으
로 떠내 스시에 얹었는데 그 양이 지나친 모양이었다. 아니
어쩌면, 코를 울려 대는 매운 기운에 코끝을 모아 쥐고 머릿
속을 돌아다니는 굵은 전류에 머리를 쳐대다 눈물까지 찔끔
흘린 건, 나를 향해 엄지를 내밀며 외치던 요코우치 상의 '아
나타 에라이'**와 얼굴에 피어나던 그 어색한 표정이 생각난

---

* やきもの: 도자기.

** あなたえらい: 당신 훌륭해.

때문인지도 몰랐다. 집에서건 공장에서건 잠시 틈에도 수험생 티를 내던 그 시절 그때의….

"어라. 이 문제 답 정말 4번이에요? 이상하다. 왜 그게 4번이지? 그런데 참 신기하네. 현 상, 말도 잘 못하는 사람이 어떻게 이런 문제는 풀어? 난 일본 사람이라도 못 풀겠는데."

문법 문제였다. 시험 보던 습관이 있어서인지 때려 맞추기는 제법 잘하던 나였다. 언제인지 모르게 다가온 요코우치 상이 어깨너머로 내 문제를 풀어 본 것이었다.

"우니데스, 이쿠라데스."

한꺼번에 스시 두 점이 접시에 올랐다. 둥그렇게 세운 김에 성게 알과 연어 알을 채운 것들이었다. 마지막이 안타깝다는 듯 더욱 조심스레 다가가는 아들의 젓가락. 처음과 같이 진지한 자세로 스시를 먹어 치운 아들이 정말 맛있었다며 꿈같은 표정을 지었다.

"우리 더 먹을까?"

아들은 아니라고 했다. 조금 더 먹고 싶다 싶은 이 정도가 딱 적당하다고 했다. 우리의 말을 느낌으로 알아들었는지 스시 장인이 여종업원에게 고갯짓을 했다. 종업원이 아들과 내 찻잔에 다시 차를 따라 주었다. 스시 장인의 빠른 손놀림을 보며 천천히 차를 마셨다. 우리가 끝인 줄 알았는데 곧 들이닥칠 예약 손님이 있다며 그가 채소를 다듬기 시작한 것이었다.

이제 일어나야 했다. 다음 손님을 위해 자리를 비워 줘야 했다. 하지만 나는 차를 홀짝대며 머뭇거리고 있었다. 마치 고맙다는 인사도 못한 채 영 헤어져 버린 요코우치 상과 다시 이별하는 것처럼 아니, 궁색과 곤란을 젊은 육체와 가족 사랑으로 헤쳐 나가던 그 시절의 그 끈끈한 추억에서 빠져나가기 싫다는 듯….

아들이 다 드셨냐는 표정으로 나를 쳐다봤다. 결단하듯 일어서며 내가 말했다.

"고치소우사마데시다."*

스시 장인이 요코우치 상처럼 나를 향해 배시시 웃고 있었다.

---

* ごちそうさまでした: 잘 먹었습니다.

양배추를 심다가,
손녀의 고양이로

발에 매달리던 해피가 갑자기 거실 쪽으로 걸어갔다. 그리곤 곧, 걷는 게 위태롭다 싶더니, 쓰러져 버렸다. 읽던 책을 내동댕이치고 달려갔다. 쓰러진 해피는 옆으로 누운 채 네 다리를 휘저어댔다. 일어나려 안간힘을 쓰는 것이었다. 커다랗게 확장된 해피의 눈을 바라보며 손을 뻗어 해피를 들어올렸다. 해피의 몸이 중력을 입증하기라도 하듯, 더 이상 부드러울 수 없을 부드러움으로, 힘없이 쳐져 내렸다. 정말 끝인가 싶었다. 해피가 한 번도 들어본 적 없는 신음소리까지 내고 있기 때문이었다. 조심스레 해피를 품에 안았다. 해피의 심장이 내 심장에 붙은 채 불규칙한 박동을 다급하게 울려댔다.

"해피, 무서워? 괜찮아. 죽어도 괜찮은 거야."

해피가 목을 조금 들어올렸다. 마음이 놓였다. 경험상 목을 들어 올리면 곧 괜찮아진다는 것을 알고 있었다. 해피의 머리를 돕듯 받쳐 들고 정수리에 내 입술을 지그시 눌렀다. 그 자세로 1분쯤 흘렀을까, 해피가 발로 내 가슴을 밀치며 품에서 뛰어내렸다. 해피가 평소의 골격 뻣뻣한 수캉아지로 돌아온 것이었다. 해피는 뛰어내리자마자 화장실로 달려갔다. 뭐가 그리 바쁜지 뒤도 돌아보지 않았다. 쓰러지고 나면 오줌이 급해지는지 걸까. 어쩌면 스스로 괜찮아졌음을, 자기 방식으로 빨리 확인하고 싶어 하는 건지도 몰랐다.

일어난 김에 커피를 내렸다. 화장실을 다녀온 해피에게 소시지를 하나 준 뒤 머그잔을 들고 소파에 가 앉았다.

마음이 편치 않았다. 지금까지는 주로 외출하고 돌아올 때 일이 생겼다. 만 열세 살이 되던 작년 가을부터 기관지 협착증을 앓게 된 해피는 흥분하면 쓰러지는데 그 흥분의 최고조가 주로 가족 상봉시 일어나기 때문이었다. 그런데 오늘은 재회가 아니었다. 멀쩡히 집에 있다 일을 당한 것이었다. 책을 읽고 있었다. 책을 읽고 있는 내게 아니, 내 발에 해피가 자기 얼굴을 비비고 핥아대며 장난치다 죽음의 목전에까지 가게 된 것이었다. 게다가 오늘은 생전 들어보지 못한 끔찍한 소리까지 냈다. 어쩌면 상태가 더 나빠진 것인지도 몰랐다.

해피가 강아지 인형을 입에 물고 뛰어왔다. 칭찬 삼아 준 소시지를 눈 깜박할 속도로 먹어 치운 해피가 장난감을 입에 물고 내게 달려온 것이었다. 아무리 봐도 변한 게 없었다. 백태가 조금 끼어 있기는 하지만 동그란 눈은 여전히 까맸고 회색 반점들이 생기기는 했지만 코 역시 반짝반짝 촉촉했다. 오히려, 입에 문 연두색 인형 때문인지, 열네 살 늙은 강아지는커녕 생기발랄한 어린 강아지처럼 보였다. 아무리 봐도 방금 죽다 살아난 강아지는 아니었다. 늙어 간다는 것이, 죽어 간다는 것이, 이렇듯 아무렇지 않으면서도 아무런 것인지 새삼 서글펐다.

해피가 입에 문 인형을 흔들며 던져 달라 힝힝 조르는 소리를 냈다. 참 어이없는 녀석이었다. 단호한 눈초리로 내가 말했다.

"해피, 안 돼. 너 조금 전 쓰러졌었잖아. 장난하면 또 쓰러져."

내 말이 섭섭했는지 해피가 나를 빤히 쳐다봤다. 고개를 갸우뚱 기울이기도 했다. 조금 전 얼떨결에 내뱉은 말이 머리를 스쳤다. 괜찮다고, 죽어도 괜찮다고 말했었던가.

그런데 뭐가…, 괜찮아…?

내 말이 뒤늦게 거스러미를 일으키고 있었다.

괜찮다는 말은 너무도 고통스럽게 죽음을 견디는 해피의 모습이 안쓰러워 엉겁결에 튀어나온 말이었다. 너무 힘들면 더 이상 저항하지 말고 죽음을 받아들이라는 뜻으로. 설마하

니 내가, 나는 괜찮으니 내 걱정 말고 어서 죽으라고 했을 리
는 없었다.

"뿡."

인형을 입에 문채 나를 빤히 쳐다보던 해피가 인형을 떨
어뜨리고 식탁 쪽으로 달아났다. 우스운 녀석이었다. 그 나이
먹도록 매번 저렇게 자기 방귀 소리에 놀라고 있었다. 문득
나도 똑같다는 생각이 들었다. 나도 내가 한 말에, 내가 뱉은
단어들에, 뒤미처 놀라고 있었다. 내 자신, 정말 죽어도 괜찮
다고 생각하는지를 되묻고 있었다.

해피가 다시 뛰어왔다. 장난감 인형은 포기했는지 이번에
는 소파에 뛰어오르려 발을 구르기 시작했다. 머그잔을 놓아
둔 채 두 손을 뻗어 해피를 소파로 끌어올렸다. 해피가 잠자
리를 정리하듯 제 누울 자리를 발로 파기 시작했다. 그리고
곧, 몇 차례 빙빙 돌고는, 내 엉덩이에 몸을 붙이고 동그랗게
몸을 만 자세로 엎드렸다. 책을 펼쳐 들었다. 해피가 엎드린
채 끼잉 끙 볼멘소리를 냈다.

"해피, 심심해?"

나도 책을 덮고 소파에 누웠다. 습관처럼 내 손이 해피의
등을 쓰다듬기 시작했다. 습관처럼 해피도 자기 얼굴을 내 손
밑으로 디밀어 댔다. 정말이지 해피는 이렇게나 아무렇지 않
은 해피였다. 나도 그럴 것이라는 생각이 들었다. 내게도 아
무렇지 않은 모습으로 죽음이 다가오고 있을 터였다. 밀려왔

다 물러가고 다시 밀려왔다 물러가는 파도처럼. 그러다 어느 날은 그 파도가 방파제를 넘어설 것이었다.

언젠가 봤던 영화*의 장면이 떠올랐다. 강도에게 습격 받은 주인공이 도와 달라며 어느 집 문을 두들기고 안에서 나온 또 다른 주인공이 그의 마지막 말을 듣는 장면이었다. 영화 후반이 되어서야 드러나지만 주인공이 마지막 남긴 말은 '양배추를 심고 있을 때'였다. 몽테뉴를 인용한 말이었다, "양배추를 심고 있을 때 죽음이 날 찾아오길 바란다. 죽음에 무심한 채, 아직 할 일이 남아 있을 때."라는.

영화를 보며 내 죽음도 양배추를 심고 있을 때 찾아오면 좋겠다고 생각했었다. 아무렇지 않은 일상을 살다 죽음을 맞이할 수 있다면 아니, 죽음에 이르는 고통까지도 일상으로 받아들일 수 있다면 좋겠다고….

문득 손에서 물기가 느껴졌다. 조절이 되지 않는지 이즈음 해피의 눈물 바람이 잦아지고 있었다. 또 다른 생각이 의문처럼 머리를 스쳤다. 해피가 나와 행복했을까 하는 생각이 불쑥 끼어든 것이었다. 88세 생일 케이크의 촛불을 불며 소원을 빌던 행복한 할머니의 모습이 떠올랐다. 아까와는 또 다른 영화** 속 할머니였다.

---

* 팀 블레이크 넬슨 감독, 〈월터 교수의 마지막 강의〉, 2016.

** 션 뮤쇼우 감독, 〈사랑과 음악 사이〉, 2016.

나는 해피를 바싹 내 옆구리로 끌어당겨 안았다. 부끄럽게
도 내게는 그 88세 할머니처럼 다음 생에 해피로 태어나기를
빌 만큼의 자신감이 없었다.

사이가 넓으니
조심하시기 바랍니다

섬뜩한 소리에 눈을 번쩍 떴다. 맞은편에 앉은 사람들의 시선이 왼편을 향하고 있었다. 통로에 서 있는 사람들도 같은 쪽을 보고 있었다. 웅성대던 소리는 사라지고 없었다.

친정에 다녀오는 길이었다. 형제간 정한 순번에 따라 동생과 친정 청소를 마치고 각자 헤어져 집으로 가던 길. 전철을 타고 얼마지 않아 운 좋게 자리를 차지한 나는 이런저런 이유로 눈을 감고 있었다, 적당한 높이에서 적당한 볼륨으로 적당히 울려대는 사람들의 수선거림에 적당히 몸을 흔들며. 그러다 살짝 잠이 든 모양이었다.

"즘승 같은 놈, 천벌 받을 놈."

"그래, X년아. 평생 그 짓이나 해먹으라니까."

아까와 같은 소리였다. 섬찍한 소리는 점점 다가오고 있었다.

"뭘 잘못했다고 지랄이야 지랄. 즘승 같은 놈, 천벌 받을 놈."

"X년, Y년. 꼴에 자존심은 있어 가지고."

사람들을 헤치고 한 할머니가 나타났다. 눈에 띄게 키가 작은 할머니였다. 할머니가 사람들에게 종이 한 장씩을 나눠 주기 시작했다. 곧 내 무릎에도 종이 한 장이 얹어졌다. 보지 않는 척하며 글씨를 읽어 보았다. 수술 후유증으로 다리를 쓸 수 없어 고단한 삶을 살고 있다는 내용이었다. 그러고 보니 할머니의 다리가 O자 모양으로 둥글게 휘어져 있었다. 걷는 것도 뒤뚱뒤뚱 불안정해 보였다. 붉어진 할머니의 얼굴과 울 듯 한 표정이, 힘겹게 걸음을 내딛고 있는 안짱다리가, 보고 있기 힘들었다. 어젯밤 느꼈던 불편함이 되살아나고 있었다.

저녁 일을 마친 뒤 운동 삼아 탄천변을 산책할 때였다. 어디선가 이상한 소리가 들려 살펴보니 몇 걸음 앞에서 고양이 가 조그만 새를 문 채 길을 가로지르고 있었다. 그러니까 바로 전에 들은 푸드득은 새가 고양이의 입에서 벗어나려 필사 적으로 날갯짓하는 소리였다.

'그러지 마, 안 돼.'

내 말을, 그것도 속으로만 하는 말을, 들어줄 리 없는 고양이였다. 새를 더욱 세게, 야무지게, 고쳐 문 고양이는 더 짙은 어둠 속으로 사라져 버렸다. 마음이 불편했다. 그렇다고 무조건 새 편만 들 수도 없는 일이었다.

맞은편 사람들의 무릎에까지 종이를 올려놓은 할머니가 내 쪽으로 다가왔다. 어떻게 할까 망설이는데 다시금 할머니의 입에서 욕설이 튀어나왔다.

"즘승 같은 놈, 천벌 받을 놈. 몸이 아파 잘 나오지도 못하는구먼, 웬 지랄이야."

아까보다는 낮고 조금은 풀이 죽은 소리였지만 나는 지갑을 꺼내려는 동작을 멈추고 말았다. 할머니는 누구와도 눈을 마주치지 않으려는 듯 사람들의 무릎 위에 놓인, 자신이 나누어 준 종이에만 시선을 움츠리고 있었다.

조금 전 친정을 나오다 마주친 할머니의 눈빛이 떠올랐다. 청소를 마치고 친정을 나와 계단을 내려갈 때였다. 한 할머니가 현관 앞에서 커다란 종이 몇 장을 든 채 동생과 나를 돌아봤다. 웬일인지 할머니의 눈에는 무언가를 하다 들킨 사람처럼 겁이 잔뜩 서려 있었다.

"이거 버리는 것 같아서. 두고 가라면 두고 갈게요."

종이를 내려놓으며 하는 할머니의 말을 나는 얼핏 이해할 수 없었다. 그러나 나는 곧 할머니에게 그 종이 우리 거 아니라고, 우리 건 아니지만 할머니 필요하시면 가져가셔도 될 것 같다고, 외치듯 말했다. 종이를 집어든 채 겸연쩍은 표정을 짓던 할머니가 현관을 나갔다.

'그깟 버려진 종이 몇 장이 뭐라고 할머니는 참…'

가슴이 저려 왔다. 머릿속으로는 친정집 거실에 뒤죽박죽 쌓여 있는 신문 더미가 떠오르고 있었다.

"그냥 둬라. 한 달에 만 원만 내면 되는데 신문사 곤란하게 굳이 끊을 게 뭐니? 얘, 그거 돈도 된다. 그 정도 양이면 휴지 값 정도는 받을 수 있다니까."

정말이지 엉터리 엄마였다. 경제관념이라고는 조금도 갖고 있지 않은 사람이 휴지 값 운운하며 읽지도 않을 신문을 구독하고 있었다. 에어컨 옆에 세 뭉치 높이 쌓아 놓고 벌레를 끌어들이고 있었다. 더 이상은 푸념할 힘도 없어 내 다음 엔 저것들을 싹 없애 버리고 말리라 속으로 다짐하며 친정을 나선 참인데 할머니를 만난 것이었다. 하지만 나는 할머니를 불러 세우지도 몸을 돌이켜 계단을 되오르지도 않았다. 혹시라도 엄마가 할머니 앞에서 이러쿵저러쿵 쓸데없는 말이라도 하면 나도 할머니도 곤란해질 것 같아서였다.

하기는 엄마의 상황이라고 좋은 것은 아니었다. 예쁜 치매라지만 아버지의 치매가 벌써 10년을 넘어서고 있었다. 안 그래도 살림 솜씨가 없는 사람이 여든여섯 나이에 치매 남편을 돌보고 있으니…. 도우미의 도움을 받으면 좋으련만 엄마는 그마저 싫어했다. 다른 사람이 집에 들락거리는 게 집 지저분한 것보다 불편하다는 게 이유였다. 오늘만 해도 동생은, 우리도 남들처럼 친정에서 우아하게 차나 마시고 얘기나 하다 가고 싶다고 엄마를 설득했지만 어림도 없었다. 전문가의 보살핌을 받지 못하는 아버지만 영문도 모른 채 생고생이었다. 오늘만 해도 면도가 서툰 딸에게 수염을 뜯겨야 했으니 말이다.

그러고 보니 엄마의 모든 것이 이상했다. 초등학교 교실처럼 휴지가 함부로 버려져 있는 집안도 그렇고, 정성껏 꾸미던 외모를 방치하다시피 내버려두는 것도 그렇고…. 어쩌면 엄마를 모시고 병원에 가야 하는 건지도 몰랐다. 당장 치매 검사를 받게 해야 하는 것인지도.

할머니가 내 손에서 종이를 빼앗듯 가져갔다, 내 옆 사람에게서도 그 옆 사람에게서도. 할머니의 입에서는 여전히 '즘승 같은 놈, 천벌 받을 놈. 천하에 나쁜 놈'이 새어나오고 있었다. 분노를 씹어 삼키듯 느리고 나직이 뱉어 내는 할머니의 욕설에 이제라도 지갑을 열어야 할까, 허둥대던 마음이 완전히 가라앉아 버렸다.

종이를 모두 걷어 낸 할머니가 옆 칸과 연결된 통로 쪽으로 발걸음을 옮기기 시작했다. 뒤뚱뒤뚱 위태위태. 통로 문이 열리고 닫히고…. 사람들이 웅성거리기 시작했다. 할머니와 즘승 같은 남자 때문에 움츠렸던 사람들의 마음이 풀려나고 있었다. 나는 다시 눈을 감았다.

불현듯 다른 생각이 머리를 스쳤다. 할머니가 안타까운 것은 사실이지만 할머니 때문에 편안한 귀가를 방해받은 전철 안 승객들이야말로 딱한 피해자라는 생각이었다. 나만 해도 깜짝 놀라 깼지만 할머니와 남자가 주고받는 욕설은 차량 안 승객들이 일시에 대화를 그칠 정도로 으스스했다. 그러니까 내가 할머니에게 도움을 주지 않은 것이 꼭….

이런, 내가 또 변명거리를 만들고 있었다. 어제는 새 쪽으로 쏠리는 마음을 배고픈 고양이에게로 끌어와 아무것도 하지 않더니, 오늘은 할머니 쪽으로 쏠리는 마음을 승객들 쪽으로 잡아당겨 스스로를 안심시키고 있었다. 그러고 보니 나는 폐지 할머니에게도 심지어 치매가 의심되는 엄마에게조차 한 것이 없었다.

나는 늘 이런 사람이었다. 이리 따져 보고 저리 생각하다 이 편도 못 들겠고 저 편도 못 들겠어서 아무것도 하지 않는 사람. 아니, 결국은 내 편으로 주저앉아 감당치 못할 일은 만들지 않는 사람. 그러니까 생각이 행동으로 이어지지 않는, 말과 삶의 간격이….

"이 역은 열차와 승강장 사이가 넓으니 내리실 때 조심하시기 바랍니다."

'넓으니 조심하라고?'

귓바퀴를 파고드는 안내 방송에 화들짝 눈을 떴다. 내려야

175

할 정거장이었다. 벌떡 일어나 문을 향해 뛰쳐나갔다. 이리
생각하고 저리 핑계 대다 결국은 내 편으로 주저앉고 마는
내가 사이가 넓어 조심이 필요한 역을 지나치고 있었다.

출사
동행

　이십여 년을 영식이로 살아온 일벌레 남자, 불철주야 카메라 관련 책을 읽는가 싶더니 첫 출사를 나갑니다. 삼식이 된 지 닷새 만에 아내를 모델 삼아서요.

　카메라를 눈에 댄 남자가 아내의 얼굴을 오래오래 들여다봅니다. 서툴러서겠지요. 아내는 아내대로 자꾸자꾸 미소를 고쳐 짓네요. 어색해서겠지요. 아, 아닌가요? 남자가 뜸을 들이고 여자가 표정을 바꾸는 건 놀라서인가요? 마주 보지 못하는 사이 세고 주름지고 굽어진 서로의 모습이 민망해서…. 아무렴요. 그 세월이 그냥 지나갔겠어요.

5부
─
꿈의 다리

마포

불꽃놀이

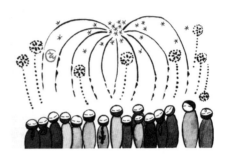

옥상으로 나가는 문이 잠겨 있었다. 의아해 관리실에 전화해 봤다. 저녁식사 중이므로 20분 후에 다시 오라는 답변이 돌아왔다. 먼저 가 자리를 잡아야 한다지만 너무 재촉한다 싶었다. 음료수와 과일은 일찌감치 아이스박스에 넣어 두었고 관람에 필요한 깔개 등도 미리미리 챙겨놓은 터라 집어 들고 나가기만 하면 되는데…. 옥상이 그리 먼 곳도 아니고.

한강에서 불꽃 축제가 있는 날이었다. 정확히는 한화 63시티 앞과 이촌지구 한강공원 일대에서 한국, 미국, 이탈리아 3개국 대표 팀이 불꽃놀이를 벌이는 날. 얼마 전 마포 아파트 관리실에서 두 군데 옥상을 개방해 놓고 옥상에서 불꽃놀이를 관람할 사람을 선착순으로 모집했는데 남편이 손 빠르게 신청해 관람권을 얻어 놓은 것이었다. 남편으로서는, 퇴직 이후 열을 올리고 있는 사진 찍기에 이보다 좋은 기회가 없을 터였다.

"아빠, 이왕 사진 찍을 거면 한강으로 가시지 그래요. 여기서는 건물에 가려 좋은 사진이 나오기 어려울 것 같은데요."

철 난간 틈으로 옥상을 들여다보던 큰아들이 남편에게 말했다. 남편의 눈동자가 잠시 흐리멍덩해지는가 싶더니 이내 또렷해졌다.

"그럴까? 그냥 한강으로 갈까? 그런데 사람들이 무척 많을 텐데."

남편의 급한 성격을 배려한 큰아들의 권유에 남편이 못 이기는 척 진로 변경을 하고 있었다. 아무튼 못 말리는 남편이었다, 20분을 기다리느니 그의 두 배, 40분을 걷게 되더라도 당장 뭔가를 해야 마음이 편해지는 성미를 가진. 그러나 어쩌랴, 남편의 말이 떨어지기가 무섭게 네 사람은 서둘러 엘리베이터를 탔다. 그리고 곧 남편과 큰아들이 한강에 가 자리 잡고 있으면 작은아들과 내가 야외용 옷을 챙겨 합류하기로 약속한 뒤 헤어졌다.

작은아들과 부가 준비물을 챙겨 부랴부랴 집을 나섰다. 도로를 건너 한강을 향해 걷는데 남편으로부터 전화가 왔다. 사람이 너무 많아 도저히 자리를 잡을 수 없어 다시 아파트로 돌아가는 중이니 그리로 가라는 것이었다. 여하튼 못 말리는 남편이었다, 이왕 간 김에 어떻게든 자리를 찾아볼 것이지….

돌아온 아파트 상황은 아까와 사뭇 달랐다. 아들과 나는 엘리베이터에서 함께 내린 사람들과 뒤섞여 허둥지둥 계단을 올라갔다. 열려 있는 옥상 문을 직선으로 통과하고 곧바로 마포대교에서 가장 가까워 보이는 옥상의 왼쪽 모퉁이 쪽으로 뛰듯이 걸었다. 남편을 위해 아니, 남편의 군시렁을 면하려면 시야가 트인 곳에 자리를 잡아야 할 것 같아서였다.

목표했던 자리에 깔개를 깔고 다시 깔개 위에 아이스박스 등을 올려놓고 신발을 벗고 올라가 앉았다. 이제 안심이었다. 작은아들과 서로를 향해 회심의 미소를 짓고 있는데 큰아들로부터 전화가 왔다. 자리는 잘 잡았냐며, 자기는 한강공원에 있다 불꽃놀이가 끝나면 집에 가겠다며, 아빠가 화난 것은 아닌지 걱정이라고 했다. 아니, 아빠 때문에 자신이 화가 난다고 했다.

"왜? 왜 화가 나? 아빠는 화 안 났던데. 그냥 사람들이 너무 많아 도저히 자리를 잡을 수 없겠기에 도로 온다고만 하던데. 너는 이왕에 간 거, 거기서 보겠다고 해 그러라고 했다고 하면서."

"그냥, 이런 상황이 화가 나, 엄마. 내가 보기엔 조금만 찾아보면 좋은 자리 발견할 수 있겠다 싶었거든. 잘 하려고 한 건데 아빠 아니, 식구 모두한테 고생만 시킨 꼴이 됐잖아…."

우리는 괜찮다고 했다. 여기도 나쁘지 않고 아빠는 너한테 먹을 것을 못 챙겨 준 걸 걱정하고 있다고 했다.

전화를 끊자마자 다시 전화가 왔다. 남편이었다. 자리는 어디에 잡았냐며, 자신은 사람들에게 방해가 될 것 같아 그나마 한가한 중간 난간 쪽에 있어야 할 것 같다고 했다. 벌써 삼 발이도 폈고 카메라도 고정시켰다며 내게 한 번 와보라고도 했다.

거리엔 조그만 틈도 보이지 않았다. 인도는 인도대로 도로는 도로대로 사람과 차가 끝없이 꼬리에 꼬리를 물고 있었다. 뒤를 돌아보았다. 옥상도 사람들로 가득했다. 대부분은 돗자리에 앉아 있었지만 버젓이 의자를 가져와 앉은 사람도 있었다. 물론 그 뒤쪽으로는 두 발 굳건히 서 있는 사람들도 많았다.

드디어 불꽃놀이가 시작됐다. 하늘이 충만해지고 있었다. 연이어 터지는 수많은 불꽃, 긴 꼬리를 남긴 채 흘러내리는 불꽃 불꽃들…. 공기마저 흔들리는 듯했다. 감탄과 함성과 박수로….

"여보, 아버님, 어머님 어디 계신지 전화해 봐요. 오실 때가 한참 지났는데 안 오시잖아요. 얘들아, 가만히 좀 앉아 있어. 사람들이 많이 모인 곳에서는 공공질서를 지켜야 한다고 했지!"

바로 옆 젊은 엄마가 남편과 아이들에게 하는 말이었다. 눈치를 보니 이곳 아파트는 시부모님 댁이고 시부모님 배려로 불꽃놀이 구경 왔는데 정작 시부모님이 오시지 않아 걱정하고 있는 것 같았다. 나는 가지고 온 과자와 과일을 아이들에게 건넸다.

"감사합니다."

예쁜 목소리로 예의 바르게 인사하는 여자아이. 머리를 쓰다듬어 주고 싶었지만 그러지는 못하고 대신 활짝 웃어 주었다.

"여보, 전화해 봤어요? 우리 그냥 내려갈까요? 애들도 그렇고 어머님도 그렇고, 아무래도 신경이 쓰여서 불꽃놀이고 뭐고 눈에 안 들어와요. 아, 저기 계시네. 여보, 어머님이랑 아버님 저기 계셔요. 어머님…"

드디어 대한민국 팀의 불꽃이 하늘에서 팡팡 터지기 시작했다. 동시에 사람들의 환호성도 여기저기서 터지고 있었다.

"한화 땡큐!"

"대 한 민 국! 대 한 민 국! 역시 우리 대한민국이 최고야. 대 한 민 국!"

아득한 옛 기억이 떠올랐다, 지금으로부터 20년도 훨씬 전, 일본에서 지낼 때의.

엥겔 지수 90의 삶을 사는 가난한 유학생 부부에게 남편의 사촌동생 부부가 찾아왔다. 결혼 전 아기가 생겨 신혼여행은 꿈도 못 꾸다 딸을 부모님께 맡기고 처음으로 해외 나들이 나온 거라고 했다. 두 사람의 얼굴이 환했다. 사랑이 가득했다.

진심으로 반가웠다. 이들에게 행복한 추억을 만들어 주고 싶었다. 하지만 우리에겐 돈이 없었다. 평소 문화생활은 꿈도 못 꿀 때였다. 궁여지책으로 생각해 낸 것이 불꽃놀이였다. 후다코 다마카와엔 부근에서 한다는 하나비(불꽃놀이)를 남편이 기억해 낸 것이었다.

저녁은 집에서 직접 만들어 먹었다. 다른 반찬도 괜찮았는데 사촌 부부는 양배추로 만든 김치가 맛있다며 그것만 많이 먹었다.

아름다운 밤이었다. 하늘에서는 빛이 꽃처럼 피어나고, 눈처럼 흩어지고, 화살처럼 나아가고, 비처럼 흘러내리고…. 그렇게 큰 불꽃을 본 것도, 그 큰 불꽃을 그렇게 가까이 본 것도, 처음이었다. 그리고 뭔가 모르게 축축하고 끈끈하고 풋풋하고 아련한 공기 아니, 분위기…. 어쩌면 젊은 육체들…. 그 부부에게 만들어 주고 싶었던 아름다운 광경이, 행복한 추억이, 내 것이 되고 있었다.

"대 한 민 국! 대 한 민 국! 역시 우리 대한민국이 최고야. 대 한 민 국!"

아까부터 대한민국을 외쳐대던 아이들이 이제는 몸을 일으켜 주변을 뛰어다니기 시작했다. 으하하하 웃기도 하고 서로 얼싸안기도 했다.

"엄마, 쟤네 저러면 안 되는 거지? 사람들이 많이 모인 곳에서 저렇게 뛰어다니고 시끄럽게 하고 그러면 안 되는 거지?"

"그럼, 안 되지. 너네는 그러지 마."

"엄마, 쟤네 아무래도 유치원 다니는 것 같아. 어린이집 다니는 애들은 저렇게 안 해. 칫! 유치원 다니는 애들은 다 저렇다니까!"

바로 옆 시부모님을 걱정하던 젊은 엄마와 내게 예쁘게 인사하던 조그만 여자아이의 대화를 들으며 나는 속으로 웃었다. 그리고 마음속 불꽃놀이에 대해 생각했다. 유치원과 어린이집 사이의, 시부모와 며느리 사이의, 우리 집 큰애와 남편 사이의, 나와 남편 사이의….

작은아들이 캔 맥주를 따 내게 건네며 속삭였다.

"엄마, 오늘 같은 날 데이트하면 안 되는 거 알아? 이벤트라는 게 육체적으로는 무척 부담스런 거잖아. 많이 걸어야 하고 사람들에게 부대껴야 하고. 내가 보니까 친구들 대부분이 이벤트 갔다 오면 헤어지더라. 서로 피곤해 서로 짜증내다 헤어지게 되는 거지."

그럴듯하기도 그럴듯하지 않기도 한 말이었다. 다시금 사

186

촌동생 부부가 생각났다. 아이스하키 국가대표이기도 했던 덩치 우람한 남편과 그 남편에 매달리듯 붙어 선 자그마한 어깨와 호리호리한 몸매의 어여쁜 아내. 싱그럽고 선량한 미소를 짓던 사랑스런 부부…. 시간과 돈에 쪼들려 하는 유학생 부부를 찾아와 모처럼의 즐겁고 화려한 추억을 선물한, 양배추 김치를 그렇게나 맛있게 먹던….

무엇이, 이 행복한 부부에게 헤어질 마음을 먹게 했을까. 무엇이, 이 사랑스런 부부의 사랑을 깨뜨린 걸까.

그렇게나 좋아 보이던 두 사람이 고국에 돌아가고 얼마 지나지 않아 헤어졌다는, 여전히 믿기지 않는, 사실을 떠올리는 밤이었다. 하늘에서도, 땅에서도, 여기저기 사람들 마음속에서도, 불꽃놀이가 이어지는 밤….

꿈의
다리

저도 모르게 한숨을 푹 쉬었나 봅니다. 철심 제거를 6개월
또 미루겠다니 말이 돼야 말이지요. 의사는 제가 낙담하는 것
이, 제가 얼굴을 일그러뜨리는 것이, 재미있었나 봐요. 빙글
빙글 눈과 입술을 둥글리며 묻지 뭐예요, 왜 그렇게 철심이
빼고 싶은 거냐며. 사실 저도 그 이유를 잘 모르겠어요. 다리
에 철심이 있다고 크게 불편하지는 않거든요. 굳이 이유를 들
라면 어려운 숙제를 미루고 있는 것 같아서일 겁니다. 몸무게
를 빨리 줄이고 싶어서이기도 하고요.

결국 철심 제거는 11월로 연기되었어요. 제 뼈가 아직도
공사 중이라는 게 이유였지요. 위험요소가 여전해 철심 제거

가 유익하지 않다나요. 컴퓨터 화면에 제 정강이뼈와 철심을 띄워 둔 채 진료실을 나왔습니다. 뒤통수로 좋은 계절 실컷 즐기다 오라는 의사의 덕담이 달라와 붙더군요. 함께 간 남편만 신이 났어요. 집에서 쉬게 되자마자 마누라 다리 수발 들 뻔한 남편이지요. 여기저기 다니며 좋은 사진 찍어 보겠다 DSLR도 장만했는데 말이지요. 그렇게 해서 의사의 덕담을 따르듯 간 곳이 순천만 정원이었습니다. 병원을 다녀온 이틀 후였지요.

세계적인 정원 디자이너 찰스 젱스가 디자인했다는 호수 정원을 둘러보고, 짱뚱어 조형물 앞에서 사진도 찍고, 손부채를 부치며 관람차도 타고…. 모든 것이 순조로웠습니다. 삐딱선을 탄 것은 잠시 쉬자며 들어간 카페에서였어요. 그날따라 날씨가 무척 더웠거든요. 다리와 더위를 핑계 삼아 더 이상은 못 걷겠다, 제가 어깃장을 부린 거예요. 남편에게는 맘껏 돌아다닐 자유를 주면서요. 남편은 내켜하지 않더군요. 세계의 정원을 둘러볼 타이밍에 마누라가 모델 역할을 내팽개치니 맥이 풀리기도 하겠지요. 그런데 이상하대요. 남편이 카메라를 챙겨 나가자마자 금세 무료해지는 거예요. 책도 눈에 들어오지 않고요. 벌어 놓은 한 시간 반이라는 시간이 갑자기 난감해지더군요. 남은 커피를 꿀꺽 삼키고 무작정 밖으로 나갔어요. 슬금슬금 어슬렁어슬렁 저의 속도로 둘러볼 참이었지요. 그러다 발견한 것이 '꿈의 다리'였습니다.

처음엔 저게 뭔가 싶었어요. 두 개의 정사각 통로와 두 통로를 연결하는 가로대가 먼발치에서도 특이했거든요. 색깔부터 알록달록했으니까요. 뭐에 끌리듯 다가갔습니다. 가로대에 꿈, 의, 다, 리, 라 쓰여 있더군요. 다리를 부러뜨려서일까요? 다리라는 말을 그냥 지나칠 수가 없더라고요. 그냥 다리도 아니고 '꿈의 다리'였으니까요. 물론 저도 이 다리가 그 다리가 아님은 알고 있었지만요.

두 통로 중 왼편을 택해 들어갔습니다. 통로 양 벽에 조그만 그림들이 다닥다닥 붙어 있더군요. 나중에 알았지만 그 조그만 정사각 3인치 그림들은 세계 16개국 14만여 명의 어린이들이 자신의 꿈을 그린 것이었어요.

제 눈에 제일 처음 띈 것은 조그만 로켓이었어요. 오징어 같은 몸체를 하고 있더군요. 머리를 왼편으로 기울인 채 꼬리로 화염을 내뿜고 있었어요. 세부 묘사가 제법 멋졌습니다. 언젠가 신문에서 본 기사가 생각나더군요. 아니, 기사에 딸려 있던 그림이 떠올랐다고 하는 게 정확하겠네요. 커다란 낙하산을 멘 사람이 몸을 쭉 펴고 있고 그 아래 가족들이 마주보고 있는 그림이었어요. 맨몸으로 초음속 비행을 성공시킨 최초의 인간, 펠릭스 바움가르트너가 다섯 살 때 그린 그림이었지요.

파란색 마커로 그린 듯한 그 그림을 보며 저는 많이 놀랐답니다. 다섯 살배기 꼬마가 구체적인 꿈을 가진 것도 굉장한데 그 꿈을 끝까지 밀고 나가 기어코 이루어 냈으니까요.

옆에는 긴 장대를 뻗어 하늘에서 쏟아져 내리는 붉고 노란 별을 담고 있는 그림이 있었습니다. 긴 장대에는 둥그런 접시가 붙어 있었지요. 다시금 신문 기사가 생각났습니다. 콧구멍은 점차동 넓어지고 있었고요.

기사에는 달 탐사 때 흙인지 돌인지를 담아 온 백이 얘기되고 있었습니다. 백이 무슨 문제인가로 소홀히 다루어지면서 한 여자가 여차여차 그 백을 구입하게 되고, 여자는 다시 그 백에 달 분진이 묻어 있다는 것을 여차여차 증명해 내면서…. 기사의 요지는 결국 여자가 얼마 후 큰돈을 거머쥐게 될 거라는 거였습니다. 그 백이 장차 어마어마한 금액에 경매될 것이기 때문이었어요. 그러니까 제 말은 분진도 아니고 별이라는 것이지요. 그것도 한두 개가 아닌 셋, 넷, 다섯, 여섯, 일곱…. 펠릭스의 예로 보자면, 긴 장대로 별을 담고 있는 그림을 그린 이 아이는 정말이지 상상도 할 수 없을 부자가 되지 않겠어요?

입을 벌린 채 감탄하고 있는데 힘차게 축구공을 발로 차고 있는 그림이 눈에 들어오더군요. 그러고 보니 간호사 모자를 쓴 채 주사기를 들고 있는 사람을 그린 그림도, 책을 들고 칠판 앞에 선 안경 낀 사람을 그린 그림도, 춤추듯 구불구불한 오선에 음표와 마이크를 그려 놓은 그림도, 미소로 경례하고 있는 군복 입은 사람을 그린 그림도, 있었어요. 장차 자신이

하고 싶은 일을 그린 그림들이었습니다.

그런가 하면 피자 그림도 있었어요. 김밥 그림도 있고 저 만치에는 자장면인지 라면인지 면발을 감고 있는 젓가락 그림도 있었습니다. 수박 그림도 있고 딸기 그림도 있고 포도 그림도, 사과 그림도…. 웃음이 나왔습니다. 그림을 그린 아이들의 바람을 알 것 같아서였어요. 이런 그림을 그리며 설마 요리사를 꿈꾸지는 않았겠지요. 그보다는 피자와 자장면과 딸기, 포도, 사과가 당장, 실컷, 먹고 싶어 침을 삼키고 있었을 거예요.

어린 시절로 돌아가 나라면 어떤 그림을 그렸을까 생각해 봤습니다. 별 달리 떠오르는 것이 없더군요. 생일상 앞에서 한숨짓고 있는 말라깽이 제 모습만 뜬금없이 생각날 뿐이었어요. 사실 제게는 꿈이 없었거든요. 어려서부터 지금까지 꿈이라 불릴 그 무엇을 품어 본 적이 없어요. 그러니 제가 그릴 수 있는 것 또한 수박이나 자장면이나 파인애플이지 않았을까요?

어쩌면 고봉의 하얀 밥을 그렸을지도 모르겠네요. 어렸을 때는 제가 깨작이었거든요, 밥 먹을 때마다 엄마로부터 잔소리깨나 듣는. 먹음직스럽게 밥을 먹지 못한다는 게, 밥알을 세고 있다는 게, 이유였어요. 그러니까 제 말은, 그토록 밥 먹는 것을 두려워하던 저였으니 왕성한 식욕으로 음식을 먹음직스럽게 먹어 보는 것을 꿈 비슷한 것으로 가져보지 않았을까 생각해 보는 것이지요.

그런데 왜 저는 꿈을 갖지 않았을까요? 하다못해 운동선수든 간호사든 선생님이든 장래 직업에 대한 소망이라도 품었어야 하는 것 아닐까요?

자라는 내내 집안 형편이 어려웠습니다. 초등학교에 들어갈 무렵 아버지 사업이 망하면서 꽤 오랫동안 셋방을 전전했으니까요. 먹기를 싫어한 아이답게 몸도 약했습니다. 어쩌면 몸이 약해 먹지 못한 것일 수도 있겠네요. 성격도 그다지 밝지 않았던 것 같아요. 행동은 굼벵이처럼 느리고 누구와 쉽게 어울리지도 못하고 그러면서 속으로는 아이다운 정의감을 넘치도록 갖고 있고.

그렇다고 제가 저희 집 형편을 부끄러워하거나 불평하지는 않았던 것 같아요. 좋은 환경의 친구들을 부러워하거나 질투하지도 않았고요. 자존심 때문이었을 겁니다. 제가 갖지 못한 것에, 가질 수 없을 법한 것들에, 전전긍긍하기가 싫었으니까요. 『이솝 우화』 속 여우처럼 도저히 닿을 수 없는 높은 시렁 위 포도송이를 시어빠진 신 포도라 자포자기, 자기 위로 해버린 것이지요. 스스로 희망 고문 할 일을 만들지 않았다고나 할까요. 매일매일 시간시간 그냥 산 것 같아요. 할 수 있는 것들을 최선을 다해 하면서 말이지요.

다시 그림 앞에 발을 멈췄습니다. 천천히 그림들을 지나다

이건 뭘까 싶은 그림을 발견한 거지요. 코를 그린 것은 같은데 나뭇등걸처럼 보이기도 했거든요. 그러나 그것은 역시 코였습니다. 연필로 쓱쓱 그려져 있지만 콧등과 콧방울을 그린게 분명했어요. 이 그림을 그린 아이는 남다른 후각을 가지고 있을지 모르겠다는 생각이 들었습니다. 어쩌면 멋진 코를 가진 아이일 수도 있겠고요. 그런데 남다른 후각과 멋진 코로는 무엇을 할 수 있을까요?

의아한 그림은 또 있었습니다. 빽빽한 오렌지 바탕 위에 갈색 손잡이와 하얀 날을 가진 칼을 그린 그림이었어요. 엉터리로 대충 그린 그림은 아니었습니다. 자신의 꿈을 칼로 표현하는 마음은 어떤 마음일까, 얼핏 짐작할 수 없었어요.

남자와 여자가 미소 짓고 있는 그림도 있었어요. 두 사람의 머리 위로 돋아난 하트 모양 말풍선에는 어린 글씨체로 JY와 SC라 쓰여 있었지요. 연둣빛 네잎클로버 속에 똑같은 표정으로 활짝 웃고 있는 4인 가족을 그린 그림도 있었어요. 그림 위에는 '항상 기쁜 일만 있기를'이라는 문구가 덧붙여져 있더군요.

어렸을 적 남편과 제 모습이 슬며시 떠올랐습니다. 남편과 저는 같은 초등학교를 같은 학년으로 나온 동네 친구였거든요. 그냥 친구는 아니었어요. 일찌감치 남편의 눈에 콩깍지가 끼어버렸으니까요. 다른 사람과는 데이트는커녕 미팅 한 번 해보려 하지 않는 지독한 콩깍지요.

그림 속 하트 모양 말풍선에 정원과 경현이라는 이름을 덧대어 보았습니다. 웃고 있는 4인 가족 위에 저희 식구들 얼굴을 포개어 보기도 하구요. 저도, 미래를 향한 거창한 꿈은 아닐지언정 때마다 일마다 간절한 바람은 갖고 있었다는 생각이 들더군요. 대학 입시를 위해, 장학금을 위해, 취직을 위해, 결혼한 뒤로는 남편이 회사에서 어려움 겪지 않기를, 아들들이 올바로 자라 평탄한 길 가기를, 간절히 바라고 소망했으니까요. 지금도 마찬가지지요. 제가 얼마나 열심히 응원하고 기도하게요, 가족 모두 건강하고 평안하기를.

그런데 간절함도 꿈일까요? 간절함도 꿈이라면 제 꿈은 착한 딸, 친절한 아내, 좋은 엄마가 되는 것이었겠네요. 하지만 아무리 생각해도 그런 건 꿈이 아닌 것 같았어요. 절대 저만의 것이 아니니까요. 제 앞의 누군가를 향한 것이니까요. 그러다 깨닫게 되었습니다. 그림을 보며 생각을 겹쳐 나가다 제가 꿈을 갖지 못한 이유를 알게 된 거예요. 어려운 집안 형편이나 허약한 신체, 타고난 성격 때문이 아니었어요. 아니, 그런 것도 이유가 될 수 있겠지만 가장 큰 원인은 바로 남편이었지 뭐예요. 어려서부터 저랑 결혼하겠다고 선언한, 그래서 저로 하여금 은연중, 미리미리, 그의 아내로서만 미래를 바라보게 한 남편 말이지요.

보이지 않는 남편을 향해 주먹을 내질렀습니다. 눈까지 흘기면서 말이지요. 하지만 있는 힘껏은 되지 않더군요. 남편과의 30년이 나쁘지만은 않았던 것 같아서였어요. 항상 기쁘지는 않아도 대체적으로는 기뻤으니까요. 밤하늘을 그린 그림이 눈에 들어온 것은 바로 그런 생각을 할 때였습니다. 하늘은 진한 색으로 거칠게, 달과 별은 밝은 색으로 꼼꼼하게, 질감의 차이가 확연히 드러나는 예쁜 그림이었어요. 제가 그린 그림과 비슷한 느낌이 들기도 했지요. 두둥실 떠오른 둥근 산 아래로 밤을 달리는 기차를 그린 그림과….

그림을 그린 지 2년 정도 됐나 봐요. 다리를 부러뜨리고 혼자서는 아무것도 못하게 된 저를 남편이 자신의 사택에 끌고 내려가면서 그림을 그리기 시작했으니까요. 시부모님과 함께 살며 혼자 있는 시간을 그렇게도 바랐는데 조금은 엉뚱한 방법으로 혼자 있게 된 것이지요. 아니, 혼자 있는 정도가 아니라 혼자 갇히게 된 것이지요. 근처에 작업실을 갖고 있는 화가 친구의 권유로 캔버스와 아크릴을 샀습니다. 친구로부터 물감의 기초적인 사용법도 배웠고요.

제가 아크릴 물감을 사용해 처음 그린 그림은 두 다리를 양손으로 보듬은 채 망연자실 앉아 있는 여자였어요. 여자의 시무룩한 얼굴과 왼쪽 다리를 빨갛게 칠했지요. 하늘로 쭉 뻗어 낸 두 다리를 그리기도 했어요. 다리를 압박하던 두 끈은 느슨하게 풀어지고 나무처럼 당당한 두 다리 주변으로 꽃이 피어오르는, 나비가 날아오르는, 그림이었어요.

그림 그리는 시간이 좋았습니다. 그림을 그리고 있으면 마음 순한 친구에게 제 얘기를 조곤조곤 들려주고 있는 것 같은 착각이 들었으니까요. 반대의 경우도 있었어요. 모르는 게 없는 친구로부터 신기한 이야기를 듣고 있는 것 같은 기분이 드는…. 그림을 그리고 있으면 시간이 구름처럼 흩어져 가는 것 같기도 하고 한 점 씨앗 속으로 단단히 뭉쳐 드는 것 같기도 했어요. 명상이 이런 것일까 싶기도 하고 말없는 위안을 받는 것 같기도 했어요.

그렇다고 제가 마음 수양 삼아 그림을 그린 건 아니에요. 제 그림에는 어떤 목적도 없거든요. 그뿐인가요, 제 그림은 무엇에도 얽매이지 않는답니다. 누구 눈치 볼 필요도 없고 서두를 필요도 없지요. 배운 대로 그리는 것도, 돈벌이 삼아 그리는 것도, 아니니까요. 그냥, 그리는 것이 좋은 거지요. 그러고 보니 이곳 꿈의 다리에도 그냥 그렸음직한 그림들이 많네요. 꽃 그림, 고양이 그림, 고래 그림, 물고기 그림, 개 그림, 사마귀 그림….

반대쪽 입구가 보이기 시작했습니다. 통로 바깥은 온통 햇살이었어요. 쏟아져 내리는 햇살을 유리처럼 튕겨내는 바닥을 향해 걸어 나갔습니다. 머릿속으로 그림이 하나 그려지더군요. 조금 전 본 칼처럼 빽빽한 하늘색 바탕 속에 달랑 붓 하나가 놓인 그림이었어요. 꿈을 그린 것은 아니었어요. 목적 없이 저 좋아서하는 작업 과정을 꿈이라 할 수는 없을 테니까요. 간절함에도 미치지 않았지요. 간절함은 자기 힘만으로는 되지 않는 것에 대한 열망일진대 그림은 제가 마음만 먹으면 그릴 수 있기 때문이었어요.

퍼뜩, 아니라는 생각이 든 것은 통로를 완전히 빠져 나가려 할 때였어요. 햇살 속으로 발을 내딛는 순간 간절함 맞다, 는 생각이 든 거예요. 그림 그리는 것이 제 힘만으로 되는 것이 아님을 알아차린 거지요. 그림을 그리려면 시간도 있어야 하고 건강도 받쳐 줘야 하니까요. 아니, 그 무엇보다 주변이 편안해야 하니까요. 그러나 저는 곧 간절함도 아님을 깨달았습니다. 제 그림 그리기가 꿈이라는 것을…. 설레는 마음이 그 증거였습니다. 떠올리고 있는 장면도 그렇고요. 입으로는 목적 없이 그린다고 하면서 머릿속으로는 전시장 풍경을 펼쳐대고 있었으니까요. 알록달록 밝고 환한 그림들 앞에서 계면쩍은 표정으로 구부정히 서 있는 제 모습을 말이지요.

몸을 돌이켜 '꿈의 다리'를 바라보았습니다. 비로소 꿈을 갖게 된 제 자신이 스스로 기쁘더군요. 하지만 솔직히 부끄럽기도 했습니다. 이제야 꿈을, 제 마음을, 인정한 것이니까요.

그런데 이거 맞는 생각일까요? '꿈의 다리'를 건너던 그날을 돌이켜보다 방금 떠오른 생각인데요, 제게는 부러진 다리가, 철심 박힌 다리가, '꿈의 다리'가 아닌가 싶은 거예요. 저에게 꿈을 가져다준, 저로 하여금 꿈을 알게 한, '꿈의 다리'.

6부

—

모습을 쓰고
마음을 찍고

제주 1

다르고
다르고
또 다른

　누운 채 커튼을 연다. 하늘이 밝다. 새벽 잠결에도 빗소리
를 들은 것 같은데 어느새 비가 그쳐 있다. 팔다리가 묵직하
다. 아니, 온몸이 돌처럼 무겁다. 어제 그제 텃밭에서 돌을 골
라내느라 애써서일 것이다.

　침실 앞 난간, 검은 철제 울타리에 방울방울 매달린 동그
란 물방울들이 눈에 들어온다. 대부분은 투명한데 간혹 검은
것도 있다. 신기하다. 어떻게 저 조그만 것들 안에 서로 다른
것이 담겨 있는지 모르겠다. 물방울들도 제 각각 저 좋은 것
을 투영하는 걸까?

　그러고 보니 사방에 맺혀 있는 빗방울이 모습도, 크기도,

색깔도, 제각각이다. 난간 울타리의 것은 동그란 보석 같은데 방충망의 것은 미세한 솜털 같고, 지붕 끝에 매달린 것은 뚝 뚝 듣는 눈물 같은데 나뭇가지에 맺힌 것은 새로 나온 어린 순 같다. 풀잎의 것은 말 그대로 투명한 이슬인데 바위 위의 것은 물 흠뻑 섞은 물감 같다. 달라서 재미있는 물방울들이 다. 반짝인다는 것만 공통인 물방울들이다.

"어! 이게 뭐야? 여기 문제 있네. 일어났어? 일어났음 이리 좀 와 봐."

먼저 일어난 남편이 창문 쪽 벽 모서리를 들여다보며 나를 불러 댄다. 멀리서 봐도 벽지가 동글동글 얼룩져 있다. 빗물 이 스민 게 틀림없다. 저 정도의 얼룩이라면 새시 주변에 미 세한 틈이라도 생겼는지 소장님께 점검을 부탁해야 할 것 같 다.

"에이, 설마, 벌써 물이 샐 거라고…. 내가 보기엔 결로 같 아 보이는데? 당신 어제, 샤워하고 환기 제대로 하지 않은 거 아니야?"

이런! 남편이 내 탓을 하고 있다! 벽이 젖은 이유가 세심하 지 않은 내 습관 때문이란다. 있을지 모를 미세한 틈은커녕 제주의 습한 공기도 아니고 내가….

이즈음 남편과 부딪치는 일이 잦아졌다. 하루 종일 붙어 있어서일까? 집짓기에 서로 지쳐서인지도 모르겠다. 미운 생 각에 대답도 안 하고 세면대로 가 이를 북북 닦는다.

물로 입을 헹구는데 언젠가 책에서 읽은 (아마도 존 버거의 『본다는 것의 의미』) 별자리 이야기가 머리를 스친다. 그리스에서는 황도 12궁에 고양이와 악어가 들어간다는 내용이었다. 책을 읽을 당시, 신기하다는 생각에 고양이와 악어자리를 검색해 봤지만 다른 설명은 찾지 못했었다.

불쑥, 내 별자리가 악어자리면 좋겠다는 생각을 해본다. 큰 입을 쩌억 벌려 한 입에 먹이를 삼키는 악어. 남편은 고양이 자리가 딱일 것 같다. 요즘 나를 쳐다보는 눈빛이 심상치 않아서다. 살피는 건지, 노리는 건지 원….

밖에서 사람 소리가 들린다. 벌써 일하는 분들이 오셨나 보다. 서둘러 옷을 갈아입고 밖으로 나간다.

"사모님도 머리 자르셨네요."

무려 5일이다. 긴 머리를 짤뚝 잘라 버렸건만 그동안 그 누구로부터도 내 헤어스타일에 대한 말을 듣지 못했다. 하긴 오랜만에 만난 소장님께도 내가 먼저 머리 자르셨네요, 라고 물어 들은 말이긴 하다. 어색하지만 쭈뼛쭈뼛 내가 묻는다. 어때요?

"헤어스타일이 바뀌니 사모님 많이 달라 보이셔요. 저는 개인적으로 머리 길었을 때가 더 좋은 것 같기는 한데요."

그죠…. 말꼬리를 흐리며 차를 준비하러 부엌으로 들어간다. 정수기에서 물을 받아 포트에 부으며 내가 왜 머리를 잘

랐더라, 생각해 본다.

달라지고 싶었던 것 같다. 달라져 남편에게 내 결기를 보이고 싶었던 것 같다. 하지만 무슨 일이 있어 그런 마음을 먹었는지는 모르겠다. 불쑥 성질이 나 미장원에 달려가기는 했는데… 잘라내고 싶은 그 무엇 대신 괜한 머리칼에 손을 댄 것 같기는 한데… 어휴! 겨우 5일 만에 원한과 복수심을 잃어버리는 나라니!

머리를 자르자 편했다, 머리 감기도 머리 손질하기도. 보기도 그냥저냥 괜찮았다. 여성스러운 맛은 없어졌지만 조금은 세련돼 보이는 것도 같았다. 그 바람에 잊은 건지도 모르겠다, 마냥 나쁘지만은 않아서. 다시 생각해 본다, 내가 뭘 잘라냈더라….

일단, 말을 잘라내기로 한 건 확실하다. 모든 문제가 말이 많아지면서 생기는 것 같아서다. 너무 잘하려는 마음도 잘라낸 것 같다. 내가 생각하는 '잘'과 남편이 생각하는 '잘'이 자주 충돌을 일으키는 것 같아서다. 말하자면 너무 잘하지 말고 보통으로만 잘하자 결심한 셈. 양보와 희생도 잘라냈다. 내 입장에서는 큰 양보요 심각한 희생인데 남편 입장에서는 그것이 내가 좋아 결정한, 많은 선택지 중 하나일 뿐이라는 것을 깨달은 때문이다.

남편이 나를 부른다. 부엌 돌담이 몰라보게 깨끗해졌다며 호들갑스럽게 나보고 와 보란다.

집을 빙 둘러 현무암 돌담을 쌓았다. 세 면은 집 기초를 다질 때 나온 돌로 쌓고 길가에 면한 부엌 쪽 담은 일부러 묵은 돌을 구입해 쌓았다. 부엌 돌담 위로는 검은 스테인을 칠한 콘크리트 벽이다. 덕분에 집 외관이 조금 특별해졌다. 돌담의 향토미와 검은 콘크리트의 도시미가 섞여 있다고나 할까.

텃밭 여기저기 놓인 호미와 쇠스랑을 한 곳에 모아 놓고 남편이 와 보라는 부엌으로 들어간다. 유리창 너머의 돌담이 확실히 밝아 보인다. 아니, 선명해 보인다. 이곳 판포리에서는 비가 자유자재로 방향을 바꾸며 내리는데 어제는 비가 부엌 돌담을 씻어내는 방향으로 내렸던가 보다. 게다가 어제는 억수 같은 비였다. 하늘에서 누군가가 (십중팔구 하나님이겠지만) 고압 호수로 물을 뿜어대는 것 같은 장대비.

남편 옆에 서서 담장의 돌들을 가만히 바라본다. 얼핏 보기에 같아 보이는 색깔도, 송송 난 구멍도, 같은 것이 하나도 없다. 어떤 것은 오렌지 빛이 은은히 스며 있기도 하고 어떤 것은 하얀 반점이 무수히 찍혀 있기도 하다. 어떤 것은 유난히 검고 어떤 것은 별스럽게 반질하기도 하다. 돌들의 모양과 크기가 제각각 다른 것은 물론이다.

울퉁불퉁한 돌 틈 사이로 하얀 빛이 비쳐든다. 뻬죽뻬죽 자유로운 돌 틈 사이로 아침 해가 유리를 통과해 부엌 안을 들여다보고 있다. 밤에는 빛의 방향이 반대가 된다. 부엌의

등잔불이 돌담 틈새로 새어나가 별들이 담장에 내려와 붙은 듯 여기저기 반짝이는 것이다. 그러고 보니 틈새야말로 예술이다.

그런데? 저기가 왜 저렇게 더러워졌지? 먼지로 뒤덮인 베란다 발견이다. 당장 부엌문을 열고 베란다로 나간다. 부엌돌담이 깨끗해졌다 싶었더니 돌담에 묻어 있던 흙먼지가 간밤의 비로 몽땅 바닥에 떨어져 내렸나 보다.

빗자루를 가져와 바닥을 쓴다, 쓱 쓱 쓱 쓱….

불쑥, 남편과 나도 돌담의 돌 같다는 생각이 든다. 성격도 다르고 취향도 다른데 딱 붙어살고 있으니 말이다. 둘 사이에 틈새가, 생각과 의견의 차이가, 생기는 것도 당연하겠다. 우리의 틈새가 예술이 되었는지는 모르겠다. 크고 작게 인생의 묘미는 느꼈지 싶다.

"조심 좀 해라. 안 그래도 물이 안 빠지는 것 같아 소장님이랑 기계로 뚫네 마네 의논하고 있는데 그렇게 흙을 배수구에 흘려버리면 어떡해."

어느 틈에 남편이 다가와 한 말씀하고 있다. 참말로, 나도 충분히 조심하고 있다고요.

미운 마음에 대꾸도 않고 바닥만 쓴다, 바닥의 흙먼지가 남편의 잔소리라도 되는 양 박 박 박박. 악어가 턱을 부딪치듯 쓰레받기를 딱 딱 딱딱 바닥에 두들겨 보기도 한다. 슬며시 엉뚱한 생각이 떠오른다. 배수구가 막히지 않게 주의해야 하는 것처럼 남편과의 의사소통에도 조심이 필요한 것 아닌가 싶은.

역시 말을 줄여야 해. 보통으로만 잘하고. 양보니 희생이니 그런 거 절대 하지 말면서 말이야. 앞으로는 정정당당 내 좋은 쪽으로만 선택하고 행동하자고.

결심하듯 뒤돌아서는데 남편과 눈이 마주친다. 미워도 미워할 수 없는 고양이가 나를 줄곧 쳐다보고 있었던가 보다.

백년초,
그녀

아침 일을 마치자마자 냉장고에서 백년초 열매를 꺼낸다. 어제 그녀로부터 받은 검자줏빛 선인장 열매다. 열매를 양푼에 담아 수돗물로 조심조심 씻는다. 가시가 남아 있을지 모른다는 그녀의 당부를 새삼 재삼 생각한다.

지난 1월 제주의 서쪽, 판포리로 집을 옮겼다. 우연과 인연이 살짝 겹치면서 3년 전이라면 꿈에도 생각지 않았을 일을 아무렇지도 않게 해치운 것이다. 땅 사고 설계 맡기고 집 짓는 데 1년 반이나 걸렸을까. 고민하고 비교하고 연구할 틈 없이 벌인 일이라 이사하고 나서 알게 된 것이 많았다. 바람이 정말 세다는 것. 그 바람을 타고 비가 360도 회전하며 내린다는 것. 북쪽에서 불어오는 그 무지막지한 바람은 겨울에만 위력을 부린다는 것 등등.

내가 바다 냄새를 무척이나 좋아한다는 것도 이곳에 와서 알았다. 그러리라 짐작한 공기와 물의 신선함은 내 예상을 훨씬 뛰어넘는다는 것 또한. 제주의 콜라비와 양배추가 얼마나 아삭하고 달콤한지도, 당근과 브로콜리가 얼마나 감칠맛 나는지도, 그리고 제주 자생 선인장….

제주 자생 선인장이란 지금 썼고 있는 손바닥 선인장, 백년초다.

백년초를 처음 본 것은 이사하고 얼마 안 되어서였다. 동네를 산책하다, 길을 따라 아무렇지 않게 마구잡이로 피어 있는 선인장 무리를 발견한 것이었다. 가정집 거실의 화분이나 수목원 온실 속에서 보아오던 선인장이 야생화처럼, 그것도 칼바람이 불고 있는 겨울의 한 가운데, 무리지어 피어 있는 모습이라니…. 둥그렇기도 하고 동그랗기도 한 초록 줄기를 빵떡모자인 양 얹고 또 얹은 모습이 내 눈에 앙증맞았다.

다가가 살펴보았다. 위쪽의 새로 돋은 줄기는 통통하고 색깔도 산뜻했지만 아래쪽 땅에 깔리거나 묻힌 줄기는 갈라진 채 노랗거나 누렇거나 허옇게 변색되어 있었다. 화석이나 금속처럼 보이는 것들도 있었다. 자신의 몸을 양분 삼아 자신과 새끼들을 먹여 살리는 것인지도 몰랐다. 갑자기 동글동글 선인장이 넘어지면 일어나고 쓰러뜨려도 일어나는 오뚝이처럼 느껴졌다.

당장 선인장을 집에 데려가고 싶었다. 동글하고 납작한 동그라미들을, 위로 옆으로 이어 가는 역삼각형 그것들을, 내가 가까이 두고 싶어진 것이었다. 하지만 그건 안 될 일. 길가에 무질서하고 지저분하게 피어난 품새가 주인 있는 선인장 같지는 않았지만 내 것은 아니었다. 남편이 뭘 보고 있냐며 그만 가자고 채근했다. 나는 녀석들에게서 눈을 뗄 수 없었다.

씻어 물기를 제거한 백년초 열매를 과도로 가른다. 과즙이 과도를 흠뻑 적시고 손에서 뚝뚝 떨어져 내린다. 열매의 단면은 빽빽한 핏빛이다. 앞치마를 내려다본다. 앞치마가 군데군데 분홍자줏빛으로 물들어 있다. 그녀가 즐겨 입는 옷 빛깔을 닮았다.

그녀는 판포리에 이사와 알게 된 지인 중 한 사람이다. 사실 그녀를 그녀라 부르는 건 버릇없는 일일 것이다. 나이보다 훨씬 젊어 보이지만, 여전히 희고 곱고 날씬하지만, 70을 훌쩍 넘기신 분이지 않은가. 하지만 내게 그녀는 그녀다. 할머니도 아니고 아줌마도 아니고 친구와 언니와 이웃이 뭉텅이진 그녀. 그녀는 백년초를 작물로 처음 심기 시작한 사람이기도 하다.

"예전부터 바닷가 돌 틈이나 길가에 저절로 자란 선인장이 많았어. 뱀이나 쥐, 도둑을 막는 데 도움이 됐었지. 민간요

법으로 쓰이기도 하고. 동네사람 중에 다리 염증으로 고생하던 사람이 있었어. 이것저것 다 해도 안 되니까 그 사람이 선인장 줄기를 염증 부위에 붙여 본 거야. 깨끗이 나았지. 이거 해볼 만하다는 생각이 들더라고. 그전부터도 선인장이 여기저기 좋다는 말이 있었거든. 그 효험을 내 눈으로 직접 확인한 거야. 나랑 이웃 중 한 사람이 함께 시작했어. 선인장을 작물로서 밭에서 기르기 시작한 거야. 한동안은 좋았어. 덕분에 돈도 좀 벌고. 지금은 별로야."

사실 내가, 어떻게 선인장을 작물로 삼을 생각을 하게 됐냐고 물은 데는 꿍꿍이속이 있었다. 선인장을 얻고 싶었던 것이었다.

"저도 손바닥 선인장 길러 보고 싶은데…. 대단하잖아요. 멕시코가 원산지라면 녀석들 태평양을 건너온 건데…. 짠물에, 햇볕에…. 생각하면 생각할수록 녀석들 너무 멋진 것 같아요."

그녀는 고개를 절레절레 저었다. 절대 안 된다는 것이었다. 생명력이 무척 강한 녀석이라 시간이 지나면 집 안마당을 완전히 접수해 버릴 거라는 것이 이유였다.

"선인장 좋아하면 내가 다른 거 갖다 줄게. 일본 선인장이라고 키가 사람만큼 길게 자라는 아주 멋진 선인장이 집에 있어."

말 그대로 그녀는 며칠 후 선인장을 가져왔다. 내가 그날로 하얀 자기 화분을 사와 선인장을 정성껏 심은 것은 당연한 일이었다. 하지만 그때 백년초도 함께 심었다. 집 옆 길가의 백년초에는 주인이 없다는 것을 알았고 제 아무리 생명력 강한 녀석이라도 화분 안에서라면 어쩔 수 없으리라는 계산에서였다. 그녀에게는, 그녀가 그 다음 주엔가 바다에서 채취한 미역을 가져오는 바람에 바로 들켰다.

"나, 이런 말 잘 안 하는데 오늘은 이런 말까지 하게 되네…. 실은 나, 열여덟 살에 처음 결혼했어."

그녀가 이야기를 꺼낸 것은 함께 차를 마시고 있을 때였다. 내가 살아온 얘기 좀 들려 달라고 하자 머뭇머뭇 입을 뗀 것이었다. 그런데 '처음'이라니…? 그녀의 처음이라는 말이 맘에 걸렸지만 내 입은 이미 자동 기계가 되어 뻔하디 뻔한 말들을 뱉어내고 있었다. 열여덟 살에 결혼한 게 뭐가 어떻다고 그러느냐, 지금 이 정도의 미모니 그 나이엔 얼마나 예뻤겠느냐 등등. 그런데 이어지는 이야기는 그런 것이 아니었다.

결혼한 지 3년 만에 배 타고 나간 남편이 죽어서 돌아왔다고 했다. 복어를 잘못 먹어 그리 됐다고 했다. 장례를 치르고 갓난 아들과 함께 친정에 갔는데 친정이 너무 가난해 두 사람을 받아 줄 형편이 아니었다고 했다. 어쩔 수 없어 친척을 통해 남자를 소개받았고 지금의 남편이 그 사람이라고 했다.

"문구멍으로 들여다봤어. 넥타이를 매고 있더군. 중학교 선생님이라고 하더라고. 나보다 스물한 살이나 많았는데 부인과 사이에 아이가 셋 있었어. 부모님은 그 사람을 무척 맘에 들어 하셨어. 그만한 학벌 가진 사람이 동네에 몇 없었으니까."

내 입이 다시 한 번 자동 기계가 되고 있었다. 문구멍을 통해 본 그 남자에게 첫눈에 반한 건 아니냐고 물은 것이었다.

"에이, 그렇지는 않았어."

'에이'라 말하는 그녀의 표정에서 심상치 않은 기운이 느껴졌다. 뭔가가 잘못되어 가고 있었다. 덜컥 겁이 났다.

"남편이랑 같이 사는데…. 시어머니도 어렵고 남편도 어렵더라고. 언젠가 내가 육지, 해남에서 왔다고 했지? 나 실은 애 셋 데리고 제주로 도망쳐 온 거야. 한 놈은 업고 두 놈은 양손에 잡고 말이야. 나중에 남편이 날 찾아왔어. 자기가 가진 전부를 버리고 왔다고 하더군. 학교도 부모도 부인도 자식도…. 처음엔 시장에서 함께 물건을 팔았어. 가게가 어찌나 허름한지 비가 오면 옆 가게로 옮겨가 자야 할 정도였지. 그래도 행복했어. 새끼들 반짝반짝 빛나는 눈을 보면, 그 까만 눈동자를 보면, 그렇게 흐뭇하고 기쁠 수가 없는 거야.

나, 그렇게 살았어. 언젠가 남편한테 물어봤지. 하늘나라가면 하나님한테 뭐라고 할 거냐고. 부인과 자식 버린 거 어떻게 변명하겠냐고. 남편은 떳떳하다고 하더라고. 후회 같은 거 절대 안 한다고. 음행한 아내는 버릴 수 있다고 성경에 써

212

있다나. 그런 걸 보면 그때부터 의처증세가 있었는지도 몰라. 내가 남편한테 말하곤 해. 당신이 이번 생에서 한 일은 노심초사 마누라를 지킨 것뿐이라고. 그래도 남편한테 감사해. 그 사람 무릎에서 내 자식이 컸으니까. 그 무릎에 코 흘리고 밥 흘리며 애비 잃은 내 자식이 교육받고 자랐잖아. 그거 하나만으로도 난 그 사람한테 못해 줄 게 없는 거지."

유리병 입구에 얇은 비닐을 올리고 뚜껑을 닫는다. 그녀는, 발효되면서 거품이 많이 날 거라며 크기가 넉넉한 병을 쓰라고 했었다. 과육에 닿은 설탕이 순식간에 붉게 변한다. 설탕에 닿은 과육이 더욱 거세게 붉디붉은 즙을 뿜어내고 있다. 얼굴이, 마음이, 붉어진다. 아니, 온 몸에 끈끈한 무엇을 뒤집어쓴 것만 같다.

첫눈에 반한 거 아니었냐고? 사람이라면 어떻게 그런 말을…. 바보 멍청이. 어린 나이에 결혼해 3년 만에 남편을 잃은 사람에게, 어린 아들과 의지할 곳이 없어 밥이라도 먹여 줄 사람을 찾고 있는 사람에게, 어떻게….

그녀 앞에서 솜털처럼 가볍게 웃던 내 모습이 여전히 괴롭다. 당장이라도 어딘가에 꺼져들고만 싶다. 괜스레 백년초를 쟁여 넣은 유리병을 집어 들고 흔든다. 과육과 설탕이 섞이며 병 전체가 붉은색으로 변한다. 과육의 반은 이미 붉은 즙에 잠겨 있다.

그녀의 남편을 잘 알고 있다 생각한 때문인지도 모른다. 92세라는 나이가 믿기지 않을 정도로 예의 바르고 상냥한 그녀의 남편을. 아닌가? 이야기가 심각해지는 게 겁이 났던 걸까? 어쩌면 억지스러운 모르쇠 위로로 그녀를 감싸 안으려 했던 건지도 모른다. 아니 아니, 우물 안 개구리 내가 가진 동감 능력은 애초 그녀의 삶에까지는 미치지 못하는 것이다.

　　스마트폰이 울린다. 문자라도 왔나 싶어 손을 씻고 화면을 연다. 홈 화면을 가득 채운 백년초 꽃 한 송이. 비치듯 얇은 노란 꽃잎이 겹겹의 노방 이불이기라도 하듯 벌 한 마리가 꽁지를 위로 한 채 몸의 반을 꽃 속에 파묻고 있다. 지난봄 찍어 올린 사진이다, 도로로 내려가는 언덕길을 돌아서다 환한 길 모퉁이에 빨려들 듯 다가가 찍은.

　　눈이 부실 정도로 노란 꽃이었다. 금가루에 반사되는 달빛 같은, 노란 비단을 통과한 햇빛 같은⋯. 한두 송이가 아니었다. 선인장 줄기줄기 커다란 꽃이 만개해 있었다. 믿기지 않았다. 모든 마당을 접수할 무지막지한 생명력과 무장하지 않고는 접근이 불가한 어마무시 가시를 가진 선인장이, 놀랍게도 귀족적이란 말이 딱 어울릴 화려하면서도 우아한 레몬색 꽃을 피워 낸 것이었다.

　　당장 스마트폰을 꺼냈다. 선인장 주변이 온통 벌이었다. 어디서 날아온 건지 수많은 벌들이 노란 꽃가루를 온 몸에 묻힌 채 붕 붕붕 날개로 노래를 부르고 있었다.

문득, 엉뚱한 생각이 머리를 스친다. 백년초 꽃이 그녀를 닮았다는 생각 아니, 그녀가 백년초를 닮았다는 생각이.

엉뚱한 생각이 아닐지도 모른다. 마당에 들어온 뱀을 스스로 삽으로 내리찍을 만큼 강인한, 여섯 명의 아들딸과 그 아들딸의 아들딸까지 다함없는 사랑으로 길러낸, 애정이란 이름의 말도 안 되는 속박을 감사로 견디는, 그 험난한 70년 세월을 올곧은 자세로 우아하고 아름답게 살아온, 그녀야말로…. 거친 돌밭을 충만한 생명력의 연둣빛 동그라미로 채우는, 길이 환하도록 섬세하고 투명한 노란 꽃을 소담스레 피워내는, 줄기줄기 백 가지 병에 이롭다는 붉디붉은 열매를 맺는, 백년초인 것이다.

백탁과
누드

정렬해 놓은 그림들을 내려다본다. 아무리 봐도 원상 복귀
는 아니다. 「신문 읽기」는 확실히 나빠졌고 「손님맞이와 윗
세오름」은 오히려 좋아졌다. 잃어버린 글을 똑같이 써내기
어렵듯 망가진 그림도 똑같이 그려내기가 쉽지 않은가 보다.

그런데 어떻게 된 걸까? 지금까지 한 번도 이런 적은 없었
다. 농도가 맞지 않았나? 채 마르기 전에 덧칠한 걸가? 마음
이 바빴던 것은 사실이다. 그리고 싶은 것이 생겼기 때문이
다. 나 원 참, 천천히 해도 될 일을 왜 그리 서두른 건지….

일이 벌어진 것은 지난 토요일이었다. 아침 일도 마쳤겠

다, 신문도 읽었겠다, 남편도 나갔겠다, 느긋하고 가벼운 마음으로 책상에 앉아 창밖을 바라볼 때였다. 집 옆 빈터에는 허리 높이 웃자란 풀들이 푸른빛 파도로 출렁이고, 두 해째를 견디고 있는 억새들마저 노란빛 물결로 흔들리고 있었다. 하늘은 파랗고 바람엔 바다 냄새가 섞여 있었다.

뭔가 해야 할 것 같은 설렘이 일었다. 중요한 일을 하고 있지 않은 듯한 미진함도 들었다. 불쑥, 그동안 작업한 그림에 바니시를 칠해야겠다는 생각이 들었다. 기대 반 우려 반 뛰어든 제주살이, 기록으로 남겨 두면 좋겠다 싶어 또 글쓰기와 그림 그리기에 연습이 되지 않을까 싶어 블로그에 올리기 시작한 그림일기용 그림들이었다. 짧은 글에 덧붙여진 그림들은 크기가 작았다. 10cm×10cm 그림을 매번 칠하기도 번거로워 개수가 모아지면 칠한다는 것이 자꾸 미루고만 있었다.

당장 그림들을 살펴보았다. 그림일기를 시작한 1월부터 3월 중순까지의 30개는 이미 바니시가 칠해져 있고 3월 20일 「쑤퉁의 참새 이야기」부터 30개 정도가 칠이 되어 있지 않았다.

그림들을 가지고 마당으로 나갔다. 마당 그늘에 돗자리를 펴 그림들을 돗자리 위에 올려놓고 물로 희석한 바니시를 칠하기 시작했다. 따뜻한 바람이 치맛자락을 펄럭이고 있었다. 바다 향기가 아니, 습하고 텁텁한 공기가 머리카락을 부풀려 올리고 있었다.

갑자기 사람의 몸을 그려 보고 싶다는 생각이 들었다. 전날, 밤이 늦도록 읽은 존 버거의 『다른 방식으로 보기』의 영향이었다. 존 버거는 책에서, 벌거벗은 몸naked이 된다는 것은 자기 자신이 된다는 것이고 아무것도 숨기지 않는다는 것인 데 반해 누드nude는 벌거벗었음에도 벌거벗은 것으로 받아들여지지 않는, 시선의 대상이 됨으로써 그 몸을 이용하도록 자극하는, 복장의 한 형식이라고 주장했다.

책상으로 돌아가 벗은 몸을 생각했다. 그리고 낙서하듯 수첩을 펼쳐 맨몸을 그려 보았다. 크고 작은 W 두 개가 수첩의 위아래에 그려졌다. 재미있는 생각이 머리를 스쳤다. 여성의 상체와 하체를 나누어 그리면 어떨까 싶어진 것이었다. 그러니까 양쪽 젖가슴과 두 쪽 엉덩이를 제각각 다른 캔버스에 나누어 그리면. 종이를 꺼내 본격적으로 스케치를 시작했다. 입술을 머금듯 벌린 채 비스듬히 아래를 바라보는 단발머리 여인의 가슴과 엉덩이 윤곽선이었다. 작은 사이즈인데도 자꾸 고쳐야 했다. 비례도 맞지 않고 자세도 어색해서였다. 기분은 날아가고 있었다.

바니시 생각이 났다. 마당에 나가 그림들을 살펴보았다. 이상했다. 그림에 살짝 하얀 막이 씌워져 있었다. 만져 보니 겉이 말라 있었다. 하얗게 보이더라도 걱정하지 말라는 제품 설명서의 문구가 생각났다. 괜찮을 것도 같고 아닐 것도 같은 마음으로 그림들에 두 번째 바니시를 칠했다. 액체가 묻자 그림들이 다시 선명해졌다. 그럼 그렇지, 싶었다.

책상으로 돌아와 작은 캔버스 두 개에 밑 색을 칠했다. 흰 종이를 캔버스와 같은 사이즈로 잘라 스케치를 확정했다. 그리고 다시 마당으로 나갔다. 그림들이 허연 막을 아까보다 두텁게 뒤집어쓴 채 마르고 있었다.

정말 이상했다. 큰 그림을 그릴 때도 이런 적은 없었다.

남편이 돌아왔다. 돗자리 앞에 쪼그려 앉은 내가 척 보기에도 심상치 않았던지 남편이 빈정대듯 말했다.

"일냈구먼, 일냈어. 내가 없으니까 바로 일내. 바니시 그거 상한 거 아니야? 유통 기한 지난 거 아니냐고."

"아닐 걸. 지난번에도 똑같이 이걸로 칠했는데 별일 없었어. 그런데 화학 약품에도 유통 기한 그런 거 있어? 내 생각엔 오늘 바람이 심했잖아. 혹시 바닷바람이 바니시에 무슨 화학 작용 같은 거 일으킨 건 아닐까?"

그럴 수도 있겠네…, 남편이 급하게 말끝을 흐렸다. 한숨이 나왔다. 고개가 절로 저어졌다. 우리 부부는 왜 이리 아는 게 없는 건지, 아무 때나 머리를 쳐들고 아무 때나 꼬리를 내리는 건지….

자리에 선 채 남편이 인터넷을 검색하기 시작했다. 그리고 곧 습한 날 바니시 작업하지 말라는 블로그 글을 찾아내 내게 보여 주었다. 굳이 습한 날 작업하려면 선풍기라도 틀고 해야 한다는 것이었다. 믿을 만한 드라이어를 가지고 있는 자신은 언제든 작업이 가능하지만.

당장 그림들을 서재로 가져가 바닥에 늘어놓고 선풍기를 틀었다. 밤새 바람을 쐬어 주기 위해 잘 때는 타이머를 다섯 시간으로 맞춰 놓았다.

다음날은 새벽같이 일어났다. 그림이 걱정되어서였다. 약간은 좋아졌지만 원래대로는 아니었다. 어떻게 해야 할지 알 수 없었다. 세수도 안 한 채 상태가 가장 심한 그래서 더 이상 망칠 것조차 없어 보이는 「오늘의 일」을 책상에 올렸다. 피콕 블루에 물을 많이 섞어 그림의 배경에 발라 보았다. 백탁이 조금 사라지는 듯했다. 다음은 「마르크 샤갈전」을 책상에 올렸다. 다음은 그리고 또 그 다음은….

그렇게 「오늘의 일」을 시작으로 30개의 그림을 꼬박 이틀 동안 다시 그렸다. 바탕을 덧칠하기도 하고 라인을 새로 그려 넣기도 하면서.

선 맞춰 늘어놓은 그림들을 다시 내려다본다. 이만하길 다행이지 싶다. 바니시 발린 캔버스가, 백탁이 일어난 화포가, 아크릴 물감을 다시 받아 줬으니 그것만으로도 기적이지 싶다.

「엄마와 간병사」를 집어 든다. 지난 4월, 엄마가 갑자기 나빠졌다는 소식에 황급히 서울에 올라갔다 온 뒤 그린 그림이다. 화면 중앙에 엄마의 얼굴이 있고 얼굴을 감싸듯 동백꽃

일곱 송이가 피어 있는 그림. 나중에 스마트폰으로 그림을 보여 주자 엄마는 그림 속 얼굴이 당신과 닮지 않았다며 실망한 눈치를 보였었다. 하지만 동백꽃은 예쁘게 그렸다며… 옆에서 곁눈질하던 간병사가 실물보다 훨씬 보기 좋게 그렸는데 왜 그러시냐며 입술을 삐죽이던 생각도 난다.

그러고 보니 배경색이 진하게 스며들면서 엄마 얼굴이 조금 생생해진 것도 같다. 엄마 얼굴이 조금 온화해진 것도 같다. 불현듯 엉뚱한 생각이 머리를 스친다. 과거를 잊어버리는 것이, 놓치는 것이, 기억의 백탁일까, 싶어진 것이다. 기억의 백탁이 너무 심해 도무지 손쓸 수 없는 것이 치매인가….

지난번 문병 갔을 때 간병사가 하던 말이 귓전을 울린다.

"어젠 정말 이상하시더라고요. 엄마가 '내가 누구냐'고 물으시는 거예요. '내가 왜 여기 와 있는 거냐'고. 제가 선뜻 대답을 못하고 있으니까 '누가 알면 가르쳐 달라'고 밖에까지 들릴 큰 소리로 외쳐 대시는데…. 그것도 몇 번이나…."

「엄마와 간병사」를 책상에 내려놓고 창밖을 바라본다. 하늘은 파랗고 바람에 실려 온 바다 향기가 코끝을 간질인다. 허리 높이로 웃자란 억센 풀들은 바람에 이리저리 흔들리고 있고…. 두 해째를 견뎌낸 억새들은 이 바람에 꺾일지도 모르겠다.

그림이나 그리자며 창가를 벗어난다. 혼탁이니 치매니 하며 우울해하고 있기엔 하늘도 바람도 너무 아깝다.

지난번 스케치해 둔 벌거벗은 여자를 가져와 들여다본다. 새침 무심하게 시선을 아래쪽으로 떨어뜨리고 있는 여자가 언젠가의 내 모습 같다. 여자의 크고 작은 W가 거슬러거슬러 엄마의 것 같기도 하다. 그런데….

내가 괜스레 앞뒤를 살핀다, 곁눈질할 누군가가 이 방에 있을 턱이 없는데도.

연필을 집어 들고 여자의 젖가슴에 브래지어를 그려 넣는다. 엉덩이에 팬티도 그려 넣는다. 나는 매번 이런 식이라는 생각이 머리를 스친다. 벌거벗지 못하는 것이다, 날아갈 듯 기분 좋게 그린 그림에서마저.

머릿속으로 한 장면이 지나간다. 백탁 난 그림 여기저기에 붓질하고 있는 내 모습이다. 아니, 앞에 놓인 글을 되읽고 되읽어 다듬는 내 모습이다. 불분명해진 테두리를 선명하게 그리고 탈색된 바탕에 새 색을 입히듯, 숨길 것과 드러낼 것을 그림자와 하이라이트로 강조하듯. 가장 진솔해야 할 글 수필을 쓸 때조차 벌거벗지 못하는 아니, 벌거벗음이 또 하나의 복장이 되는 누드로서의 글을 쓰는 나. 그나마 다행인 점은 내가 가장 신경 쓰는 시선이 내 자신이라는 것일 게다.

아닌지도 모르겠다. 내가 퇴고를 머뭇거리는 것은 벌거벗지 못해서가 아니라 내 글쓰기가 희미해진 기억을, 흩어져 가는 과거를, 돌이켜 확정짓는 그 무엇이어서인지도 모른다. 언젠가 겪은 사건이나 기억 속 장면 등을 불러내 아니 숫제, 에

피소드 속으로 들어가 지나온 시간을 새롭게 겪고 느끼느라 그러는 건지도.

그림을 놓아둔 채 창밖을 바라본다. 바람이 초음파 사진의 주름처럼 바다에 얕은 물결을 끝없이 만들고 있다. 바람이 바다에 심긴 여러 대 풍력 발전기를 천천히 돌리고 있다. 엄마가 간병사에게 했다는 질문이 바람개비처럼 귓속을 돈다. 당신이 누구냐고 묻던, 당신이 왜 여기 와 있는 거냐고 묻던.

창밖 풍경이 백탁 난 그림처럼 흐려진다.

엄마 물음의 답을 나도 모르겠다. 되돌아보기 좋아하는 덧칠쟁이, 퇴고쟁이 나도 내가 누구인지, 내가 어디서 온 건지….

랩소디와 금테 안경과
이브 클랭과…

　프랑스가 일선 학교에서 학생과 관련한 모든 서류에 '아버지' '어머니' 대신 '부모 1' '부모 2'로 표기하도록 법을 만들었다는 기사를 읽는다. 동성同性 부모에 대한 차별(프랑스는 2013년 동성 결혼을 합법화했다고 한다)을 금지하자는 취지의 법인데 부모의 성 역할을 통째로 부정하는 지나친 조치라며 법을 비판하는 여론도 많다는 것이다.

　획획 지나가는 시간만큼이나 세상도 빠르게 변하는 것 같다. 우리나라에서도 머지않은 미래에 그 비슷한 논의가 이루어지는 건 아닐까 상상해 본다. 그런 시대가 오면 나는 부모 2로 기재되는 건 아닌지….

마음이 편치 않다. 경제적 부양 외의 부모 역할 대부분을 한 내가 부모 2로 기재되는 것이 억울해서는 아니다. 동성애 때문이다. 엄밀히 말하면, 동성애에 대한 내 생각을 세울 수 없어서다.

몇 달 전 친구가 동성애의 실상을 알라며 보내 준 동영상을 지금껏 열어 보지 않은 것을 보면 내가 동성애를 근절시켜야 할 사회악으로 보고 있는 것 같지는 않다. 그렇다고 동성 결혼 합법화나 양성이 아닌, 성 평등법 개정에 찬성하는 쪽도 아니다.

내 생각을 모르겠다. 얼마 전, 영화 〈보헤미안 랩소디〉를 볼 때도, 이탈리아 작가 조르조 바사니의 소설 『금테 안경』을 읽을 때도 마음이 좋지 않았다. 어쩌면 동성애를 생각할 때 내 마음이 불편해지는 것은 누군가를 정죄하는 상황이 싫은 것인지도 모른다. 내가, 나를 모르는 사람들로부터 함부로 판단당하기 싫듯이.

성경을 읽으며 의아해하던 어릴 적 기억이 떠오른다. 창세기의 앞부분, 아브라함이 우연히 장막 문에 앉아 있다 하나님과 두 천사를 대접하는 이야기에 이어지는 소돔의 멸망 부분이었다. 그러니까 노소를 막론한 소돔 백성들이 롯의 집으로 몰려와 집에 들인 사람들을 내어놓으라고, 그들과 '상관'하고 싶다고, 소동을 부리는 부분.

어린 내게 '상관'은 문제가 되지 않았다. '상관'이라는 말의 뜻을 정확히 알지 못하기도 했지만 너무도 괴이한 롯의 말과 행동에 관심을 빼앗긴 때문이었다. 무뢰한들에게 당당히 맞서야 할 상황에서 기껏 한다는 말이 내 집에 들어온 손님들에게는 그 악한 일 그러니까 '상관'의 일을 저지르지 말고 대신 남자를 가까이하지 않은 두 딸을 내어줄 테니 너희들 좋을 대로 하라니….

그러니까 그때 내가 분개했던 것은 자식을 자신 소유의 물건인 양 깡패 패거리에게 내어주겠다고 하는 롯의 말과 태도였다. 자식의 인격이나 인생은 아랑곳하지 않고 자식이 당할 목전의 고통에조차 무심해 보이는…. 정 나그네를 대신해 누군가를 내어주어야만 했다면 그 누군가는 롯 자신이어야 했다는 게, 그게 안 되면 아내들이어야 했다는 게, 그도 안 되면 아들들이어야 했다는 게, 내 생각이었다. 신께도 억하심정이 들었다. 먹이 던지듯 딸들을 짐승들에게 내주려한 롯의 자녀학대에 대해 별다른 언급이 없어서였다. 내 생각에는 그것이 성인 나그네를 위험에 빠뜨리게 하는 것보다 훨씬 심각한 죄 같아서였다.

그러고 보면 내가 동성애를 힘들어 하는 이유는 어려서부터 지녀 온, 허약하나마 놓치지 않고 붙들고 있는, 신앙심 때문인지도 모른다. 내가 속한 신앙 공동체의 지침에 우물쭈물 따르지 못하는 내 자신을 견디지 못하는 것인지도….

조심스러워 써놓고 발표하지 않은 오래된 글을 불러낸다. 둘째 희재가 기숙사 생활을 하던 시절, 녀석이 무척이나 친하게 지내던 같은 방 친구가 성 정체성에 혼란을 겪고 있다는 말을 전해 듣고 이브 클랭Yves Klein의 퍼포먼스 〈허공으로 도약하기〉를 끌어들여 쓴 글이다. 아들이 동성애자임을 학교 측으로부터 전해들은 친구의 엄마가 그 자리에서 기절했다는 말을 듣고 마음이 안 좋아져 쓴….

정말 모르겠다. 사람 마음이 어디 자기 이성理性을 따라 주던가. 사람이 사람 때문에 앓게 되는 병, 그 병의 지독함을 누가 당하랴. 이성 간의 사랑이 여러 모습을 가지고 있듯 동성 간 사랑도 여러 모습을 가지고 있지 싶다. 이성 간 사랑이 아름답기도 추하기도 하니 동성 간 사랑 또한 아름다울 수도 추할 수도 있지 싶은 것이다. 누군가에게는 그것이 생애 첫사랑일 수도, 또 다른 누군가에게는 불쑥 찾아온 잠시 잠깐의 가슴앓이일 수도, 있지 싶은 것이다. 끊고 싶어도 끊어지지 않는, 애써 돌아서도 다시 달려가지는, 죽음만이 그것을 그치게 하는, 그런 사랑일 수도….

아들 친구의 성적 취향에 대한 자각이 잘못된 것이기를 빌어 본다. 어떤 사랑도 존중받는 세상이었으면 좋겠다는 생각도 해본다. 허공을 향해 날아오른 클랭이 유도 낙법으로 안전하게 보호 매트 위에 착지했듯 사랑은 온전히, 웃는 얼굴로 땅에 닿아야 하는 것이기 때문이다. 유도 낙법, 그것이 스스로 자기 사랑을 지키려는 노력이라면 보호 매트, 그것은 사람의 사람에 대한 이해이지 않을까.

기가 막히지 않은가. 8년 전의 생각에서 한 발자국도 나아가지 못하고 있는 나라니, 오히려 우물쭈물 더욱 비겁해진 나라니…. 사람이 로봇이나 인형과도, 인공지능 운영 체계와도, 사랑에 빠지는 세상에 살면서 말이다. 그러나 기가 막힌다고 함부로 의견을 강요할 수는 없지 싶다. 그것이 설사 내 자신이라 해도 말이다.

불현듯 딴생각이 머리를 스친다. 동성애나 동성 부부의 문제와는 별도로 아버지 어머니를 '부모 1' '부모 2'로 아니 숫제, '보호자 1' '보호자 2'로 표기하자는 거다. 한부모 가정이나 조부모 가정 혹은 보호 시설 학생들의 마음을 보호하자는 차원에서다. 아니 아예, 남녀 표기 자체를 없애자는 편이 좋겠다. 지금도 여전한 남녀 차별과 성 역할 구분을 없애기 위해서다.

하기는 구분과 구별이 문제이겠는가, 너와 내가 다르지 않다는 근본 의식이 중요하지.

이런! 내가 또 제자리로 돌아가고 있다.

모습을 쓰고
마음을 찍고

어젯밤, 꿈에서 신발 한 짝을 잃어버렸다. 검색해 보니 소중한 것을 잃어버리는 좋지 않은 꿈이다. 후배들과의 약속으로 아침 일찍 집을 나간 남편과 서울에 두고 온 아들들을 염려하며 오늘은 집에서 꼼짝 않고 책이나 읽어야지 맘먹는다.

그런데 문제가 생긴다. 책에 도통 집중할 수가 없다. 문장을 읽고 또 읽어도 내 안에 저며지지가 않는 것이다. 책상에 앉아 이것저것 만지다 괜스레 일기를 집어 든다.

소래습지 갯가가 칠면초로 온통 붉다. 말 그대로 붉은 양탄자다. 소금밭이었다는 넓은 들판은 온통 갈대꽃이다. 푸른 하늘에 비친 갈대의 은빛 털들이 솜사탕처럼 투명하다. 그 앞은 갈대보다 키가 작으면서 질감과 색이 거칠고 진한 밤색의 뻘기꽃 무리. 사데풀, 개망초, 가는금불초는 꽃 진 자리마다 하얀 솜꽃을 달고 있고, 금강아지풀은 털북숭이 애벌레같이 탐스러운 털을 뻗쳐대고 있다. 토끼풀 푸른 잎사귀에는 여전히 여름이 어른거리고 작살나무, 해당화의 보랏빛, 산홋빛 구슬에는 햇살이 아롱댄다. 그리고 단풍풀…. 소래습지의 가을이 붉고 노란 풀잎으로 봄처럼 화사하다. 홍시처럼, 병아리처럼, 바라보는 곳마다 정겨운 빛깔이다.

참 이상하다. 분명 내가 쓴 글인데 내가 쓴 글 같지가 않다. 내가 언제 소래습지에 갔었지? 아, 그때일까? 롯데문화센터에서?

스마트폰을 열어 앨범을 뒤져 본다. 밑으로 밑으로 화면을 내려 검회색 습지를 배경으로 자줏빛 두툼한 점퍼를 걸치고 있는 내 모습을 찾아낸다. 어렴풋이 그날의 기억이 떠오른다. 익숙하지 않은 사람들과 여기저기를 둘러보며 어색해하던, 그러면서도 즐거워하던…. 그날 소래시장에도 들렀지 싶다.

폰을 내려놓고 다시 일기장을 집어 든다.

오후엔 남편과 드라이브를 했다. 갈대들이 모자처럼 눈을 소복이 쓰고 있었다. 한 겨울에도 밝고 맑고 연한 갈색으로 꼿

꽃이 서 있는 제주의 갈대. 그 약하고 가는 것의 소박하고 끈질긴 아름다움에 마음이 울렸다.

이건 확실히 생각난다. 제주로 이사하고 얼마지 않아 눈 내리는 산간 도로를 아슬아슬 드라이브하다 차창 너머의 억새에 감탄하며, 그러니까 억새를 갈대로 잘못 알고 쓴 글이다. 그런데 그때 내 마음을 울린 거, 억새 맞나? 혹시 가는 곳마다 아름답고 보는 것마다 어여쁜 제주 생활에 대한 기대감에 내 마음이 이미 벌써, 진동하고 있었던 건 아닐까?

창밖 공터의 억새가 단아한 꽃대를 부채꼴로 펼친 채 제 몸을 할랑할랑 흔들고 있다. 꽃잎 떨어낸 벚나무의 손끝 발끝 모든 끝을 간질이는 그 기묘한 붉은색으로 억새가 내 마음을 들띄우고 있다. 하늘은 청명하고 바람은 쾌활하고…. 아무래도, 가만히 있을 수 없을 것 같다. 꿈 탓하며 집에만 있기에는 날씨가 좋아도 너무 좋다.

4시가 넘어 집을 나선다. 바람도 쐬고 걷기도 할 겸 새별오름을 향해 차를 달린다.

억새로 희어진 아니, 분홍빛으로 은은히 물든 등성이를 눈에 담으며 서둘러 주차할 곳을 찾는다. 능선 위로 삐죽삐죽 드러난 사람들을 미소로 바라보며 차문을 닫는다. 괜스레 급

해진 마음으로 오름 왼편을 향해 걷는다. 급경사진 왼쪽으로
올라가 완경사 오른쪽으로 내려올 생각이다.

오름 아래 삼삼오오 무리를 이루고 있는 사람들 사이를 걷
는다. 억새를 배경 삼아, 억새에 파 묻혀, 억새를 양손에 잡고
피사체가 되어 있는 사람들과 그런 연인을, 동창을, 친구를,
아내를, 남편을, 아이들을 카메라에 담고 있는 사람들 곁을
말없이 지난다.

등성에 올라 숨도 고를 겸 사방을 휘둘러본다. 서쪽 저 멀
리 바다가 보인다. 해는 아직 하늘에 있건만 이미 붉어진 바
다다. 그런데 가만, 저게 비양도일까? 오름에 가려 그 너머 바
다와 해와 섬은 공중에 떠 있는 것만 같다.

한참을 바라보다 몸을 돌린다. 억새의 좌우 호위를 받으며
평평한 능선을 걷기 시작한다. 저 멀리 능선 아래로는 빙 둘
러 오름들이 이어 있고 더 멀리 정면에는 한라산이 솟아 있
다. 푸른 아니, 파랑과 잿빛으로 물든 아스라한 한라산이다.

찰칵 찰칵 찰칵….

여기서 저기서 들려오는 셔터 소리에 내 카메라도 꾸준히
소리를 보탠다. 새별오름이라 새긴 표시석도 지나치지 않고
카메라로 불러들인다. 오늘의 새별은 연둣빛으로 풋풋한, 여
기저기 고사리 순 올라오는, 봄의 새별과 사뭇 다르다. 흥분
과 열광으로 들썩이는 들불축제 때의 새별과는 더더욱 다르
다. 이 가을의 새별은 분홍빛 억새와 정겨운 셔터 소리로 말

해져야 하리라.

이제 내려가는 길. 한쪽을 목책으로 두른 경사진 비탈길을 내려다본다. 언덕을 올라오는 사람들의 모습이 몹시 아름답다. 양편에 흐드러진 희고 붉은 갈대와 길을 따라 완만한 곡선을 이루고 있는 울타리와 청회색의 살짝 축축한 공기와 저 멀리 옅은 구름에 머리끝이 감겨 있는 한라산과 조금은 가라앉은 내 마음이 어우러져 조화를 부리는 것이리라.

그건 그렇고 신발 잃어버린 꿈은 어떻게 되는 건지 모르겠다, 카톡방에서는 식구들 모두 별 탈 없다고 하는데…. 늘 그랬듯 어제 꿈도 엉터리 개꿈이겠지? 이런, 설마!

집에 돌아가면 일기를 쓰리라 마음먹는다. 미리 붉어진 바다와 공중에 뜬 섬과 가파르고 완만했던 능선과 하얗고 붉은 억새밭과 멀리 보이던 한라산과 이어지고 이어지던 오름 풍경에 대해 그리고 사람들의 웃음과 들뜬 목소리 사이를 마음 조용히 걷던 내 자신에 대해 자세히 써 놓으리라, 다짐한다. 동물의 털처럼 도톰하면서도 매끄러운 이삭을 가진, 이삭 사이 붉은 줄로 얼핏 분홍색으로 보이던 억새꽃에 대해서도 잊지 말아야겠다고. 일기는 마음을 찍는 사진이므로, 미래의 어느 날 내 자신에게 불려 나올….

부디, 꿈속 잃어버린 신발이 나도 모르게 빠져나간 소중한 기억의 뭉텅이가 아니기를 바라며 차문을 연다.

동물의
마음

거실 마루에 누워 이리 뒹굴 저리 뒹굴 중이다. 머릿속으로 어젯밤에 본 뉴스의 장면들이 반복해서 떠오른다. 신기한 이야기였다, 원숭이들이 우물에 빠진 표범을 그러니까 자신들의 포식자를 구했다니….

누운 채 스마트폰을 끌어와 '우물에 빠진 표범'을 검색한다. 그리고 곧 인도 라자스탄 주 시카르의 한 숲속에서 8미터 깊이의 우물에 빠진 표범을 발견한 원숭이들이 주위를 뛰어다니며 소리를 질러대 사람들로 하여금 표범을 구하게 했다는 기사를 찾아낸다. 어제의 감동이, 감동을 닮은 의문이, 가슴속으로 밀려온다.

원숭이 무리와 표범 사이에 특별한 일이 있었던 걸까?『어린왕자』의 여우처럼 원숭이들에게 표범은 이 세상에 단 한 마리밖에 없는 그 무엇이었던 걸까? 이런 걸 보면 동물들에게도 마음이 있는 것 같은데….

머릿속 장면이 급하게 바뀐다. 뉴스 화면이 그제, 동네사람들과의 번개모임으로 대체된 것이다. 애초의 계획이었던 간단한 우무 요리에, 집 주인 S의 삼겹살과 J의 찰밥과 E의 과일과 내 김밥이 더해진 그래서 단박에 먹자 파티가 되어 버린.

모두들 포만감을 달래며 정자에 걸터앉아 있을 때였다. 말없이 스노클링으로 시끄러운 바다를 바라볼 때이기도 했다. 생각났다는 듯 S가 자기를 따라오라며 성큼성큼 정자를 걸어 나갔다. 보여 줄 게 있다는 것이었다.

의아했지만 우리도 S를 따라 마당의 깨밭을 지나 현관으로 갔다.

"저기, 새 보여?"

새? 깜짝 놀란 눈동자들이 S의 손끝 그러니까 현관 포치에 심긴 야생 포도나무의 잎으로 향했다. 과연, 새 한 마리가 자잘한 열매가 소담소담 달린 포도나무 가지 사이, 조그맣고 엉성한 둥지에 얹히듯 앉아 있었다.

"녀석, 알 품고 있는데 엄청 기특하다니까. 오늘처럼 해가

쨍쨍 내리쬐는 날에도 비가 폭포처럼 쏟아지는 날에도 저렇게 앉아 옴짝달싹 안 한다니까."

정말? 나는 포치에 놓아둔 의자 위로 성큼 올라갔다. 또 떨어지겠다며, 다리 부러뜨린 기억을 되살리고 있는 남편에게는 손가락을 입에 댄 채 엄한 눈빛을 보내면서였다.

역시나 녀석은 우리의 소란에 아랑곳이 없었다. S의 말대로 움직이기는커녕 앞만 쳐다보며 조형물인 양 눈 한번 깜박이지 않고 있었다.

"알이 두 갠데 부부 두 마리가 교대해 가며 저렇게 애를 쓴다니까."

"새 이름이 뭐야?"

"비둘기일 걸…."

"비둘기는 아닌 것 같은데. 아무리 봐도 늘 봐오던 비둘기랑 달라."

S와 나의 대화에 안 되겠다 싶었던지 E가 끼어들었다.

"비둘기 맞아. 멧비둘기. 왜 구 구 국 국, 구 구 국 국, 하고 우는 놈."

"아무리 생각해도 동물들 모성애가 사람보다 나은 것 같아."

J는 고개까지 젓고 있었다. 지난번 예초기로 풀을 베어내다 깜짝 놀랐다는 것이었다. 예초기에 뭔가 느낌이 다른 것이 닿았다 생각한 순간, 꿩이 화들짝 날아갔다며.

"뭐가 있나 싶어 풀을 헤쳐 보니 알이 열 개 정도 있더라고. 알을 품고 있었던 거야. 예초기가 다가오는 소리를 들었을 텐데 녀석, 꼼짝도 안 한 거지. 지독한 녀석이 예초기가 몸에 닿고서야 도망간 거야."

확실히 동물들에게도 마음이 있는 거야… 생각이 다시 동물의 마음으로 돌아온다. 하지만 곰곰 생각해 보면 알을 지키려는 멧비둘기나 꿩의 모성애는 본능이지 마음이 아닐 듯싶기도 하다. 갑자기 해피가 생각난다. 함께 사는 15년 동안 개보다는 사람이었던 적이 많은, 여러 일을 함께 겪으며 서로 위안을 주고받던, 생명이 사라지는 과정을 품 안에서 오롯이 느끼게 해 준….

생각을 끊어내듯 마루에서 일어난다. 1층 부엌으로 내려가 냉장고를 열어 막대 소시지를 세 개 꺼내 든다. 전 어촌계장님 댁 꼬맹이에게 가려는 것이다. 꼬맹이는 두 살 된 마당개다. 우리가 이사 오기 전 큰 교통사고를 당해 장기 입원하게 된 주인 대신 근처 이웃의 보살핌을 받는 신세 어정쩡한 강아지.

멀찍이 나를 발견한 녀석이 누운 채 느릿느릿 꼬리를 흔든다. 다가가자 귀찮다는 듯, 반갑다는 듯, 역시나 느린 동작으로 몸을 일으켜 나를 흘끔대며 자기 집을 한 바퀴 돈다.

"꼬맹아, 이리 와. 이거 먹어."

소시지를 반씩 잘라 녀석 집 창문에 걸쳐 놓고 녀석을 부른다. 손으로 주면 꼭 땅에 떨어뜨려 소시지에 흙을 묻히기 때문이다. 흙을 묻히곤 다시 그 흙을 털어내느라 머리를 좌우로 거세게 흔들어 가며 애를 쓰기 때문이다. 하지만 녀석은 내 말은 못 들은 척 멀뚱멀뚱 길 너머 교회 쪽만 바라본다.

"이리 오라니까. 여기 맛있는 거 있다니까."

그래도 녀석은 여전히 모르쇠다. 녀석을 돌봐주는 이웃이 한 말이 머리를 스친다, 가만히 나둬만 줘도 좋겠는데 녀석을 해코지하는 사람이 많다는 것이었다. 안되겠다 싶어 소시지 조각을 하나 들고 녀석 앞에 내민다. 소시지를 입에 무는가 싶더니 녀석이 아니나 다를까 소시지를 땅에 떨어뜨린다. 그리고는 물끄러미 나와 내 손을 번갈아 쳐다본다.

녀석의 코가 눈에 들어온다. 알레르기를 앓아 분홍색이 되어 버린 코다.

녀석을 향해 손을 내민다. 슬쩍 겁이 난다. 도로 걷어 들일까 망설이는 순간, 녀석이 내 손 끝에 자기의 코를 갖다 댄다. 살짝 촉촉하고 살짝 부드러운 코의 감촉….

"이제 먹어, 소시지."

녀석은 여전히 나만, 내 손만, 보고 있다. 녀석에게 다시 손을 내민다. 녀석이 다시 자기 코를 내 손에 갖다 댄다. 동시에 도둑질이라도 하듯 내 손을 슬쩍 핥는다. 불쑥 녀석이 고픈 것은 배가 아니라 마음인가 싶은 생각이 머리를 스친다.

저녁상을 물리고 쓰레기 버리러 나간 김에 꼬맹이에게 가 본다. 느리게 일어나 역시나 느린 동작으로 꼬리를 치며 나를 바라보는 녀석…. 창문에 걸쳐 놓은 소시지는 사라지고 없다.

녀석에게 손을 내민다. 녀석이 내 손에 코를 갖다 댄다. 아니, 내 손을 슬쩍 핥는다.

녀석의 마음을 짐작해 본다. 그래도 녀석을 안아 줄 용기는 나지 않는다. 목욕을 못하는 개라 병균이 옮을지 모른다는 남편의 엄포 때문만은 아니다.

7부

—

낮 검은
오뚝이

제주 2

봄날,
오후

산방산이 산방산인 이유는 산에 방이 있어서다. 자연이 화산 분출을 통해 만든 석굴, 전설 속 여신 '산방덕山房德'이 그녀의 아름다움을 탐한 지방 주관의 못된 계략을 피해 숨어들었다는 암굴을 산이 품고 있어서다.

노랗게 흐드러진 유채꽃밭을 지나 산방산을 향한다. 꽃밭 속의 사람들이 어울려 핀 색색의 꽃 같다. 굽이진 계단을 오르고 올라 산방 앞으로 다가간다. 밑에서는 조그맣게 보이던 산방이 생각보다 높고 넓다. 산방굴사라고 해 작은 기도처인 줄 알았는데 그렇지 않은가 보다.

산방 중앙에 안치된 턱이 긴 부처님께 눈인사를 드린다.

부처님의 까맣게 때가 탄 손에 시선이 오래 머문다. 누군가의 간절한 염원과 열망이 내 종교와 관계없이 안쓰럽다. 굴 내부 천장의 암벽으로 눈길을 옮긴다. '산방덕'이 남편을 그리며 흘리는 눈물이라는 이슬이 맺혀 있나 살펴보지만 설핏 보이지 않는다.

괜스레 얼쩡거리다 계단을 내려간다. 아름답다는 것이 때로는 슬프고 힘들다는 생각을 한다. 여성이라는 것이 조금은 억울하고 분하다는 생각도 한다. 자연 석굴 산방이 자연스럽지 않은 모습으로 꾸며진 것이 아깝고 아쉽다는 생각도 한다.

그런데! 와아, 저기 바위는 마치 바다를 향해 머리를 뻗쳐대는 용 같지 않은가!

제주살이 1년 3개월 만에 용머리 해안이 왜 용머리 해안인지 깨닫는다.

수학여행을 온 걸까? 용머리 해안 매표소 앞에서 수많은 학생들과 마주친다. 전부 남학생이다. 학생 무리에 섞인 채 해안으로 걸어 들어간다.

지난여름 이곳에 왔을 때는 순로의 반대 방향으로 해안을 돌았었다. 동굴의 입구처럼 생긴 바위 사이에 서서 수직의 낭떠러지처럼 보이는 깊은 골을 내려다보며 내 얼마나 감탄했던가. 수직면을 내려가면, 삼면은 밝은 갈색의 바위로 둘러싸이고 나머지 한 면은 푸른 바다를 향해 뚫려 있는 비교적 넓은 방 같은 곳에 닿게 되는데 나는 그곳 바위에 앉아 검은 띠가 세로로 길게 흐르는, 균질하게 작은 돌과 모래가 박혀 있는, 바위벽을 감동에 젖어 바라봤었다. 앉아 있던 바위 밑으로 옆으로 쉴 새 없이 밀려들고 밀려 나가며 다리와 발과 엉덩이에까지 물을 튀기던 파도의 잔잔한 철썩임은 또 얼마나 청량한 음악이던지….

하지만 오늘은 느낌이 전혀 다른 용머리 해안이다. 그때의 것이 풋풋하고 고즈넉한 마음 산책이었다면 오늘의 것은 얼떨떨하고 싱숭생숭한 암반 트래킹이다. 진행을 거꾸로 해서인지도 모른다. 아니, 함께 걷고 있는 동반자가 달라서인지도 모르겠다. 호기심에 넘쳐 멈춰 섰다 갑자기 내달리기도 하는 남학생들의 불규칙한 걷기가 내 걸음까지 젊게 만드는 것이다. 나로 하여금 풍광을 감상하기보다는 엉뚱한 것들에 이끌려 얄궂은 짓을 하게 하는 것이다. 다닥다닥 붙어 있는 따개비들을 하나하나 만져보기도 하고 웅덩이 속 조그만 새끼 성게들에게 손을 뻗어 보기도 하고 어린 미역과 톳을 따 입에 넣어 보기도 하고….

학생들이 둥그렇게 모여 있다. 다가가 들여다본다. 가운데 해녀 한 분이 앉아 있다. 해녀가 해삼의 배를 가른다. 내장이 물과 함께 툭 터져 나온다. 갑자기 오른편 학생들 사이에 조그만 소요가 일어난다. 한 학생이 플라스틱 통을 손으로 톡톡 치고 있다.

"이거 만져 봐도 돼요?"

학생의 물음에 내 눈이 '이거'를 쫓는다. 플라스틱 통 위로 문어 머리가 솟아 있다. 학생이 문어 머리를 건드린다. 문어의 머리가, 몸이, 반점으로 울긋불긋해진다.

얼마 전에 읽은 글이 머리를 스친다. 미국 콜로라도 주의 한 동물원 수족관에서 찍은 동영상과 관련된 글이었다. 규칙적인 호흡을 하며 편히 잠자고 있던 문어의 피부색이 일순, 놀랍게도, 흰색에서 검은 색으로 다시 흰색으로 계속 바뀌더라는…. 문어는 평소 천적의 눈을 피하기 위해 주변 환경에 맞춰 피부색을 바꾸는 습성을 가지고 있으므로 동영상 속 문어는 필시 물개 같은 천적에 맞닥뜨리는 꿈을 꾸고 있을 것이라는 것이 글의 주제였다.

모여 선 학생들 틈에서 가만히 빠져나온다. 해안의 바위길, 신기할 정도로 맑고 푸른 구덩이 물을 조심조심 건너뛰며, 끊임없이 몸 비벼대는 검정 바위와 하얀 파도를 지나쳐간다. 언젠가 본 문어의 영상이 슬며시 떠오른다. 수컷 문어가 암컷 문어에게 느린 동작으로 다가가 팔을 뻗자 그 손을 암컷 문어가 살포시 잡는 너무도 조용하고 신사적인 짝짓기 장면이었다.

수컷 문어는 떠나가고 암컷 문어 홀로 남아 알을 낳아 기르는 영상이 이어졌다. 이끼 등이 끼지 못하게 수관으로 물을 뿜어대고 촉수로 어루만져 알 하나하나를 보호하는, 새끼들을 넓은 바다로 떠나보내기 위해 마지막 힘을 짜내 수관을 부는, 자신을 위해서는 먹을 틈도 못 내고 시들어 가다 끝내 스러져 죽는, 암컷 문어의 모습이었다.

　문어의 짝짓기에 대해 좀 더 알게 된 것은 나중이었다. 마음에 드는 암컷을 만난 수컷이 교미 전용의 특별한 촉수로 자신의 정자 주머니를 떼어내 암컷에게 건네면, 암컷이 그 수컷이 마음에 들 경우 정자 주머니를 받아서 보관하다 알을 낳기 전에 수정시킨다는 등등의⋯. 때에 따라 교미 후 한 쪽이 잡아먹히는 불행한 일이 발생하기도 하는, 보기보다 위험 천만한 짝짓기라든가 그렇지 않더라도 교미를 기점으로 생이 삶이 아닌 죽음 쪽으로 전환되는, 생각보다 비감 천만한 짝짓기라는 등등의⋯. 수컷의 경우 교미 이후 자연사하는 것이 보통이기 때문이었다. 짝짓기 이후 알 부화에 온 힘을 다하다 죽는 암컷의 삶도 그 비슷하고.

　플라스틱 통 속의 문어를 보며 보들레르의 시 「앨버트로스」를 떠올리는 것은 지나친 감상感傷일 게다, 문어의 꿈과 관련된 글을 읽고 녀석이 천적 만나는 꿈꾸지 않기를 슬며시 빌던 것만큼이나 일시적인. 녀석들의 신사적인 짝짓기 영상을 보며 인간 세상의 데이트 폭력을 떠올리고 녀석들의 헌신적인 알 지킴 영상을 보며 인간 세상의 아동 학대를 떠올렸던 것만큼이나 과한. 생각보다 생각이 많은 녀석들임을 알고도 문어 숙회나 문어 스시를 포기할 수 없었던 나이지 않은 가. 그렇다면 산방산 암굴에서 '산방덕'의 눈물과 함께 '페미니즘'을 떠올린 것은 어떨까? 그것도 넘치는 감상感傷인 걸까?

뒤를 돌아 산방산을 바라본다. 종 모양 산 앞, 노랗디노란 유채밭에는 여전히 사람 꽃이 알록달록 피어 있다. 농사짓는 것보다 천 원씩 받고 관광객에게 밭을 내주는 편이 수입 면에서 훨씬 좋다는 얘기를 들었는데….

봄기운이 감상感傷과 뒤엉키는, 미세 먼지마저 옅은 안개인 양 느껴지는, 아름다우면서 곤혹스런 봄날의 오후다.

낮 검은
오뚝이

   윤재림의「가정식 백반」을 읽다 울컥한다. "유리문을 밀고 들어서는,/낮 검은 사내들"이라는 시구에 아버지를 떠올린 것이다. 아버지의 얼굴도 늘 검게 타 있었디, 목 아래부터는 여느 피부 못지않게 하얬지만… 반 이상 벗겨진 아버지의 머리에서 김이 나는 것은 본 적 없지만 식당에 가면 아버지도 뻐근한 다리와 봉긋 부어오른 발을 상 밑으로 뻗으며 밥 좀 많이 달라 부탁했으리라.

   그런데 의아하다. 나는 왜 젊었을 때의 아버지만 떠올리는 걸까. 아버지가 치매를 오래 앓으신 때문일까. 결혼한 후로는 아버지를 가끔씩만 뵈어서일까. 지금도 송글송글 떠오르는 아버지의 모습은 연필을 깎아 주고 신발을 털어 주던 아주 먼 옛날의 아버지다.

하기는 아버지는 늘 같은 모습이긴 했다. 순한 양같이 누구에게나 온순한 모습. 치매에 걸렸을 때조차 일반적인 다른 환자처럼 무작정 밖으로 나가려고도 하지 않고 아무거나 아무 때나 음식을 탐하지도 않았다. 오히려 양순한 어린애처럼 돌봐주는 사람을 무턱대고 믿고 시키는 말을 무조건 따랐다. 평소 지니고 있던 정리 벽을 발휘해 주변의 물건들을 일렬로 줄 세우려 하고 불 켜진 전등과 열려 있는 창과 문을 보는 대로 끄고 닫아 엄마 속을 썩이긴 했지만… 아, 또 하나! 배에 난 커다란 수술자국을 보이고 싶어 하지 않아 목욕할 때마다 돌보미들을 힘들게도 했구나!

시집을 내려놓고 노트북을 끌어온다. 울컥해진 마음을 어딘가 쏟아 놓고 싶어서다.

아버지, 오랜만에 아버지를 소리 내어 불러 봅니다, 아버지….

실은 Y 교수님의 미수 문집을 살펴보고 있었어요. 제 글이 어떻게 실렸는지 궁금해서였지요. 백지에 88이라 써놓고 이리저리 생각을 펼치다 쓴 글이었습니다. 아버지도 살아 계셨으면 미수시겠구나 하면서요. 그러나 저는 곧 마음이 어두워졌답니다. 교수님께 올린 오뚝이라는 단어 때문이었어요. 아버지야말로 오뚝이 중 오뚝이였다는 생각이 든 것이지요. 그런데 이상하지요? 갑자기 책상 위 흩어진 물건들이 어지럽게 생각되는 거예요. 괜스레 이것저것 집어 들어 제 자리로 돌려놓았지요. 아버지의 딸답게 말이에요. 윤재림의 시집이 손에 잡힌 건 그때였어요. 아무렇게나 펼친 쪽에서 '낯 검은 사내'를 만난 거예요.

아버지…, 아버지는 진정한 오뚝이셨어요. 1년 365일 쉬는 날이 없으셨잖아요. 바깥일뿐이 아니었어요. 집에서도 늘 손을 놀려 어지러운 것들을 정리하고 집 안팎을 깨끗이 닦곤 하셨지요. 엄마를 아끼던 아버지가 꼼꼼하지 못한 엄마를 대신해 청소를 하시곤 하셨으니까요. 한글이나 구구단 외우기 등 어린 저를 가르친 것도 아버지셨어요. 때로는 목욕도 시켜 주셨지요. 생각해 보니 젖니는 엄마가 빼줬네요. 겁 많은 아버지를 딱하게 여기면서 말이지요.

저희 집 형편이 어려워진 것은 제가 초등학교를 입학할 무렵이었어요. 식원늘 마지막 월급을 챙기느라 많은 빚을 졌다고 들었어요. 산비탈의 단칸방으로 집을 옮기고 아버지가 급하게 시작한 일은 포장마차였습니다. 온 몸을 아래위 백색으로 깔 맞춤할 정도로 멋쟁이였던 아버지가 말이에요. 스스로 공주인 엄마도 그때만큼은 자타가 공인하는 고생을 하셨지요.

생수 회사에 잠깐 취직도 했지만 결국 아버지가 정착한 일은 외판이었어요. 국기와 그와 관련된 의례 용품을 판매하는 일이었지요. 먹고 입는 데 소용되는 물건도 아니고 태극기 등등을…. 아버지의 그 일은 얼마나 힘든 일이었을까요. 오뚝이처럼 매일 매번 매 사람에게서 일어나야 하는, 오뚝이처럼 늘 같은 얼굴로 웃어야 하는, 일 아니었을까요.

아버지의 첫 치매 증상이 와이셔츠로 나타났다는 것이 저는 지금도 가슴 아파요. 아버지가 당신의 일에, 가족의 무게에, 얼마나 눌려 있었으면 하는 생각 때문이지요. 언제부터인지 퇴근해 돌아오는 아버지의 손엔 어김없이 새 와이셔츠가 들려 있었잖아요. 외판하는 사람의 일복으로 아버지가 신경 써 갖춰 입던 깃과 소매가 빳빳한 와이셔츠가 말이지요. 그러나 어이없는 일은, 그렇게나 여실한 이상 증상이 아버지의 치매를 알아채는 데는 별 도움이 되지 않았다는 거예요. 엄마가 뜬금없이 질투를 한 때문이지요. 와이셔츠를 파는 어여쁜 여인에게 아버지가 반해도 홀딱 반한 것으로 오해했다나요. 하긴 저도 할 말은 없네요. 어쩌다 친정에 가서도 자존심 상해 모르는 척하고 있다는 엄마에게 그럴 리가 있겠냐며 웃기만 했으니까요.

아버지, 혹시 이 말 생각나세요?

"언제든 돌아오고 싶으면 돌아와. 여기는 네 집이고 아빠는 언제까지나 네 편이야."

결혼하고 얼마지 않아 시집 생활 적응을 힘들어 하는 저에게 아버지가 근심어린 표정으로 조금은 단호하게 하셨던 말이지요. 아버지는 알고 계셨는지 모르겠어요, 아버지의 그 말이 제게 얼마나 힘이 되었는지를요. 언제든 돌아갈 곳이 있다는 것이, 저를 두 팔 벌려 받아 줄 사람이 있다는 것이, 제게 얼마나 큰 위안이 되었는지를요. 지금도 힘들 때면 아버지의 그 말을 돌이켜 듣는다는 것도요.

아버지, 아버지가 그리워요. 일평생 다리가 뻐근해지도록 일만 하신 아버지, 검은 얼굴을 순한 미소로 하얗게 밝히시던 오뚝이 아버지가요. 아버지….

이름을
이렇게 짓는 건
어떨까

이번에도 외래어로 지어? 찰리, 마일로, 벨라, 릴리, 코코 같이…?

아닌 것 같다. 고개가 절로 저어진다. 재스민은 부지불식 입에서 나오는 바람에 그렇게 되었지만 부르기 쉽고 예쁘다는 이유만으로 이름을 고를 수는 없다. 게다가 이번에는 무려 다섯 개나 지어야 하지 않는가. 의미도 모르는 외래어 이름은 나마저도 헷갈릴 것이다.

그럼 직관적 느낌으로 가볼까? 까망이, 노랑이, 얼룩이같이 털 색깔로…?

털색으로 하면 부르기도 싫고 헷갈릴 걱정도 사라지지만

다른 문제가 생긴다. 털빛 까만 녀석이 둘, 얼룩이가 하나, 노란 녀석이 둘이기 때문이다. 하기는 또 노랑이와 또 까망이는 털색 이미지의 대표 격인 나비와 네로로 하면 될 것은 같다. 하지만 그래도 아닌 것 같다. 피부색 차별이나 인종 차별로까지 생각을 뻗히는 건 오버도 너무 오버겠지만 겉보기로 이름을 짓는 건 또다시 성의가 없다. 그럼 어떻게 한다?

집 앞 풀섶, 정확히는 전 어촌계장 댁의 쓰지 않는 창고에 사는 들 고양이들의 이름을 궁리 중이다. 지금까지는 녀석들 어미의 이름을 빌려 그 모두를 재스민이라 불렀지만 이제 각각에게 이름을 줘야 할 것 같아서다. 이즈음 재스민이 보이지 않는다. 새끼들을 독립시킨 것인지도 모른다. 아닌 게 아니라 녀석들이 제법 컸다. 한 이름으로 묶기 미안할 정도로 외모와 성격이 제각각인 어엿한 고양이들로 자랐다.

덩치가 제일 큰 첫째 까망이는, 새까만 털이 약간의 새하얀 털과 어우러진 멋진 외피를 가진 고양이다. 네 다리가 특히 예술적인데, 하얗게 내려가다 발에서만 까매지는 세 다리와 까만 바탕에 하얀 얼룩이 점점 박힌 한 다리는 재미있기까지 하다. 녀석을 믿음직하고 용맹스럽게 만드는 건 사자처럼 곧게 뻗은 두툼한 콧등인데 실제로 녀석은 어미로부터 맏형님의 역할을 부여받았는지도 모른다. 현관문 앞에서의 집요한 기다림, 그러니까 저녁때가 되었고 형제들 모두 밥 먹을 채비를 갖췄음을 알리는 눈빛 보내기를 사라진 어미를 대신해 하고 있기 때문이다. 기특한 것은 형제들이 온통 밥 먹는 일에 열중하고 있을 때조차 어미가 했듯 멀찍이 떨어져 앉아 침입자를 감시하는 눈빛을 사방에 보내곤 한다는 것.

두 번째 덩치의 노랑이는 성격 순해 보이는 둥근 얼굴과 순진한 눈매를 가진 조용한 고양이다. 녀석은 안전거리 밖에서 빠르지도 느리지도 않게 움직이며 잔소리꾼 남편이 금지한 행동은 절대 하지 않는 영리한 고양이이기도 하다. 나는 녀석이 조금은 아쉽다. 스스로를 위험에 빠뜨리는 실수 같은 거 하지 않고 오래오래 사는 것도 좋지만, 고양이는 사람과 달리 여러 번 태어나고 여러 번 죽는다던데, 까짓 한두 번의 생은 짜릿한 모험에 자신의 운을 시험해 봐도 되지 않나 싶어서다. 아! 그리고 보니 녀석도 일탈하는 순간이 있기는 하다. 형제 중 누구도 시도하지 않은 높이에 도전하는 것이 그것이다. 화산송이를 떨어뜨리며 담장 위를 위태위태 걷던 녀석이고 보면 지금까지의 녀석에 대한 내 평가가 잘못된 것인지도 모른다.

셋째 얼룩이는 어렸을 때 왼쪽 눈을 크게 다친 적이 있다. 반쯤 감겨 있는 녀석의 진물 나는 눈을 보고 실명하는 건 아닐까, 걱정도 많이 했었다. 녀석의 매력 포인트가 바로 그 눈, 우수마저 느껴지는 둥글고 깊은 노란 눈동자가 될 줄 모르고 말이다. 녀석은 형제들과 함께 있으면서도 혼자다. 녀석이 무리에 끼어 있는 때는 먹을 때뿐인 것도 같다. 어릴 적 크게 다친 경험이 형제간 역학 관계에 어떤 작용을 한 건지 타고나기를 걱정 많은 외톨이로 타고난 건지 알 수가 없다. 어쩌면 혼자만 얼룩이여서인지도 모른다. 까망이는 까망이끼리 노랑이는 노랑이끼리 뭉쳐 다니는 모습을 자주 보기 때문이다. 나는 녀석이 안쓰럽다. 신경이 쓰인다. 심지어 언니, 오빠, 동생의 한가운데 있는 나 같다는 생각마저 든다. 쓸데없이 생각만 많은 나 같다는….

넷째 또 노랑이는 먹보다. 녀석은 녀석들의 공동 경계자, 남편이 다가가도 꿋꿋이 먹어댄다. 다른 형제들이 이미 다 흩어졌는데도 말이다. 아니, 꿋꿋이는 아니겠다. 눈동자를 그릇 밖 최대한 위로 치뜨고 있는 것을 보면 녀석도 긴장을 하기는 하는 것 같다.

"저 녀석 보게, 저 녀석 지금 나, 꼬나보는 거 맞지?"

아이처럼 씩씩대는 남편과 그러거나 말거나 먹어대는 녀석 사이에서 나는 녀석이야말로 형제 중 가장 염치 있는 고양이라는 생각을 하곤 한다. 당연하다는 듯 밥 청구는 하면서 경계는 풀지 않는 다른 녀석들과 달리 녀석은 밥그릇을 들고 선 내 발치를 어지럽히기 때문이다. 집고양이처럼 꼬리를 꿋꿋이 세운 채 니묘옹 미묘옹 앓는 소리까지 내기 때문이다. 의아한 것은 녀석의 강퍅해 보이기까지 하는 경사가 급한 얼굴 골격이다. 꼴찌를 겨우 면한 조그만 체구다. 도대체 먹은 게 다 어디로 가는 건지 정말 알 수가 없다.

막내인 또 까망이는 모든 게 작다. 덩치도 제일 작고 눈도 제일 작고 하는 짓도 제일 작다. 큰 것이 있다면 겁과 호기심, 작은 눈을 한 바퀴 휘두르고 있는 흰색 털 테두리다. 내 눈에 녀석은 무조건 귀엽다. 여기 기웃 저기 폴짝 끊임없이 토끼처럼 뛰어다니는 것도 그렇고, 마당의 수로를 기찻길 삼아 칙칙폭폭 기어 다니는 것도 그렇고. 의외의 면도 있다. 이유는 알 수 없지만 녀석은 첫째 까망이가 없을 때 그 역할을 대신한다. 하기는 녀석이 첫째 까망이를 졸졸 따라다니기는 한다. 마치 직속 부하라도 되는 냥, 엉뚱하게 하얀 선글라스를 걸치고 말이다. 참! 녀석이 가끔 내 밥을 거르는데 그 이유를 모르겠다. 비밀리 찾아온 어미를 쫓아가 하룻밤쯤 어리광을 부리다 오는 건지 뭔지….

그건 그렇고 재스민이란 녀석, 참으로 무심하고 냉정하지 않은가. 애지중지 기르던 새끼들을 모르는 척하는 건 독립시키기 위해서라 치고 밥 엄마인 내게만큼은 가끔이라도 얼굴을 비쳐야 하는 거 아닌가 말이다. 떠날 때도 매정하게 말없이 가버리고…. 혹시 새끼들이 완전히 독립하면 그때 짠하고 나타날까? 나타나 언제 그랬냐는 듯 반쯤 감은 눈을 끔벅대며 은근슬쩍 나를 훔쳐볼까?

그러고 보니 녀석은 내게 매번 반전의 상황을 겪게 한다. 만남부터가 그랬다.

집에 고양이가 들락거린다는 것을 안 것은 제주 집으로 이사 오고 얼마 지나지 않아 남편을 통해서였다. 창고에 가니 고양이가 한 마리 있어 깜짝 놀랐다는 것이었다.

"나 참 기가 막혀서. 녀석, 나가라고 해도 전혀 서두르는 기색이 없더라고. 안 되겠어. 이제 해지면 창고 문 닫아걸어야겠어."

"어머! 그 고양이 예뻤어? 아, 나도 그 고양이 보고 싶다…."

"엉뚱한 짓 하지 마. 들 고양이인데 얼마나 더럽겠어."

그 후에도 녀석은 자주 우리 집을 들락거렸다. 텃밭이나 마당에서 종종 똥이 발견된다는 것이 그 증거였다. 작은 생쥐를 죽여 현관 앞에 놓아두기도 했다. 신기한 마음에 이웃들에게 녀석 이야기를 했다. 이웃들은 약속이나 한 듯 집에 든 고양이를 굳이 쫓아낼 필요는 없다고 했다. 벌레나 쥐, 심지어 뱀으로부터 집을 보호해 준다는 것이었다. 반가운 것은 남편의 수긍하는 태도였다. 마당에 커다란 두꺼비가 있어 어떻게 해야 하나 고민했는데 이틀인가 후 없어졌다는 것이었다.

그러고 며칠 후였다. 서재에서 밖을 내다보던 남편이 나를 가만히 불렀다. 우리 집에 드나드는 고양이가 저기 밖에 있다는 것이었다. 읽던 책을 내려놓고 급히 창으로 다가갔다. 과연 집 앞쪽, 공터를 걷고 있는 고양이가 한 마리 보였다. 녀석은 긴 꼬리를 수직으로 세운 채 집 옆 공터의 풀밭을 가로질러 천천히 붉은 벽돌집 돌담에 몸을 비비듯 걷고 있었다. 황금빛으로 빛나는 녀석의 노란 털이, 지팡이처럼 길게 꼬리를 세운 뒷모습이, 우아했다. 녀석의 얼굴이 더욱 보고 싶어졌다. 녀석과 당장 친해지고 싶었다. 하지만 내가 풀섶 앞에 고양이 밥을 내놓기 시작한 것은 그러고도 두 달인가 지난 후였다.

저녁으로 조기를 구워 먹은 날이었다. 먹다 남은 조기를 어떻게 할까 아까워하고 있는데 문득 그날 낮, 빈 집이 된 전 어촌계장 댁 마당의 풀섶으로 갈색 고양이가 들어가던 모습이 생각났다. 쓰지 않는 그릇을 꺼내 생선의 잔해를 담았다. 그리고 그 그릇을 무작정 풀섶 앞에 가져다 놓았다.

"재스민, 혹시 거기 있니? 이거 먹어 봐. 아마 맛있을 걸."

내어 놓은 그릇에 살점 없는 등뼈만 남아 있는 것을 발견한 것은 다음날 아침이었다. 내 일상에 고양이가 좋아할 메뉴를 궁리하고 조리하는, 씻을 필요가 없을 정도로 반짝대는 빈 그릇을 거두어들이는, 일이 추가되는 순간이었다. 하지만 재스민과의 인연은 그게 다가 아니었다.

저녁 반찬으로 코다리찜을 한 날이었다. 설거지를 마치고 마당 댓돌에 올려 식히던 생선 머리 탕을 풀섶에 갖다 놓으려 부엌 유리문을 여는데 어마나! 조그만 고양이 한 마리가 있었다!

"어머! 너 누구니? 혹시 너 재스민 새끼니?"

새끼 얼룩이는 이미 바싹 몸을 오그린 채 도망치고 있었다, 미련 때문인지 멈칫멈칫 뒤를 돌아 보아가며… 내용물의 반이 없어져 버린 그릇을 들고 급히 녀석을 뒤쫓듯 풀섶으로 달려갔다. 머릿속으로는 냄새에 홀려 모험을 감행한 세상 물정 모르는 새끼 얼룩이가 어미인 재스민에게 혼쭐이 나는 모습이 스쳐 지나가고 있었다.

그러나 이런 내 상상은 어림도 없는 것이었다. 녀석이, 풀섶 깊이 흔적을 감추던 전날과 달리 다음 날부터 아예 시간에 맞춰 집 앞 우체통 밑에서 기다리기 시작한 것이었다. 어쩌면 처음부터 녀석이 내 밥을 먹은 것인지도 몰랐다. 몸의 크기로 보아 영역 싸움을 통해 자리를 차지했을 리는 없었다, 어미로부터 영역을 물려받았을 수는 있겠지만. 호랑이처럼 얼룩한 녀석의 외피는 황금빛 재스민과도, 갈색 재스민과도, 연결이 가능했다.

밥 주는 게 더욱 재미있어졌다. 내 밥 먹는 녀석을 실제로 보니 먹다 남긴 것을 주면서도 레시피를 궁리하게 된 것이었다. 어묵 남긴 것을 쫑쫑 썰어 북어포 찢은 것과 함께 끓이기도 하고 세일하는 바람에 덜컥 산, 너무 얇아 뼈 바르는 값도 안 나온다는, 갈치를 두부부침이나 계란말이 남긴 것과 함께 끓이기도 하고…. 녀석을 위한 요리를 할 수 없을 때를 대비해 여러 종류의 고양이 사료를 사다 놓은 것도 당연했다.

그러나 이것도 다가 아니었다. 몸집이 작아 새끼인 줄만 알았던 녀석이 이미 어엿한 어미임을 남편이 알아낸 것이었다. 재활용 쓰레기를 버리러 나가는데 고양이새끼 다섯 마리가 밥을 먹다 말고 화들짝 바퀴벌레 흩어지듯 사라졌다고 했다. 정말? 믿어지지 않는 남편의 말에 당장 밖으로 나가 보았다. 먹다 남은 밥그릇 저만치 풀섶 안쪽 폐창고의 찢긴 비닐이 바람에 펄럭이고 있었다.

아쿠! 남편이 밖에서 큰소리를 내고 있다. 녀석들을 혼쭐내는 소리다.

집에 들어와 노는 것까지는 좋은데 녀석들이 집안 여기저기 똥을 싸대는 통에 마당 청소 담당 남편이 이즈음 골치를 썩고 있다. 그러니까 지금의 저 소란은 '우리 집 밥 계속 먹으려면 절대 대문 안으로 들어오지 말라'며 남편이 녀석들에게 호통치는 소리다. 덕분에 이전에는 닫아본 적 없는 문이 며칠 전부터 밥을 내감과 동시에 닫히고 있다. 녀석들에게 외강내유한 남편이 혹시라도 마당에 남아 있을 녀석들을 염려해 숫자 파악이 확실한 밥시간에 문을 닫아걸기 때문이다. 밥 주는 위치도 바뀌었다. 어촌계 빈 집에 이즈음 사람이 드나들면서 그 집 풀섶에서 우리 집 대문 들어오는 통로로 밥그릇을 옮겼다.

하기는 한 마리도 아니고 다섯 마리가 똥을 싸대니 녀석들편을 들어주고 싶어도 할 말이 없다. 그런 뒤치다꺼리는 나라도 하기 싫기 때문이다. 한 가지 걱정은 녀석들이 더 자라 담을 타고 넘어 들어오는 건데, 들어와 텃밭과 잔디밭에 제각각 신나게 똥을 싸는 건데….

그 생각만 하면 벌써부터 우울해진다. 남편이 아예 밥을 못 주게 할까봐서다. 아닌가? 지금의 내 우울은 내 스스로 밥을 주지 말자 결심하는 상황이 닥쳐 올까봐서인가?

사실 말로만 씩씩대는 남편은 문제가 안 된다. 나를 대신해 사료와 우유 등을 사다 주는 것도, 기다린다며 고양이 밥 빨리 주라 채근하는 것도, 그이기 때문이다. 문제는 내 자신이다. 내가 잘하고 있는 건지 나도 모르겠다. 내 행동이 마을 사람들을 불편하게 하는 건 아닌지, 이러다 동네가 온통 고양이 세상이 되는 건 아닌지, 걱정된다.

녀석들이 뿔뿔이 내 곁을 떠나갈 어느 날도 슬쩍 두렵다. 15년 넘게 기르던 강아지 해피와의 이별을 경험한 나로서는 일상이 아주 작은 부분만을 공유하는 이런 가벼운 반려 관계가 서로에게 좋은 것 같아 오래오래 유지하고 싶은데 말이다. 나는 나대로 여행과 같은 부재시의 곤란에서 성큼 자유로워지고 녀석은 녀석들대로 야생을 유지하며 음식을 공급받고…. 생각해 보면 신기하다, 제주로 이사 올 때만 해도 고양이에게 전혀 관심 없던 내가 그날 어떻게 밥을 들고 나갈 생각을 했는지 모르겠다.

바람 세기로 유명한 바닷가 마을의 한겨울, 집도 몇 채 없는 동네의 버려진 창고에서 다섯 마리 새끼를 낳았을 재스민을 떠올려본다. 그 조그만 몸에 매달려 젖을 빨고 있는 새끼들을 그리고 어디선가 들려오는 이거 먹어 보라는, 아마도 맛있을 거라는, 사람의 소리를….

그러고 보니 재스민이란 녀석, 생각하면 생각할수록 신통 방통하다. 그 조그만 몸에 어떻게 다섯 마리나 되는 새끼들을 품고 있었을까. 그것도 누가 훔쳐갈까를 걱정해야 할 만큼 하나같이 예쁘고 제각각이 다른 개성을 가진.

이런! 혹시 재스민이란 녀석, 새끼들을 독립시키고 새롭게 연애 사업을 벌이고 있는 건 아닌지 모르겠다! 아니, 이미 새끼를 가진 건 아닌지!

녀석의 행방이 점점 더 궁금해진다. 녀석이 이번엔 어떤 야무진 것들을 세상에 내놓을지도. 녀석, 나중에라도 자기 작품들을 끌고 내 앞에 보란 듯 나타나지 않을까.

작품? 불쑥, 재미있는 생각이 머리를 스친다. 녀석이야말로 부지런한 창작자라는 생각이 든 것이다. 내가 녀석의 예술품을 돈과 시간을 들여 감상하고 있다는 생각이. 그렇다면 녀석은 창작자로서 나아가 예술가로서 성공이다. 내가 녀석의 작품 감상에 들이는 정성이 제법 크기 때문이다. 또 녀석의 작품에서 받는 기쁨과 감동이 제법 깊기 때문이다. 그러니까 녀석은 적어도 한 사람의 열렬한 팬을 갖고 있는 셈.

그렇다면 나는, 내 것은…?

재스민의 창작물에 대꾸하려면 불뚝 팔팔한 큰 녀석을, 음험 신중한 작은 녀석을, 떠올려야 하겠지만 웬일인지 내 머릿속에는 쓰고 있는 글들이, 그리고 있는 그림들이, 떠오른다. 내가 쓰고 그리는 것들이 새끼 고양이만큼의 감동을 누군가에게 주고 있는지 의심스러운 것이다. 나도 나만큼의 열렬한 팬을 한 사람이라도 갖고 있는지가 아니, 내가 재스민만큼 성실한 작업을 하고 있는지가….

아니지 아니야. 이건 아니야. 이런 식의 비교는 말도 안 돼.

묘한 기분으로 빠져들려 하는 나를 돌아 세워 이름 짓기로 데려온다. 어물쩍어물쩍 엉뚱한 곳으로 흘러가는 생각을 작명 쪽으로 끌고 온다.

녀석들, 이름을 늠름이, 자적이, 울적이, 호탐이, 명랑이로 짓는 건 어떨까.

늑대인간과
달

차를 우리다 말고 바깥 풍경에 한참을 붙잡힌다. 잔잔한 바다와 느릿느릿 회전하는 풍력 발전기의 날개들…. 그런데! 해가 벌써 떴는데 달이 저렇듯 하늘 높이 선명할 수 있단 말인가!

푸르고 흰 반투명의 달무늬를 바라보며 얼마 전 읽은 책 속의 문장을 떠듬떠듬 떠올린다. 밀물과 썰물을 만들고 늑대인간을 변신시키기도 하는 달에 관한 문장이었다. 타이베이에서 태어나 현재 폴란드에서 살고 있는 작가가 쓴 책이었던 것 같은데….

차를 한 모금 입에 담고 책을 찾아 의자에 앉는다. 린웨이

원의 『우리 엄마의 기생충』을 뒤적여 달과 늑대인간이 나오는 부분을 찾아낸다.

나의 유년기는 그렇게 행복하지 않았고 완전무결하지도 않았어요. 엄마라는 달이 언제나 우리 집 창문을 아늑하게 비추어 아련한 향수에 젖게 만드는 보름달이기만 한 건 아니었고요. 밀물과 썰물을 만들고 늑대인간을 변신시키기도 하는 그런 달이었죠.

녀석들, 이 책을 봤다면 이 구절에서 무릎을 쳤으리라. '늑대인간을 변신시키는'을 '늑대인간으로 변신하는'으로 바꿔 읽으며.

나이 때문일까. 엄마를 달에 빗댄 문장을 읽으며 나의 유년기보다는 나라는 인간을 엄마로 둔 아들들의 유년기가 살펴진다. 시집살이와 출산 육아를 첫 경험하던 30대가 내게는 때늦은 질풍노노의 시기였기 때문이다. 그 시기 내가 어떤 엄마였는지 자신이 없는 것이다.

첫째 희범이 만 두 살이 되고 몇 달인가 후였을 것이다. 남편의 공부를 위해 일본에서 지낼 때였다. 이가 썩은 것 같아 녀석을 치과에 데리고 갔는데 녀석이 소리를 지르며 발버둥을 치는 것이 아닌가, 그것도 치료는커녕 살펴볼 수조차 없을 정도의 격렬함으로. 결국 녀석은 의사로부터 치료를 거부

당했다. 아니, 포기 당했다. 진료 침대에 누워 다가오는 간호사의 손을 마구 뿌리치고 의사의 몸 여기저기를 발로 차대는 녀석을 누구라서 진료할 수 있겠는가.

병원 문을 조심스레 닫고 나왔지만 몇 발자국을 못 걸어 분통이 터져 나왔다. 무시무시한 협박의 모습으로였다. 다음에 또 그러면 가만히 두지 않겠다는 위협. 다행히 녀석은 다시는 절대 안 그러겠다며 손가락까지 걸며 약속했다. 그러나 다음 주에도 녀석은 같은 상황을 벌였다. 집을 향해 언덕길을 오르며 내 손에 매달리는 녀석의 손을 뿌리쳤다. 집에 들어가자마자 녀석을 소파에 밀쳐 넘어뜨리고 흠씬 때려 줬다.

녀석을 향한 폭력이 그때만 있었던 것도 아니다. 세 살 때 검사를 받기 위해 보건소에 갔을 때도 비슷한 일이 벌어졌다. 검사를 위해 속옷을 벗어야 하는데 녀석이 속옷을 움켜잡은 채 울며불며 난리를 치는 것이었다. 다른 아이들은 아무렇지도 않게 아니, 즐겁게 옷을 벗고 있건만⋯. 처음엔 보는 눈도 있고 해서(나는 외국인 여자였다) 녀석을 조용히 화장실로 데리고 갔다. 문을 잠그고 하는 나직한 겁박에 녀석은 이번에도 다시는 안 그러겠다고, 의사 선생님 말씀을 잘 따르겠다고, 약속했다. 하지만 밖에 나가자 녀석은 또⋯. 이번에도 검사를 거부당했다. 아니, 포기 당했다. 집에 돌아가자마자 녀석이 내게 밀쳐지고 얻어맞은 것도 똑같았다. 지금 생각하면 그깟 치료, 그깟 검사, 나중에 받아도 되는데 아니, 안 받아도 되는데 말이다. 오히려 녀석이 느끼는 불안감과 공포를 헤아려 줬어야 했는데 말이다.

이런 식으로 그 후에도 나는 녀석과 많이도 부딪쳤다. 다행인 것은 여섯 살 터울의 둘째, 희재와는 비교적 평화로웠던 것. 남편이 유학을 마치고 시집살이로 복귀해 녀석을 길렀는데도 그랬다. 딱 한 번 숙제를 엉망진창으로 해놓고 거짓말로 그것을 가리는 녀석의 어깨를 마구잡이 흔들어대던 일은 기억난다. 그래서일까. 둘째 희재에게는 덜 미안한데 첫째 희범에게는 많이 미안하다. 중학교 입학 즈음, 정중한 말로 사과한 적도 있지만 녀석, 어린 시절 당했던 엄마의 폭력을 쉽게 털어버리지 못하리라.

"환기시키려고 하는데 창문 열어도 돼?"

남편이다. 일어나자마자 창부터 여는 습관을 가진 남편이 거실 너머에서 소리를 높이고 있다. 바람이 몹시 불던 날 창문을 열어 먼지가 부지막지 들어왔다는 내 타박이 창문 열기를 주저시켰으리라. 슬쩍 미안해져 열어도 된다, 대답해 준다.

살기 바빴던 젊은 시절에는 그러지 않았는데 편안해진 이즈음 오히려 남편과 자주 다툰다. 어제만 해도 우리는 교회 성가대 일로 대판 싸웠다.

"왜 말을 안 하는 거야? 지난 번 부활절 때도 그러더니. 자기가 말하면 지휘자 겸 대장으로서 할 만한 말을 하는 거지만, 내가 말하면 오지랖 넓게 아는 척하는 게 되잖아. 자기는 내가 자꾸 사과하는 게 좋아? 맘에도 없는 사과를 하려니 나도 참담하다고! 정신적으로 자해를 하는 것 같다고! 내가 그때 하고 싶었던 건 미안해하는 게 아니라 이런 상황을 만드는 자기에게 화내는 거였어."

"그러게 사과를 왜 해. 나도 니가 사과하는 게 싫어. 왜 자꾸 미안하다고 하냐고. 나는 성격적으로 싫은 소리를 못하기도 하지만 너만큼 느끼지 못해서도 말을 못 해. 그냥 평안하게 예배를 돕는 걸로 만족하자. 대원이 열한 명인 성가대에 뭘 그렇게 많은 걸 기대해. 그러고 다들 그러잖아. 별거 아닌 일로 성가대가 몇 번이나 뒤집어졌었다고."

얼마 전에 남편은 지휘자 없는 작은 성가대의 대장이 되었다. 퇴직해 쉬고 있는 남편에게는, 성가 부르기를 좋아하는 나에게조차, 좋은 일이었다. 그런데 이상했다. 이후 부부 사이에 싸움이 잦아진 것이다. 싸움을 거는 건 주로 나였다. 남편이 성가대에서 제 역할을 하지 않아서였다. 나로 하여금 '제 생각에는' 하며 나서게 하고 예배 시간 내내 후회하다 '아까는 아는 척해 미안했다며' 사과를 하게 해서였다.

덮었던 책을 다시 열어 뒤적인다. 남편과 다투며 내뱉은 '정신적 자해'라는 말이 마음에 걸려서다.

사실 나는 자해自害를 해본 적이 없다. 그래서 "열네 살 때

미술 시간에 쓰는 조각칼로 자신을 찔러 자해를 시작했다"
는, "피가 흘러나오는 그 순간 몸 안에 갇혀 있던 무언가가 분
출되는 카타르시스를 느꼈다"고 하는, 작가의 고백은 동감
불가의 것이다. 이런 내가 자해라는 단어를 얼떨결 내뱉은 것
은 책 속 적나라한 자해 묘사에 내 자신을 투사하던 기억이
떠오른 때문이리라. 시어머니 앞에 무릎을 꿇고 빌던 나야말
로, 연극 대사 읊듯 마음에도 없는 사과를 하던 나야말로, 정
신적 자해를 했던 것 아닐까 하며….

　　그렇게 생각할 이유는 많았다. "어머니, 제가 잘못 했어
요."라는, 내 입에서 튀어나온 내 발성에 내 스스로 이상한 희
열을 느낀 것이 가장 큰 이유였다. 그러니까 그때의 그 이상
한 희열이야말로 작가가 말한 카타르시스와 비슷한 것 아닐
까, 생각한 것이었다. 과장된 그때의 내 대사는 자신을 찔러
솟구쳐 낸 붉은 피와 닮은 것 아닐까, 생각했던 것이고. 나중
에 그 일을 전해들은 동생으로부터 "니가 부처님이 다 됐구
나."라는 말을 들었을 때 마음 깊숙한 곳에서 뭉근히 솟아나
던 그 기묘한 감정의 정체는 알 수 없었지만….

　　이런 경험은 또 있었다. 남편의 일본 유학 중 첫 1년 반을
지낸 가족 기숙사에서 아이들 싸움이 어른 싸움으로 번지는
일이 생겼을 때도 나는 상대 엄마를 찾아가 먼저 사과했다.
역시나 마음속 깊이 미안해서는 아니었다. 작으나마 희열을
느낀 것 또한 역시였고…. 그러고 보니 이런 일은 쎄고도 쎘

다. 형제나 친구들과 문제가 생겼을 때 심지어는, 조카와 오해가 생겼을 때조차 다가가 먼저 미안하다 말한 사람은 주로 나였다.

아! 마음에 없는 사과라는 표현은 조심할 필요가 있다. 내 사과가 진심이 아니라고는 하지만 순 거짓도 아니기 때문이다. 세상에 한 편만 잘못해서 일어나는 불화가 없음을 나도 알고 있다. 그러고 보면 내 사과는 정신적 자해가 아닐지도 모른다. 느끼는 잘못보다 훨씬 크게, 넉넉히, 충분히, 사과해 놓고는 왼뺨 때린 사람에게 오른뺨이라도 내민 듯, 속옷 청하는 사람에게 겉옷까지 벗어 준 듯, 자신을 뿌듯해 하는 도덕적 자부自負인지도 모른다. 또 다른 다툼의 씨앗이 된 성가대에서의 사과는 예외로 쳐야겠지만….

이런! 갑자기 혼란스럽다. 내 사과가 새삼 위선자의 것은 아니었는지 어리둥절해진다. 지난 번 다툴 때 점점 약이 오른 나는 남편에게 달려들지 않았던가. 다른 일까지 끌어와 따져 대다 남편의 가슴을…. 밖에서는 미안하다 해놓고 안에서는 늑대인간처럼 남편을….

남편의 소리가 다가온다. 침실 창을 열고, 거실 창을 열고, 이제 서재 창을 열기 위해 다가오는 남편의 가벼운 발자국 소리….

고개를 저으며 책을 덮는다. 남편이야말로 내 달이었다는 생각을 해본다. 아늑한 빛으로 아련한 향수를 불러일으키기도 하지만 차고 기울며 끊임없이 밀물과 썰물을 일으키는 달, 늑대인간을 변신시키기기도 하는 달. 아니, 우리는 서로가 서로에게 달이었는지도 모르겠다, 남편과 아들들과 나 모두가 서로서로. 늑대인간으로 변신하는 건 언제나 나였지만….

남편도 저 달을 봤는지 모르겠다. 아들들이 있는 서울에도 같은 달이 떴는지 모르겠다.

비상구
좌석에서

자리를 찾아 비좁은 통로를 더듬듯 나아간다. 15A, 비상구 좌석이다. 이즈음 이 자리에 자주 앉는다. 두 달 새 벌써 네 번째다. 이 모두 준비성과 안달을 두루 갖춘 남편 탓이다. 동시에 말 꺼내기 쉽게 미소로 맞이해 주는 항공사 직원들 덕분이기도 하다. 실은 방금 전 수하물 위탁 카운터에서 비행기 탑승 시간을 변경했다. 한 시간 이상을 생으로 기다리기가 지루해서다. 한 달에 한 번 이상 비행기 타는 생활이 2년 가까이 되어 가건만 서두르기 대장, 남편은 좀체 여유 시간을 줄이려 하지 않는다. 남편의 습관대로 하면 수속은 물론 식사하고 차까지 마셔도 한 시간 이상이 남아돈다. 비행기가 연착되기라도 하면 대책이 없고….

물론, 기다리는 시간이 나쁜 것만은 아니다. 책도 읽고 영화도 보고 면세점을 둘러볼 수도 있다. TV도 시청할 수 있고 하다못해 지나가는 사람들을 관찰할 수도 있다. 그럼에도 슬쩍 무료한 것 또한 사실인지라 지난달부터 내가 꾀를 냈다. 일단 공항까지는 남편의 시간에 맞춰 가되 수하물 창구에서 앞선 비행기에 남는 좌석이 있나 알아보는 것이다. 결과는 대성공. 우연치고는 신기하다 싶을 만큼 매번 빈 좌석이 있었다, 가끔은 나란히 비상구 좌석으로.

알다시피 비상구 좌석은 1열 좌석과 함께 비용이 추가되는 자리다. 아마도 발을 뻗을 수 있을 만큼의 넓은(?) 공간 때문이리라. 그런 자리를 자기 사정으로 뒤늦게 표를 바꾼 우리 같은 사람이 거저 차지하는 것은 사실 미안하고 황송한 일이다. 항공사의 좌석 배정 시스템이 어떻게 돌아가는 건지 알수 없지만 말이다.

어쩌면 비상구 좌석이 추가 비용을 들여 살 만큼의 매력을 갖추고 있지 않아서인지도 모른다. 그래서 자주 최후의 빈자리가 되는 것인지도…. 하기는 비상구 좌석에서는 그 어떤 조그만 짐도 지닐 수 없다. 휴대폰용 미니크로스백도, 더워서 벗은 외투도, 몽땅 머리 위 선반에 올려놓아야 한다. 발밑에 두는 것조차 금지하기 때문이다. 등받이를 젖힐 수도 없다. 어차피 의자 각도를 조정하지 않는 나야 상관없지만 많은 사람들에게는 이것 또한 불편한 점일 것이다.

남편에게 백팩과 외투를 맡기고 자리에 앉는다. 등받이에 등을 기대는 순간 뭔가 한시름 놓이는 기분….

정말이지 이번 달은 정신이 없었다. 남편의 눈 수술 때문이다. 여름에 포도막염을 앓을 때만 해도 이렇게까지 일이 커질 줄 몰랐다. 안경 렌즈를 바꾸는 번거로움은 있었지만 염증이 순조롭게 잘 나았기 때문이다. 시력이 뒤집힌 것은 두어 달 전의 어느 날. 그즈음 머리를 세게 부딪쳤다며 정수리에 혹이 났는지 봐 달라던 기억은 가물가물 나지만, 그런 일로 원시였던 눈이 순식간에 근시로 바뀔 수 있는 건지는 지금도 의아하다. 어쨌든 하루아침에 눈이 변했다. 염증을 앓았던 왼쪽 눈이 원시에서 근시로 바뀌면서 오른쪽 눈은 원시, 왼쪽 눈은 근시인 짝짝이 눈이 되어 버린 것이다.

한라병원과 제주병원을 오가며 진단을 받았다. 의사 선생님들 모두, 수정체를 잡아 주는 끈이 일부 끊어져 왼쪽 수정체가 코 쪽 방향으로 기운 채 밀려나와 있다고 했다. 그뿐이랴, 수정체가 홍채 쪽으로 더 밀리면 안압이 올라가 녹내장의 위험이 생기므로 빨리 수술을 받아야 한다고도 했다.

남편과 1주일 단위로 서울을 오가는 상황이 시작되었다. 함께 제주에 내려와 살고 계신 아버님이 일산의 따님 집에는 절대 가지 않겠다고 고집하셔서다. 그러니까 오늘의 비행은,

두 분 의사 선생님께 1주일 단위로 각각 외래를 보고 두 분 의사 선생님께 수술을 받은 뒤 다시 두 분 의사 선생님께 각각 수술 후 1주일 경과를 보이고 제주 집으로 돌아가기 위한 것이다.

수술은 제법 컸다. 시간도 한 시간 40분이나 걸리고 전신 마취까지 했으니까…. 물론 전신 마취는 남편의 선택이었다. 보통 안과 수술은 부분 마취를 하지만 평소 긴장을 과도하게 하는 남편에게는 장시간 부분 마취의 이득이 그에 따른 손실보다 크지 않을 듯싶어서였다. 수술은 두 단계로 진행되었다. 망막 담당 선생님이 망막 등 눈의 안쪽을 정리해 놓으면 수정체 담당 선생님이 인공 수정체를 흰자위에 붙이는 방식이었다.

지난 1주일을 그야말로 조심조심 살았다. 처방받은 대로 약을 먹고 넣는 것은 물론, 세수는 적셨다 짠 수건으로 대신하고 샤워는 꼼꼼히 고글로 눈을 가린 뒤 목 아래로만 하고 머리카락은 미장원에서 누운 자세로 감았다. 수술 후 1주일 동안 절대로 눈에 물이 들어가게 하면 안 된다는 의사 선생님의 지시 때문이었다. 그뿐이랴, 눌리거나 긁히면 안 된다고 해서 낮잠을 잘 때조차 플라스틱 안대를 붙이고 잤다.

그럼에도 남편의 시력은 아직까지 형편없다. 자고 일어났을 때가 가장 나쁘지만 낮에도 눈에 뭔가가 낀 듯 시야가 뿌옇다고 한다. 의사 선생님이 분명 수술은 잘 되었고 경과도 좋다고 하셨는데 말이다. 걱정이 되는지 남편은 자신의 살성이 좋지 않아서일지 모른다며 스스로 물 조심 기간을 두 배로 늘려 잡았다.

"잠깐 절 주목해 주세요."

C석 손님이 마저 왔는가 싶어 등을 세우고 스튜어디스를 향해 앉는다.

"비상사태가 발생하면 직원의 안내에 따라 A석의 손님은 레버를 내려 탈출구를 열어 주셔야 해요. 그 사이 B와 C석 손님은 사람들이 몰려와 밀치지 않도록 제지해 주셔야 하고요. 그 밖의 자세한 것은 저기 안내문이 있으니 꼭 읽어 보세요."

"네. 잘 알겠습니다."

약속이라도 한 듯 세 사람의 대답이 일시에 터진다. 그 괜한 일에 기분이 좋아져 비상구 좌석의 동지들에게 눈길을 보내 보지만 눈 맞춤은 없다. 스튜어디스의 말이 끝나기 무섭게 남편이 눈을 감아 버린 것이다. 건장하게 잘생긴 C석 청년의 시선도 스마트폰으로 직행했고. 시시해져 창밖을 내다본다. 비행기 날개에 화살표가 그려져 있다. 날개 뒤쪽으로는 밟으면 안 된다는 표시가 되어 있다.

'그러니까 만약의 사태가 생기면 이 문을 열고 나가 저 화살표를 따라…?'

슬쩍 얼굴이 뜨듯해진다. 남편과 나의 안전 불감증이 새삼 느껴져서다. 창구 직원이 비상구 좌석을 배정하며 아픈 데 없음을, 신체 강건함을, 확인할 때 그렇다고 답했기 때문이다. 불편한 곳이 눈 한 쪽뿐이니 괜찮겠지 하고 넘어간 것이다. 다행한 것은 C석 청년이 우람 반듯한 체격을 가지고 있다는 것.

사실 나는, 비상구 좌석에 앉는 사람은 제일 나중에 탈출하는 건 줄 알았다. 그래서 처음 비상구 좌석에 앉을 때 스튜어디스로부터 먼저 탈출하라는 말을 듣고는 살짝 실망하기까지 했다. 책임감이랄까, 좌석에 대한 역할 의미를 크게 부여했던 것이다. 그런데 오늘은 불쑥 딴생각이 든다. 제일 먼저 탈출하는 것이야말로 모험 정신과 통솔력이 뒷받침되어야 할 선도자의 일이지 싶어진 것이다.

머릿속으로 한 장면이 떠오른다. 비상사태 안내 방송을 들으며 비장한 각오를 다지고 있는 내 모습이다.

그래, 문을 열어 제일 먼저 비상구를 빠져나가는 거야. 나가서 다른 사람들이 잘 빠져나오도록 손을 잡아 주고 앞장서 그들을 이끌고 걸어 나가는 거야. 물론, 남편부터 챙겨야겠지. 그러니까 그의 팔을 바싹 당겨 잡고….

명령을 기다리며 비상구 손잡이를 노려보는 내 귀로 아이들의 울음소리가 후비듯 파고든다. 급격히 커진 웅성거림에 마른 침을 삼키며 내가 창밖을 내다본다. 그런데, 이게 웬일인가! 비행기가 내려앉으려 하는 곳이 하필 파도가 넘실대는 해안가가 아닌가! 남편 눈에 물이 들어가면 안 되는데, 짜디 짠 바닷물이라면 더더욱!

'고글이 필요해! 선반 위, 백팩 안에 넣어둔 고글이!'

당황한 내가 안전벨트를 풀려는 순간, 화들짝 장면이 흩어 진다. 지금부터 우리 비행기는 이륙하겠다는, 안전벨트를 잘 맸는지 확인하라는, 안내 방송 탓이다. 아니, 땅 딩 딩 울려대 는 불안한 벨소리 덕분이다.

'휴우, 이래서 비상구 좌석에는 건강한 사람이 앉아야 하 는 거구나.'

새삼스레 남편을 바라본다. 꿈속에서도 시야가 희미한지 잠든 남편의 미간에 주름이 잡혀 있다. C석 청년은 여전히 스 마트폰에 몰두하고 있고.

등받이에 기댄 채 눈을 감는다. 비상이니 비장이니, 탓이 니 덕분이니, 놓아버리고 습관대로 50분 남짓의 낮잠 속으로 천천히 빠져 들어간다.

지금도
좋은 게 있어

　'이건 꿈이야. 아니지, 이건 꿈이 아니야.'

　내가 내 눈을 의심한다. 풀꽃들이 쉴 틈 없이 몸을 흔들고 있어서다. 실제 모습은 아닌 것 같다. 화려한 풀꽃들의 모습이 그린 듯 선명한데다 그 배경이 너무도 까맣기 때문이나. 게다가 내가, 앞뒤로 진동하는 풀꽃은 물론, 그 풀꽃들을 바라보는 내 자신을 쳐다보고 있지 않은가. 내가 하는 말을 남의 소리인 양 듣고 있지 않은가.

　'꿈 맞네. 그런데 대체 이 광경은 뭐지?'

　풀꽃의 움직임이 느려진다. 색깔도 점점 줄어든다. 밝고 따뜻한 색깔의 풀꽃들이 파란 계열의 색들로 어두워지는가 싶더니 검푸른 바탕 속으로 흡수되듯 사라져 간다.

내가 눈을 뜬다. 하지만 자리를 박차고 일어날 수가 없다. 생생한 꿈에 사로잡힌 채 내가 생각한다. 너무 번거로운 하루를 보내서일까, 이런 신기한 꿈을 꾼 건?

돌이켜보면 어제 새벽 제주 집을 나온 후 많은 일을 했다. 비행기를 타고 공항에서 공항으로 이동하고 요양병원으로 달려가 엄마를 만나고 미장원에 들러 머리도 자르고 오랜만에 만난 아들들과 신나게 저녁도 먹고…. 어제는 특히 간병사가 중국에 있는 며느리에게 급히 돈 부칠 일이 생겼다고 해 다섯 시간 넘게 엄마와 단둘이 있었다. 그 사이 쉴 틈 없이 이야기를 나눈 것은 물론 노래도 꽤 많이 불렀다. 기저귀는 여섯 번을 갈았고 너무도 얇아진 손톱 발톱을 깎을 땐 잠시지만 바싹 긴장도 했다.

하지만, 바쁜 하루를 보낸 것과 색채 가득한 동영상 꿈을 꾼 것이 무슨 관계가 있단 말인가.

불쑥, 엄마가 한 말 때문인지 모르겠다는 생각이 머리를 스친다. 내가 엄마에게 젊은 시절이 그립냐고, 어떤 시절이 제일 좋았냐고, 묻자 엄마는 우리들 낳아 기를 때가 제일 행복했다며, 그래서인지 그때 생각이 제일 많이 난다고 했다.

"그런데 지금도 좋아. 지금도 좋은 게 있어."

지나가듯 덧붙여진 엄마의 말에 나는 깜짝 놀랐다. 엄마는 걷기는커녕 앉아 있을 수조차 없고 목으로는 음식은커녕 물조차 삼킬 수 없기 때문이었다. 하지만 화들짝 커진 내 눈과 마주친 엄마의 눈은, 그 말이 정말이라는 듯, 아늑하고도 편안했다. 불현듯 언젠가 읽은 글귀가 생각났다. 눈만 깜박거릴 수 있는 침상 환자도 때로 행복감을 느낀다는….

엄마의 말이 다시 생각난 것은 마포 집에 돌아와 쉬고 있을 때였다. 좀 더 자세히 말하면 밤늦게 MBC 스페셜 〈핑크를 찢다, 화가 윤석남〉을 볼 때. 더 구체적으로 말하면 화면을 가득 채운 화가의 기묘한 드로잉을 볼 때 아니, 화가 자신으로부터 작품 설명을 들을 때였다.

"엄마에게 내가 '엄마가 너무 가벼워졌어'라고 말하자 엄마가 고개를 젓는 거예요, 너무 안타까워하지 말라면서. 엄마 몸이 가벼워진 것은 걱정, 근심, 슬픔 같은 게 사라져서 그런 거라면서…."

화가의 말처럼 드로잉 속 여인이 안고 있는 노파는 아기로도 보일 만큼 몸집이 작았다. 노인의 얼굴에 어린 환한 미소를 보자 엄마가 말한 '좋은 거'를 알 것 같은 기분이 들었다. 그것은 모든 의무와 책임에서 벗어난 '쉼'의 상태 그러니까 걱정, 근심, 슬픔 같은 게 사라져 버린 '가벼움'의 상태일 터였다. 오히려 자식에게 안겨 사랑과 위로를 받는 상태. 특히,

눈 안의 작은 사람으로 오매불망하던 오빠로부터 이제는 거꾸로 더할 수 없는 관심과 보살핌을 받는 상태….

하지만 그렇다고, 엄마가 지금도 좋은 게 있다고 말했다 해서, 화가가 미소 짓는 조그만 엄마를 그렸다 해서, 그것이 움직이는 내 풀꽃 꿈과 무슨 관련이 있단 말인가.

고개를 저으며 몸을 일으켜 앉는다. 침대 머리에 놓아둔 스마트폰으로 인터넷 검색을 해보려는 것이다. 하지만 총천연색 풀꽃에 대한 해몽은 그 어디에도 없다. 하는 수 없다. 나는 내 맘대로 내 꿈이 좋은 꿈이라고 결정해 버린다. 꿈을 꾸며 엄청난 작품을 보는 듯한 감동을 느꼈기 때문이다. 꿈을 꾼 후, 살아 있는 존재는 어떤 상황에서도 행복할 수 있음을, 내가 사는 세상엔 순 불행으로만 채워진 일은 없음을, 인생의 어느 시기든 지금이라서 좋은 것이 있음을, 쇠락한 육체로도 들불처럼 번지는 기쁨을 맛볼 수 있음을, 다시금 깨달았기 때문이다.

누가 묻지도 않았는데 내가 엄마처럼, 화가처럼, 읊조린다.

'네, 저도 그래요. 젊고 싱싱한 육체가 아깝고 그때 품었던 순진하고 맑은 소망이 그리워요. 하지만 과거로 돌아가라면 그건 사양할래요. 원하던 바를 이루지도 못했고 그리던 모습대로 되지도 않았지만, 주름지고 늘어지고 벌어진 채 쑤시고 걸리고 아득하지만…. 젊었을 때 가졌던 정염과 호기심마저 벗어 버린 지금의 제가 이대로 좋거든요. 느리고 조용하게 하고 싶었던 것들을 시도해 보는 지금의 제가…. 친정엄마처럼 누워 지낼 수밖에 없는 상태가 다가온다는 것은 슬쩍 두렵지만요.'

　채 말을 끝맺기도 전에 꿈에서 본 풀꽃과 엄마의 말이, 화가의 설명이, 하나로 뭉쳐지는 느낌에 빠져든다. 제 자리에 붙잡힌 조그맣고 여린 풀꽃들도 제 몸을 흔들어 대기를 움직인다는, 미미하나마 각자의 자리에서 제 몫의 색깔로 캄캄한 공허를 밀어내고 있다는, 그런….